子づれ兵法者

佐江衆一

時代小説文庫

角川春樹事務所

目次

子づれ兵法者

子づれ兵《ひょう》法《ほう》者《しゃ》

一

初秋のひと日、訪《おとの》う声に門弟の一人が道場玄関に出てみると、尾羽打ち枯らした浪人者がうっそりと立っていた。

しかも、子づれである。

檻褸《ぼろ》をまとったといえるいでたちの、無精髭《ぶしょうひげ》がのびた四十前後の痩身《そうしん》の男で、これまた汚れきった身なりの、十歳にみたぬ痩せこけた男の子の手をひいている。陽灼《ひや》けし塵《ちり》にまみれた頰骨のとび出ぐあいが瓜二《うりふた》つだから、父子であろう。

旅の武芸者にみえるが、

（ふん、物乞いか！）

と、若い門弟は肚裡《とり》で吐き捨てた。

ここ常陸国下館《ひたちのくにしもだて》の城下はずれで、浅山一伝流の道場を開いている森山七郎兵衛《もりやましちろべえ》のもとへも、時折り旅の武芸者が訪れる。明らかに道場破りが目的の手練《てだれ》の者もいれば、いくばくかの路銀ほしさに名目ばかりの立合を申し出るたかり同然の者もいる。相手によって、立合った上で丁重にもてなすこともあれば、したたかに打ちのめして追いかえしたり、わずかな金子《きんす》を恵んでやったりもする。

「拙者、江戸の中西《なかにし》道場にて、一刀流をいささか学びました平川軍太夫《ひらかわぐんだゆう》と申す者、森山七郎兵衛先生にお手合せを願いたくまかりこしました。左様お取次ぎ願いたい」

平川軍太夫と名乗った男は、思いつめた陰険な表情でぼそぼそと、至極慇懃《しごくいんぎん》に口上をのべた。

江戸の中西道場といえば、下谷練塀小路《したやねりべいこうじ》に、間口六間《けん》（約十一メートル）、奥行十二間もの道場をかまえる中西派一刀流の道場で、江戸随一といわれる。初代は、小野次郎右衛門忠一に小野派一刀流を学んだ中西忠太子定《ちゅうたつぐさだ》で、二代忠蔵子武《ちゅうぞうつぐたけ》のとき、面、籠手《こて》、竹刀《しない》による打合い稽古を形《かた》稽古に併用したことにより入門者が急増、三代忠太子啓《つぐひろ》を経て、四代忠兵衛子正《ちゅうべえつぐまさ》の代に至り最盛期を迎えている。この間《かん》、音無しの構えで知られる高柳又四郎《たかやなぎまたしろう》、天真《てんしん》一刀流をひらいた寺田五郎右衛門《てらだごろうえもん》、天真白井《しらい》流の白井亨《とおる》、さらには浅利《あさり》流の浅利又七郎、その娘婿《むすめむこ》で北辰《ほくしん》一刀流の千葉周作など、真に名人上手と謳《うた》われる逸材が雲の如《ごと》く輩出している。

その名門の中西派一刀流にくらべると、浅山一伝流は、上州碓氷《うすい》の郷士丸目主水正《まるめもんどのしょう》則《のり》吉《よし》に発し、浅山一伝斎重辰《しげたつ》が中興の祖として、水戸藩、佐倉藩、遠くは松江藩など諸国にひろめたとはいえ、いささか格が落ちる。

風貌風采のみすぼらしい軍太夫の、ぼそぼそとした物言いながら中西派一刀流を名乗る言葉に、門弟は脅しを感じて気色《けしき》ばんだ。子づれとて容赦はせぬ！

「暫時《ざんじ》、お待ちを」

肩をいからせて引っ込んだ若い門弟には、脂《やに》が浮いたような軍太夫の濁った眼の奥に、尋常ならぬ光が宿っているのを見てとれなかった。

やがて、さして広くない道場に通された軍太夫は、道場主の七郎兵衛に、ぼろぼろの風体ながら父子ともに形を正して両手をつき、

「これに控えるは、伜《せがれ》の進之助《しんのすけ》です。拙者、禄《ろく》を失いましてより長らく浪々の身、五年前、妻も亡くしました。父子ともにかような見苦しい身なりにて、まずはご容赦願いたい」

と、深く頭をさげてから、

「旅の途次、当地にたどりつきましたが、懐中に一文もなく、昨日より我が子に一椀《ひとわん》の粥《かゆ》さえあたえてやれぬ不甲斐《ふがい》ない父親です」

そこで、涙にうるんだような眼で幼な子をかえりみる。骨太な体格ながら、貧相に尖《とが》った肩先がかすかにふるえている。ひもじそうな痩せこけた少年は、しかし父親より一尺（約三十センチ）さがってきちんと正座し、垢《あか》にまみれた小さな手を膝においている。

居並ぶ門弟たちには、いかにも哀れを売り物にしている軍太夫の態度が、許しがたい卑屈さにみえて、師の顔色をうかがったが、鹿島《かしま》香取《とり》両神宮の掛け軸を背に、左右に若い師範代と娘の志津《しづ》をしたがえて上座にいる七郎兵衛は、ちらと一人娘の志津の横顔に視線をやったのみで、うなずきながら黙ってきいている。

軍太夫は、相変らず訥々《とつとつ》という。

「しかしながら、拙者も一刀流をいささか心得まする武芸者のはしくれ、剣をもって伜に一食をあたえたく、ご迷惑を承知でまかりこしました」

殺気をこめた眼でじろっと、七郎兵衛と稽古着が似合う隣りに控える志津を睨《ね》め上げる。言葉はあくまで慇懃だが、なにやら、異常な申し出をする気配が五体に漂う。

「賭け勝負をお願いしたい」

と、軍太夫はいい、つづけて、

「とはいえ拙者、ご覧の通りの無一物、この大小のほかに何も持ちあわせがござらぬ。お手合せいただければ、拙者のいのち同様のこれなる伜、進之助を賭けとう存じます。拙者が勝ちましたときは、飢えたる伜に、一椀の粥なり麦飯《むぎめし》なりと馳走《ちそう》いただけますまいか。万一、拙者が敗れましたなら、伜をいかようにご成敗なさろうとも、異存はござりませぬ。生き恥をさらしての、かかる父親の身勝手なる願い、武士のよしみにて、何卒《なにとぞ》、おききとどけ下さいますよう」

そこまでいうと、平蜘蛛《ひらぐも》のようにぴたり平伏して顔を上げない。進之助と呼ばれた少年も、父にならって道場板の間に小さな軀《からだ》を押しつける。そのしぐさは、哀れともけなげとも見えるが、男の骨張った背中には、申し出の効果をおしはかっているらしい魂胆が透けて見えぬでもない。

「まずは、お手をお上げくだされ」

七郎兵衛はいい、父子が顔を上げるのを待って、はじめて問い返した。

「たかが一椀の粥なり麦飯なりと引きかえに、大事なご子息を賭けると申されるか？」

「左様、願いはそれのみ。偽りはござらぬ」

「して、貴殿が不覚をとったときはご子息を成敗してよいと申されるが、この場にていのちを頂戴してもかまわぬと？」

たたみかける問いに、相手は一瞬の躊躇《ちゅうちょ》もなく答えた。

「無論のこと。すでに伜めは承知してござる」

その父の言葉を、年端もゆかぬ少年は微動だにせずきいている。瞬《また》きひとつしないのは、覚悟ができているのか、父の腕前をよほど信頼しているのか、それとも、事理が弁《わきま》えられぬ幼さの故であろうか。かすかに、無邪気な微笑さえうかべているのだ。

軍太夫はいちだんと形をあらためて、

「立合は、真剣にてお願い申す」

と、悲壮な面持ちながら穏やかな声音《こわね》でいった。

二

しばし、沈黙が領《りょう》した。

武芸者としては見栄えのせぬ小柄で、言葉遣いも柔和だが、人を見る眼光には独特の底深い威力がある五十に近い七郎兵衛は、しかし半眼をとじ、じっと黙っている。

意外な申し出ばかりか真剣の立合を申し出されて、さすがに師もいささか動揺している――と門弟たちにはみてとれた。落着きはらっている軍太夫の挙措《きょそ》には、こけ脅しでないものが感じられる。しかしそれも、これまで幾度となく旅先の田舎《いなか》道場でこの種の脅しをかけて成功してきた男の、もの馴《な》れた振舞いにも思える。真剣でと申し出れば、相手は応じかね、子供への食の施しにとどまらず相応の金子を包んだであろう。飢えた我が子をだしにしての、見えすいたその卑しい魂胆が許せない。それに、さして腕が立つとはみえぬ、たかが子づれの浪人ではないか。

一瞬は気圧《けお》されながらも、若い門弟たちは殺気立った。

「先生、それがしがまず立合いましょう」

師範代の津田《つだ》兵馬《ひょうま》が言葉を発するのとほとんど同時に、

「いえ、わたくしにお許し下さいませ、父上」

と、娘の志津がひと膝すすめて、七郎兵衛に頭をさげた。色白で見目麗しい貌《かお》だちだが、男まさりの気性なのだ。

門弟のあいだに、ほっと、安堵《あんど》と期待の空気が流れた。

当年二十歳《はたち》になる一人娘の志津は、幼少より父に剣を習い、ことに小太刀《こだち》は免許皆伝の腕前で、師範代の兵馬も及ばない。腕が立つばかりか評判の美しさで、この道場が栄えているのも、七郎兵衛の人柄もさることながら、志津に魅《ひ》かれてくる若侍や近在の若者が多いからである。

「ほう、ご息女とお見うけいたすが、立合って下されるか。かたじけない。女性《にょしょう》とて拙者に異存はござらぬ」

七郎兵衛が許すとも許さぬともいわぬ先に、軍太夫は莞爾《かんじ》として応じ、

「進之助、こなたに控えておれ。父に万一のことがあっても、見苦しい振舞いをいたすでない、よいな」

と声をかけ、やおら立ち上がっている。

父にいわれて少年は、臆するふうもなく歩んでゆき、道場の端にちょこんと坐《すわ》る。神妙な顔つきだが、少しも怯《おび》えのない澄みきった眼だ。

七郎兵衛はなお黙したまま、少年をみつめていたが、

「進之助殿と申したな、幼少ながら見事な振舞いよのう」

好々爺《こうこうや》の笑顔で声をかけ、左右から詰め寄る姿勢になっている娘の志津と師範代の兵馬をやんわりと交互にみて、不意に、さもおかしそうに笑い声をあげた。

「はっはっは。……この勝負、われら剣をたしなむ者より、無垢《むく》なる童《わらべ》の勝ちとみゆる」

半ば独り言にそういうと、言葉をあらためて軍太夫へ問いかけた。

「長の浪々のうち、五年前に妻女を亡くされたと申されたが？」

「左様……」

「いや、このわしとて故あって主家を離れ、浪々の歳月のなかで妻に死なれ、男手《おとこで》ひとつでこれなる娘を育てました。幸いこの地でかようにささやかな道場を開いて平穏に暮らしていますが、貴殿の辛酸《しんさん》のほど、我が事の如く察せられます。いかがでござろう、お申し出のこと、立合わずしてご子息に叶《かな》えてさしあげたいが」

「しかし、それでは……」

「そのかわりと申してはなんだが、お気が向けば当道場に幾日なりとも滞在なされて、貴殿の中西派一刀流を門弟どもにご教授くださるまいか？」

思いもよらぬ申し出に、軍太夫は黙ったが、志津と兵馬をはじめ門弟たちは不満の表情をうかべる。しかし、七郎兵衛は重ねていう。

「わしとて無益なる血を流すために道場を開いているのではござらぬ。まして、幼な子を賭けての真剣勝負など」

語気を強めて一同を見まわし、軍太夫へ、

「さいぜんよりご子息をとくと拝見するに、この勝負、当方の負けでござるよ」

と、微笑を向けた。

「負けと申されるか?」

「おじけづいたととられても一向にかまわぬが、わしの申し出、まげてご承諾くださるまいか?」

「は、それは……」

「当道場では、我が流派にこだわるなと常に申しきかせています。平川氏《うじ》に数日なりとも一刀流をご教授いただければ、門弟一同、またとない修行となりましょう。他流を学ぶも精進のひとつ。さて、これで決まりじゃ」

機嫌よく独り合点して七郎兵衛は、呆然《ぼうぜん》としている門弟たちへ、

「今日の稽古はこれにて仕舞《しま》いといたす。明朝は平川氏へ思う存分に掛かり稽古するがよいぞ」

と、笑顔で告げ、まだ不服そうな面持ちの志津へ、

「なにをぐずぐずしておる。早《は》よう茶漬と酒肴《しゅこう》の用意をせぬか。平川氏と進之助殿をまずは湯殿へ案内《あない》いたせ」

そういうと、いかにも感に堪えぬ様子で、七郎兵衛は座を立っていた。

三

「お見事なる躱《かわ》しよう、拙者が遮二無二打ち込んでおれば、後《ご》の先《せん》をとられて、拙者の負けでござった。思いあまっての卑しい願いをおききとどけ下さり、恐縮至極です。痛み入ります」

久しぶりに父子ともども風呂をつかい、用意された着替えに小ざっぱりとして、奥座敷で酒肴の膳にむかった軍太夫は、痩せた髭面ながら先刻とは別人のような和んだ面持ちで、傍らで茶漬を頬張っている我が子を見やりながらいう。

「実を申せば、このまま倅と飢え死にするなら、せめて武士らしい父の最期を倅に見せてやりたく、あのような申し出をしたのでござる。しかるに、森山先生には何一つお咎《とが》めもなく、心あたたまるおもてなし、何やら眼の前が開けた心地がいたします。拙者、あまりの長き浪々のため、人の情《なさけ》を忘れてござった」

「わしとて浪々の歳月のあいだに、一度ならず娘と死のうかと思いつめたことがあります。貴殿と進之助殿を見ていて、ふっと、その頃を思い出したまで。それに、我が子への一椀の粥とひきかえに我が身ばかりかご子息のいのちまで賭けるとは、並の兵法者《ひょうほうしゃ》にはできぬこと。わしとすれば、打ち勝ってみたところで、道場は血で汚れ、ご子息のいのちはとれず、不快の念が生涯残りましょう。敗れれば世間の物笑いになり、武士の面目が立たず、娘の婿とりも叶いますまい。そもそもこの勝負、戦わずして軍太夫殿の勝ち、それも読めずに立合を申し出る我が娘はいまだ未熟者、お恥ずかしい限りです」

と、七郎兵衛は志津にきかせるようにいった。

薄桃色地に桔梗《ききょう》を散らした小袖に着替えた志津は、かすかな不満を薄化粧にかくして、進之助へ給仕をしている。

満腹した進之助が眠そうなので、志津がともなって寝所へひきとると、七郎兵衛と軍太夫は、酒をくみかわしつつ、浅山一伝流、中西派一刀流それぞれの武術談義をはじめている。

一刀流は大太刀、小太刀、合《あい》小太刀だが、浅山一伝流はそれのみにとどまらず、居合術、杖《じょう》術、鎌術、手裏剣術、体《たい》術、捕縛《ほばく》術、薬草術など多岐にわたっている。薬草術とは毒殺をふくむ薬草の調合だが、七郎兵衛はことに小太刀と居合術を得意とした。刀を抜けば瞬時に敵を仆《たお》している居合では、勝負は鞘《さや》のうちにある――といわれる。

話が居合に及ぶと、飲むほどに顔色が蒼《あお》ざめる軍太夫は、

「先刻、森山先生は鞘のうちで勝負を決められたのですな」

と、いっそう顔色を蒼白《そうはく》にして独り言のようにいい、話題をかえて、

「お言葉に甘えての滞在中、拙者の知らぬ杖術などお教えいただければ、この上ない楽しみでござる」

さも満足そうに、笑い声をあげる。

七郎兵衛も寛闊《かんかつ》に応じ、旧知のような二人の談笑は、夜更けまでつづいた。

翌日、道場では軍太夫をまじえての稽古がはじまった。

門弟たちには、中西派一刀流なにするものぞとの敵意があるから、師範代の兵馬が素面《すめん》素籠手《すこて》の木刀稽古を申し出た。腕の一本もへし折って放逐し、浅山一伝流の強さを思い知らせようとの魂胆である。

七郎兵衛はその木刀稽古を許し、一段高い師範席に志津とともに座し、底深い眼光ながら口元に笑みをたたえて注視している。

まず、当道場屈指の腕前の大兵《だいひょう》な若い門弟が、裂帛《れっぱく》の気合をおめかせて打ちかかっていったが、軽く躱《いな》され、二、三合打合ううちに、ぴたり青眼《せいがん》につけられてじりじりと後退り《あとずさり》を余儀なくされ、獣の如く喚《わめ》いて頭蓋も破《わ》れよと上段から打ちおろすところを、木刀を撥《は》ねとばされた。

間髪をいれず門弟たちは、殺気すさまじく打ちかかった。応じる軍太夫はいかにも楽しげで、高慢な様子はみじんもなく、次々と打ち勝ってゆく。ことに一刀流独特の〝切落《きりおと》し〟と〝迎突き《むかえづき》〟は見事な冴《さ》えで、対手《あいて》は木刀をしたたかに打落されて切っ先を咽喉《のど》もとに突きつけられているか、突き出す木刀を上から押えつけられて腹を軽く突かれている。

しかし、半刻《はんとき》（一時間）もすると、軍太夫は時折り一本をとられそうになる瞬間、跳び退《すさ》って、

「まいった、まいった！」

と、これまた楽しげに大声をあげる。

師範代の兵馬との立合では、三本のうち二本をとられて、兵馬の腕前を気持よく褒めあげ、汗をぬぐう。

ここで師が立合えば——と門弟たちは期待したが、七郎兵衛はその気配もみせず、うなずきながら、かすかな微笑をうかべているのだ。

軍太夫が小太刀の木刀をとったとき、志津が立合いたいと申し出、軍太夫も応じ、門弟たちは固唾《かたず》をのんだが、七郎兵衛は、

「いや、娘は、とても、とても……」

と、破顔していい、二人の立合を許さず、軍太夫が披露する小太刀の技にじっと見いった。

軍太夫の一刀流小太刀は、小太刀を持った右腕を充分に伸ばした右半身《はんみ》、左肩をうしろに引く構えで、腕を刀の一部として小太刀の短さを補う、理合《りあい》の技《わざ》であった。浅山一伝流との明らかな構えの違いに、志津もまた眼をみはった。

充分に汗を流してのその日の稽古が終ったあと、門弟たちの意見は二つに分かれた。

「あいつの腕はたいしたことはないな」

「いや、なかなか。一刀流切落しのあのすさまじさに、俺は腕のつけ根がまだしびれてお

る」

「しかし、師範代には負けたではないか。うちの先生の足もとにも及ばぬさ。先生も人がよすぎる。我らの面前で道場の床に這《は》わせてやればいいのに」

「平川さんは腕が立つばかりか、なかなかの苦労人だぞ。一宿一飯の恩義から師範代に勝ちをゆずったのだ。小太刀で志津殿と立合ったとて、どちらが勝つかわからんな」

「何をいう、志津殿が勝つに決まっておるわ」

井戸端で汗を拭いながら大声に話し合っている門弟たちの声が、奥座敷まできれぎれにきこえてきたが、七郎兵衛は夕陽の射しこむ庭を見やりながら、軍太夫に酒をすすめる。

庭の隅では志津が進之助の遊び相手になって、時折り笑い声をあげていた。

あくる日からは、防具をつけての竹刀稽古をしたが、軍太夫は対手《あいて》の腕前に応じた教え上手で、隙をみては鋭い一本をとり、「間合の見切り」などを身につけさせている。七郎兵衛もふだんどおり門弟たちに稽古をつけたが、軍太夫と竹刀をまじえることはなかった。

数日もすると、七郎兵衛は稽古を軍太夫と師範代の兵馬にまかせて、釣竿《つりざお》と魚籠《びく》を手に近くの鬼怒川《きぬがわ》へ魚釣りに出かけたりした。

なぜか志津に稽古をすることを禁じ、離れに寝泊りさせた軍太夫父子の世話のみをさせている。

その日は釣りに行った七郎兵衛の帰りが遅く、夕餉《ゆうげ》の給仕をして引きとろうとする志津へ進之助が甘え、二人は夜の庭に出て虫をさがしていた。築山《つきやま》の草むらで、秋の虫がしきりに鳴きしきっている。

実の姉と弟のように仲睦《なかむつま》じくしている二人を、軍太夫はふと眼をうるませて眺めていたが、志津と視線があうと、ぎごちないしぐさで視線をそらした。その瞬間、志津もまたぽっと白いうなじを染めていた。

軍太夫と志津との微妙な仲を敏感に感じとったのは、志津に心をもっとも寄せている兵馬であった。しかし、七郎兵衛は気づいているのかいないのか、相変らず留守にしがちで、四里（約十六キロ）ほど離れた下妻《しもつま》で道場を開いている知友の岸辺《きしべ》左門《さもん》のところへ、ふらりと遊びに行き、泊ってきたりもする。

七郎兵衛より少し年上の左門は、最近、長男に道場をまかせ、十八になる娘の絹絵《きぬえ》の嫁入りを楽しみにしている。

頰のふっくりとした、片えくぼのある絹絵の酌で盃《さかずき》を交わしながら、七郎兵衛と左門の話はたがいの娘のことになる。

「絹絵殿はしとやかで、愛敬があって、羨しいのう。わしのところの志津は、男手ひとつで育てたせいか気が強くていかん」

「何を申す。あれほどの腕前に仕立てたのだから、立派なものよ。いい加減に兵馬と妻合《めあ》わせてやったらどうだ。兵馬の腕前では不服か?」

「志津が想いを寄せてくれればいいが、男嫌いで困ったものだ」

「平川軍太夫とか申す旅の武芸者を食客《しょっかく》に置いておるそうだが……」

七郎兵衛がおじけづいて真剣勝負をさけたとの良からぬ風聞が左門の耳に入っていて、左門はそれとなく訊《たず》ねたが、七郎兵衛は気にするふうもなく笑いとばし、やがて酒にしたたかに酔って、男まさりの志津の気性のことばかりを、半ば愚痴めいて話しつづけた。

四

軍太夫が森山道場にひと月余も滞在したのは、相変らずぼそぼそとした物言いの彼が面とむかって志津とそれらしい言葉を交わさなかったとはいえ、志津の進之助への優しい気持のみにとどまらぬ想いを、憎からず感じとった居心地のよさだったろう。それに、控えめな人柄が門弟一同に好感をもたれ、軍太夫の腕前をとやかくいう者はなくなり、また、樫《かし》の丸棒を自在に遣う杖術の教えを七郎兵衛から受けるのも楽しかったからである。

だがさすがに、志津との仲を疑う兵馬の視線には耐えがたくなったらしく、秋も深まった或《あ》る夜、軍太夫は母屋《おもや》を訪れ、七郎兵衛に申し出た。

「ご厚情に甘えて長らく滞在いたし、進之助ともども生き返ったような日々を過ごさせていただきました。しかしながら、これ以上滞在しては、思わぬご迷惑を及ぼすやも知れません。明朝、出立《しゅったつ》いたしたく存ずるが、お許しいただきたい」

「それはまた急なこと」

七郎兵衛は、よき師範役を旅立たせて残念という表情になり、志津になついている進之助を預ってもよいが——とさえいったが、軍太夫はその志を深く謝して、

「進之助のことを思えば、拙者が当地に住まいいたすことを考えぬではござらぬが、一所にとどまっては、流れぬ水が淀《よど》む如く、武芸者として心と技が濁りましょう。現に恥ずかしながら、気持が甘くなり申した。ふたたび旅に出て、伜ともども鍛え直そうと存ずる」

と、いった。

翌早朝、いよいよ旅立つとき、七郎兵衛は師範料としてかなりの金子を路銀のたしにと無理矢理に渡し、志津と兵馬ともども門前まで見送りに出て、

「貴殿のお蔭《かげ》で門弟どもの剣技が上がりました。さすが中西派一刀流、このわしも居ながらにしてよい修行になりました。厚く礼を申し上げる」

と、丁重に頭をさげ、志津がそろえた旅支度の少年の小さな肩に手をおき、

「進之助も、道中、気をつけての」

孫へのように、優しくそういった。

奥州《おうしゅう》街道の小山宿《おやまじゅく》に出てみちのくへ向うという軍太夫は、志津が新しく用意した旅装束を固辞し、道場に来たときの襤褸《ぼろぎ》着で、進之助の手をひき、明けそめた街道を飄然《ひょうぜん》と遠ざ

かってゆく。

見送る兵馬は安堵の色をみせていたが、志津は、振り返って手をふる進之助に手を上げて応えながら、女としてはじめて覚えた妖しい心のゆらぎを遠ざかってゆく人影に知られまいと、自らに耐えているふうであった。

軍太夫父子を見送って奥座敷にもどった七郎兵衛は、しばしして志津ひとりを呼び、唐突にこういった。

「お前の小太刀にて、軍太夫を討ちとってまいれ」

「……」

「いまなら許す。当道場はお前が継がねばならぬ。中西派一刀流の彼奴《きやつ》を見事に討ち果してこそ、浅山一伝流を継ぐ我が娘じゃ。鬼怒川の川原あたりで追いつこう、早よう追え!」

有無をいわさずきびしく命じると、愛刀の小太刀備州長船重光《びしゆうおさふねしげみつ》を手渡し、

「わしと思うて遣え。これが別れになるやも知れぬ。早よう行け」

あとは瞑目《めいもく》して、とりつく島もなかった。

芒《すすき》の穂が朝の陽光にきらめく鬼怒川の川原で、

「平山軍太夫殿、お待ちを。父の許しにより、わたくしと尋常に勝負して下さりませ」

凜《りん》とした声に振りむいた軍太夫は、小太刀をたばさんだ志津をみて、一瞬その顔に当惑

が掠《かす》めたが、

「おひとりか？　お父上と兵馬殿は……」

と、堤《つつみ》のほうをみやりながら訊ね、半ば予期していたもののようにうなずいた。

「進之助、退《さが》っておれ」

少年はおどろき怪しむ眼を志津にむけたが、父にいわれた通り、芒の茂る一隅に退く。

志津は進之助に一瞥《いちべつ》もくれず、手早く藤色の小袖に白襷《しろだすき》をかけ、濃紫《こむらさき》の袴《はかま》の股立《ももだち》をとり、三間（約五・五メートル）の間合で軍太夫と向い合った。

近くに紅葉の筑波山《つくばさん》が聳《そび》える晩秋の空は、ちぎれ雲ひとつなく晴れ、川原に人影はなく、西から吹く微風に赤とんぼが羽根をきらめかせて高く低く群れ飛んでいる。瀬音をたてる鬼怒川の川面《かわも》が、いっそう眩《まぶ》しい。

「志津殿」

はじめて志津の名を呼びかけるように軍太夫は声をかけ、このときも訥々《とつとつ》という。

「なに故、お父上が本日になって、拙者との立合を許されたかご存知か？」

「………」

「いや、訊ねまい。拙者、恩にあずかったとて容赦はせぬ。存分にかかってこられよ」

そういうと一歩出て、大刀の鯉口《こいぐち》を切る。

志津は無言で小太刀の鞘を払う。軍太夫も抜き放ち、青眼に構えた。

しかし、

(これは――)

と、一瞬、かすかな戸惑いの色を面《おもて》に刷《は》いた。

志津は、鞘走らせた小太刀を青眼にも下段にも構えず、左肩をやや前に出し、両手を左右にだらりと垂らして、一見、無造作に立っているのだ。右手に握る小太刀は袴にほとんど隠れて、あたかも無刀で、全身を軍太夫の剣先《けんさき》にさらしている。太刀の短さを伸ばした腕で補う一刀流小太刀の理合《りあい》の構えからすれば、あまりにも理に合わぬ、無謀さといえる。

しかし、浅山一伝流小太刀も、剣に見立てた腕を斬らせる覚悟で対手《あいて》の懐《ふところ》に入身《いりみ》となって飛びこむ、捨て身の技なのである。

志津は、最初から身を捨てているのだ。

(これが、浅山一伝流の小太刀か……)

瞬時の戸惑いを払うように軍太夫は、

「ええいッ!」

と、大音の気合を全身からほとばしらせると、嘲笑の薄ら笑みさえ口辺に刻んで、じりッじりッと間合をつめる。

志津は、両手を垂らし面も胸もあけたまま、まるで、軍太夫の剣気に吸いこまれるのを願うかのように、近づいてゆく。その姿は、父の命に背いて、はじめてひそかに慕う男の刃《やいば》に殉じる我が身をよろこびとする女心の、凄切《せいせつ》な艶やかさにもみえる。切れながな眼は美しく澄み、色白の貌《かお》にかすかに朱が刷かれ、ほつれるうなじの黒髪が川風に頼りなくなびく。

しかし、軍太夫にみじんも躊躇の気配はなかった。間合が一間（約一・八メートル）にちぢまるや、満身の殺気をこめて上段にふりかぶり、手練の迅業《はやわざ》で飛びこみざま、真っ向《こ》うから斬り下ろす。志津の額から血飛沫《しぶき》がとび散ったとみえた刹那《せつな》、閃光《せんこう》がきらめき、大刀と小太刀のかすかにすり合う音が響いた。志津は、わずかに身をひねりながら小太刀を右からすり上げて軍太夫の剣を躱《かわ》し、次の瞬間、胸もとへ飛び込んでいる。脇の下をくぐり、身を翻した細身の志津の軀が、軍太夫に寄りそっている。まるで、愛する男にひしと寄りそうように——。

だが、右手の小太刀は、軍太夫の頸《くび》すじにぴたりと当てられているのだ。その陽灼けした頸すじに、かすかに血がにじみ、志津に抱えこまれている軍太夫の右腕の脇の下から、志津の小袖をつたって、鮮血が糸をひいてしたたり落ちた。入身《いりみ》となって脇の下をくぐったとき、瞬時に腕のつけ根を浅く斬っていたのである。

束《つか》の間《ま》、二人はその姿勢のまま、微動だにしなかった。軍太夫は小太刀を頸に当てられながら、大刀をかろうじて握る手負いの右腕で志津を抱くようにして、観念した静かな面持ちで立っている。長い刻《とき》が、いのちを賭けた男女の上に流れた——と思える光景であった。

　赤とんぼが二人の肩にとまろうとして、ためらいの羽根を朝の陽にふるわせる。

　軍太夫は穏やかに志津をみつめながら、ややかすれを帯びた声で、

「志津殿、技《わざ》の名を知っておきたいが」

　と、問うた。

「〝羽衣《はごろも》の入身〟といいます」

「天女の……見事な捨て身の技、ほとほと感服いたした。遠慮のう首を刎《は》ねられよ。……進之助をお頼み申す」

　最後の一言を口のなかでいい、観念の瞼《まぶた》をとじる。

　志津は、しかし、身をはなすと、残心《ざんしん》の構えもとらず、手早く拭いをかけて備州長船重光の小太刀を鞘におさめた。

　その二十歳の処女《おとめ》の瞳に、涙があふれてくる。突然、ひしと抱きつくと、甘やかな切ない、女のつぶやきがもれた。

「軍太夫さま……」

五

あたりに風が立ち、芒の穂波がきらきらとそよぐ川原の、十二、三間離れた一隅から、七郎兵衛と兵馬が姿を現わした。先刻からそこにひそんで、一部始終を見ていたのである。

すでに、軍太夫に手早く血止めの手当をした志津は、駈《か》け寄って父にすがりつく進之助の肩にしばらく手をおいていたが、何やら軍太夫と二言三言の言葉をかわすと、つれ立って、渡し場のほうへ歩き出している。

晩秋の陽の光にみちた川原を、寄りそうように遠ざかってゆく三人の後姿を、なぜか旅姿の七郎兵衛はみやりながら、

「追うか、兵馬」

と、いった。

「手負うている軍太夫を、いまなら容易に討てよう。志津をとりもどすもよい。じゃが……」

あとは黙って、兵馬の横顔を見つめる。

兵馬は蒼白な顔で、口もとをきつくいしめ、肩先をふるわせながら刀の柄《つか》に手をかけ、血走った眼で、川原をゆく三人を凝視している。

「まあ、坐れ。慌てることはない」

七郎兵衛は、一叢《ひとむら》の芒の脇の石に先に腰をおろすと、

「お前にはすまぬことをした。実は、わしは賭けをしたのだ。許せ」

と、頭をさげて、言葉をつぐ。

「志津が軍太夫に心を寄せはじめていたことは、わしも勘づいていた。最初は進之助への同情のみと思うたが、そのうち、どうやらそれだけではないとわかって、あの気の強い娘がと、正直申してほっとしたものだ。女にもかかわらず幼少より剣をきびしく仕込み、男まさりに育てたことが間違っていたのではないかと、疑う昨今だったのじゃ。兵法者にあるまじき親馬鹿よと嗤《わら》ってくれてもよい。だが、わしの気持も察してくれ。志津が女心に胸をやわらげば、志津を想うお前の気持にも女らしく応えるのではないかと、それを願ったのだ。だが、こういってはお前にはすまぬが、志津がしんそこ軍太夫を慕うなら、添わせてやってよいとも考えるようになった。進之助も母を得て幸せになれる」

「………」

「だが、わしも兵法者だ。志津が兵法をとるか、女としての幸せをとるか、志津自身の気持に賭けてみたのだ。昨夜、軍太夫から旅立ちを申し出されたとき、その肚《はら》が決まった。――こんどはわしが娘を賭けて、軍太夫に賭け勝負を挑んだのじゃ。志津が女を捨てて兵法者として生きるなら、わしが心血をそそいで伝授した小太刀の技で、軍太夫を斬るであ

ろう。そのときは無理にもお前に添わせて、道場を継がそうと考えた。志津が未熟なら彼奴に殺されよう。それも致し方ない。だがもし、軍太夫を慕ってあとを追うなら、わしは眼をつむって許そうと……」

川原の水べりをゆく三人をみやりながら、七郎兵衛は淡々とそういい、師の意外な言葉に惹《ひ》き込まれてじっと聴き入りながらも、わずかに物問いたげな表情になる兵馬をみた。

「兵馬。軍太夫が道場に来たとき、なぜ立合わせなかったかと訊ねたいのであろう？　あのとき真剣で立合っておれば、お前なり志津なりが彼奴を討ち果していたと。そうであれば、このようなことはなかったと、思うているのであろう？」

「私が討ち果しておりました」

と、兵馬は無念そうにいう。

「いや、お前も志津も一刀のもとに斬られていた。このわしとてな」

「先生までが……」

「左様。あのときの軍太夫は、己ばかりか幼い我が子のいのちまで捨てておった。あの眼をみたであろう。我が子への一椀の粥とひきかえに、一切を捨てきった者のまなこであったな。しかも、進之助までが。父が敗れたなら殺されることを何のこだわりもなく受け入れている幼な子に、お前も志津も勝てたと申すか？　哀れな幼な子に心が止まり、不覚をとったはずじゃ。父と子のかような捨て身の剣風に、わしらが勝てるわけがない。実は

――」

と、七郎兵衛は、彼方《かなた》の空に眼を移すようにして、語りつぐ。

「わしも浪々の日々、妻に先立たれ、素浪人同様の旅に明け暮れていた頃、これまで志津にも話さなんだが、まだ物心つかぬ志津に一椀の粥をあたえたく、旅先の道場で志津を背に負うて真剣の立合をしたことがある。そのとき、対手《あいて》の大刀に対して小太刀を用いた。敗れるときは背中の志津もろとも一刀のもとに斬られる死を願ったからだが、その捨て身になってはじめて、師より伝授された〝羽衣の入身〟の技の、真に身を捨てきるとはいかなることか、その奥義を会得《えとく》したのだ。わしは背中の志津もろとも入身となって、対手の頸を斬り落していた……。道場で軍太夫と進之助をみたとき、わしはこのときのことを鮮やかに思い出したのだ。かつてのおのれをみたと思い、この地に道場を開いてこの方、平穏のうちにいつの間にか、我が心も技も甘くなっていると気づかされた。軍太夫はかつての自分であり、いまのわしの師でもあったのだよ、兵馬」

「そうとは知らず、恥ずかしく存じます」

「いや、詫《わ》びることはない。進之助を賭けねば、お前の腕前は軍太夫とほぼ互角じゃ。わしのあとを継いでも恥じることはない。ただ、平穏に馴れる心を敵とせねばなるまい。軍太夫もわしのところに滞在するうちそれを気づいて、旅立ちを申し出たのだ。今日の勝負は、志津が勝てるとわしは睨《にら》んだ」

「志津殿は、軍太夫に斬られてもよいと捨て身に……」

「お前には辛《つら》かろうが、彼奴を想う女心が我が身を捨てて、小太刀の奥義を会得したことになる。おのれの死の前に、傍らに見守る進之助の姿も眼に入らなかったであろう。武術でいましめる〝止心《ししん》〟から解き放たれて、真に〝無心〟になり得た。それに対して今日の軍太夫は、進之助に心が止まり、また、志津へも無心ではあり得なかった。……じゃが、志津は彼奴を斬れなんだ……」

それでよい――というように七郎兵衛はうなずき、彼方の志津をみつめて黙った。

彼方の水際に立ち止まった軍太夫と志津は、進之助の手をとるようにして、渡し舟に乗りこんでいた。船頭が竿を使う。岸辺を離れた小舟は、鬼怒川の清流に四つの人影を映して、川面を対岸へとすべってゆく。船頭が竿を使うたびに、水に濡《ぬ》れた竹竿がきらきらと光る。

「まだ追うか、兵馬」

おのれに問うかのように七郎兵衛はいったが、兵馬は黙って、川面をゆく小さな人影をみつめて動こうとはしなかった。

やがて対岸に降り立った三人は、時折り振りむきながら、向う岸の川原を遠ざかってゆく。その小さくなってゆく人影は、思い出の土地を旅立ってゆく子づれの夫婦者の武芸者にみえる。風にゆれて白銀色に輝く芒の穂波にかくれて、姿がみえなくなると、それまで

兵馬とともに立ちあがって見送っていた七郎兵衛は、

「わしもこのまま旅に出ようと思う」

と、微笑していった。

「どうであろう、お前さえよければ、絹絵殿を妻に迎えて、道場を継いでくれぬか？　絹絵殿とは似合いの夫婦《めおと》になれよう。左門殿は委細承知じゃ」

先に立って、堤の小径《こみち》を登りながら、

「わしはまず鹿島香取の両社に詣でてから、諸国を巡《めぐ》るつもりだ。一所に長くとどまり過ぎて、だいぶ心身がなまった。子づれではないが、昔のように背に志津を負うたつもりで、一から修行のしなおしじゃ」

と、片手を背中にまわし、子を負うしぐさを剽《ひょう》げてしてみせて、七郎兵衛は笑う。

晩秋の陽をあびて堤上の小径をゆく師と弟子を、錦繍《きんしゅう》に彩られた筑波のお山がみおろしている。

菖蒲《あやめ》の咲くとき

一

伊達《だて》領伊庭《いば》村の金剛寺《こんごうじ》の住職大雲《たいうん》和尚は、夜半、はねつるべの横木のきしむ音で眼ざめた。誰か、境内の井戸で、水をあびている気配がする——。

みちのくにも春がようやく訪れたが、花冷えの深夜である。時刻は、うしみつ時（午前二時）を過ぎている。

この春寒の深更に、心願の水垢離《みずごり》をとっているに相違ないが、離れにやすませた娘づれの侍であろうか。

久米《くめ》幸太郎《こうたろう》という新発田《しばた》藩の武士であった。

——あの病身のお武家が……。

大雲和尚は寝床を出ると、雨戸をくって庭におり立ち、築土《ついじ》のくぐりから境内をうかがった。

雲間から射す十三夜の月のひかりが、森閑とした境内にみち、冬が舞いもどってきたような冷たい夜風に、散りいそぐ桜の花びらが舞っている。その桜並木の参道の傍らにある釣瓶《つるべ》井戸に瞳をこらした和尚は、ハッと息をのんだ。

素裸の若い娘が、井戸端にかがみこんで、釣瓶の水を頭からかぶっているのだ。青白い月のひかりをあびて白磁のような濡《ぬ》れた肌と漆黒の髪に、月光にきらめく水しぶきがはね、寒さにあからむ処女《おとめ》の肌に、花吹雪が散っている。

なまめかしさが漂うゆえに、いっそう凄然《せいぜん》とした、春の夜のまぼろしに似た光景に、さすがの老和尚も固唾《かたず》をのんで見いった。

歳《とし》のころ、まだ十四、五であろう。昨夕、初対面の折り、言葉少なに佐和《さわ》と名のっている。仔細《しさい》はまだきいていないが、幸太郎を父上と呼んでいたから娘であろう。武州《ぶしゅう》からはるばる、病身の父に付き添って旅をしてきたのである。

花冷えの深夜に、独り水垢離をとりつづける娘の裸身は、女体というには蕣花《しゅんか》がひらいたばかりの清楚《せいそ》な美しさで、肢体は少年のように細っそりとして、痛々しい。が、意外に肉づきのいい腰まわりとふくよかな胸のふくらみは、熟《う》れそめた女のものであった。その素肌をいためつけるように、繰り返し冷水をあびている。

佐和という娘は、父が仇討《あだうち》本懐をみごとに遂げるよう、労咳《ろうがい》を患っているらしい父にかわって水垢離をとっているのであろう。そのけなげな姿に、和尚は仏の加護をねがって合掌した。

娘は幾杯かの冷水をかぶると、黒髪からしたたる水をきり、肌のしずくも拭いとってから、桜の幹にかけておいた小袖《こそで》を手ばやく身につけ、本堂のほうへ足早やに歩んでゆく。きざはしに跪坐《きざ》し手をあわせて、そのまま身じろぎもせずに、小半刻《こはんとき》（三十分）も祈願をこらしていた。

寝所にもどった和尚は、容易に寝つけなかった。いま眼《ま》のあたりにした娘のけなげな姿と、四十七歳だというが五十半ば以上に老けこんでみえる病身の久米幸太郎の痩せこけた蒼白《そうはく》な貌《かお》が闇にうかび、さらに、父娘の敵《かたき》にほぼ間違いない老僧の、弱々しい皺貌《しわがお》が二重映しに思い出されて、心の揺れをおさえかねた。

その老僧は和尚見識《みし》りの禅師なのである。しかも、大雲和尚自身が、久米幸太郎に知らせるよう取計ったのであった。


新発田領出身の大雲和尚の寺をめずらしく訪れた国許《くにもと》の者から、和尚がその仇討《かたきうち》の話をきいたのは、今年正月であった。

「なんと、四十年も探しつづけて、いまだに敵《かたき》とめぐりあえぬと申すのか」

鸚鵡《おうむ》返《がえ》しに、和尚は驚愕《きょうがく》と感嘆の声を発していた。

父の久米弥五兵衛が討たれたとき、幼かった長男の幸太郎と次男の盛次郎の兄弟は、成人すると、後見人である叔父《おじ》の板倉留六郎がくわわり、手わけして父の敵を追って、諸国を流浪しているという。すでに兄は四十七歳、弟は四十四歳、国許への帰参もかなわず、嫁をとることもできず、ほぼ一生をついやして、空《むな》しく追いつづけているのである。叔父の留六郎は古希《こき》をとうに過ぎて、探索の旅もままならぬらしい。

四十年――。

その辛酸《しんさん》の長い歳月を思いやる和尚の皺ぶかい眼尻に、涙がひかった。幼少のころに国許を出て五十余年、和尚も還暦をむかえていた。

敵は滝沢休右衛門といい、新発田藩士だったという。

「して、そやつの面体風体《めんていふうたい》、いかなる男なのじゃ？」

「五尺（約百五十二センチ）たらずの小男で、月代《さかやき》に一文銭ほどの若禿《わかは》げがあったそうでございますが、背丈はともかく、総髪にしてかくしておりましょうからわかりますまい」

「歳はいかほどにあいなろうな？」

「生きていれば、八十の余になりましょうか」

「では、髪も乏しく、ほぼ禿頭《とくとう》であろう。四十年前の禿げなど目当てにはなるまい」

「左様でございますな」

国許の男は、人伝《ひとづ》てにきいた休右衛門の人相を、なお詳しく語った。眼がけわしく、髯《ほおひげ》が濃く、顎《あご》の骨が張っているという。

しかし、骨相《こつそう》はともかく、四十年もの星霜をへて、人相は変わり、老翁のおだやかな皺貌に変じているであろう。

とうに鬼籍《きせき》に入っているかもしれなかった。だが、敵の死が確認されぬかぎり、仇討はつづくのである。金剛寺へも過去帳をしらべに立ちよる侍があった。幸太郎、盛次郎の兄弟も、諸国の寺々を訪ねまわっているであろう。

眼尻の涙をぬぐった大雲和尚は、火桶《ひおけ》に手をかざしながら、わがことのように嘆息をもらし、火頭窓《かとうまど》に眼をやった。外には、安政四年の新年の雪が降りしきっていた。

「小男で、月代に禿げがのう……歳は八十の余……」

しばしして、和尚は円頂に手をやり、思案顔につぶやいた。宙にすえた視線に、ふと、知己の老僧の貌がうかんだのである。

背丈は五尺たらず、年老いて腰がまがり、若いころにくらべておそらくひとまわり縮んだ五体は、骨張って小さく、弱々しい。眼《まなこ》にけわしさなど露ほどもなく、仏につかえる老僧のおだやかさで、しょぼしょぼとして頼りない。けれども、ほとんど禿頭の、剃《そ》りあげた円頂に、よく見ればわずかに、皮膚の色の変じた一文銭ほどのしみがある。老人斑《はん》ともみえるが、あれは若禿げのあとではあるまいか。

年老いて面がわりしているが、頭のしみが若禿げの名残りだとすれば、腮《えら》の張った骨相といい小軀《しょうく》といい、その休右衛門に似ている。いや、それのみではない。新発田領出身と仄聞《そくぶん》して懐かしさから問うたとき、顔面をこわばらせて否定した態度が、いま思えば尋常でなかった。

「ふむう、似ておるのう……」

「思い当る者でもいるのでございますか?」

膝をのりだす相手を和尚は手で制して、

「いや、しかとはわからぬが、わしと同じ曹洞宗《そうとう》の僧で、牡鹿《おしか》半島の谷川浜にある洞福寺《どうふくじ》の住職をつとめる默昭《もくしよう》殿と申す老禅師がおっての、たまに会うて将棋をさす間柄じゃ。無類の将棋好きとみえて、歳はとってもなかなかに手ごわい相手での」

「将棋を、でございますか？」

「わしも下手《へた》の横好きでの」

「和尚さま」

相手は緊張の色を満面に刷《は》いて、

「その休右衛門なる侍は、将棋の諍《いさか》いで弥五兵衛を斬ったそうでございます」

といった。

「なに――」

絶句して和尚は、しばらく腕をくんでいたが、思い出して独り言のように言葉を発した。

「そういえば、檀家《だんか》の噂話《うわさばなし》じゃが、默昭和尚は以前より他国者を異様なほど警戒する癖《へき》があるそうじゃ。法衣《ほうえ》の懐《ふところ》に短刀をしのばせているのを見た者もあるとか……」

「それはますます怪しゅうございますな」

うなずきつつ和尚は、ふたたび視線を宙にすえると、默昭和尚の年老いた皺貌を、しらべるように想いうかべた。

人相書にも描かれ、人目にたつ月代の禿げを目立たせぬために、髪をことごとく剃り、円頂黒衣《こくえ》の僧になったのではあるまいか。いや、人を殺《あや》めた罪を悔い、仏の道に仕えるようになったのであろう。

二十年ほど前、石巻牧山《いしのまきまきやま》の梅溪寺《ばいけいじ》の末寺で、無住の破《や》れ寺であった洞福寺にいずこから来たともしれぬ旅の僧が杖《つえ》をとどめ、いつしか住職になったと大雲和尚はきいている。寺男もおかず、独りで暮らす黙昭和尚と識《し》りあったのは、十年ほど前であった。

初対面のとき黙昭和尚は、問われぬさきに円頂のしみを自ら指さして、

「老体になりながら、妄執をかようにさらけ出しておりましてな」

と剽《ひょう》げて語っている。

しかし怪しんでみれば、枯れた人柄が小軀ににじむ和尚の、しょぼしょぼとした老いの眼《まなこ》の奥に、怯《おび》えの色が深くかくされているように思えぬではない。

——じゃが、あの老禅師が……。

迷いつつ大雲和尚は、組んだ腕をほどいたときは、こういっていた。

「話をきいては、わしも捨てておけぬ。それとなくさぐってみるが、如何《いかが》であろう、おぬし、新発田にもどったなら、このことを藩庁に知らせ、久米兄弟の耳に入るよう骨折ってみてはくれぬか。四十年も敵をさがしあぐねて、藁《わら》をもつかむ思いであろう。人違いやもしれぬが、久米兄弟に知らせてみてくれ」

以来三月《みつき》が経《た》ち、調べたところでは十中八九、間違いはない。国許からはなんの返事もなかったが、昨夕、久米幸太郎が突然に訪ねてきたのである。

小坊主の知らせで、大雲和尚が庫裡《くり》の玄関に出てみると、長旅の疲ればかりか一目で病いとわかる、頬のこけた痩身《そうしん》の侍が、旅姿の眉目麗《みめうるわ》しい少女に身を支えられるようにして立っていた。

さすがに両の眼《まなこ》は、長年敵を追いつづけている者の執念に、異様なひかりを宿していたが、その眼とて飴《あめ》色ににごり、弱り果てた姿は、壮年の武骨な侍を想像していた和尚には意外であった。しかも、若い娘に介抱されて、ようやくたどりついた様子である。

歳より老けてみえる幸太郎は、名を名乗り、礼をのべると、弱々しい咳《せき》をしながら、つぎのように話した。

「藩庁を通じてお知らせいただき、急ぎ当地にまいりましたが、拙者、父を討たれたとき幼少ゆえ、敵の貌《かお》を知りませぬ。国許より見識った者がこちらへ来る手筈《てはず》になっており、諸国を探索している弟もかけつけましょうほどに、それまで、それとなく敵を見張りながら待ちとう存じます。当寺に逗留《とうりゅう》させてもらえますまいか」

「承知つかまつった。お疲れでござろう、まずはゆるりとおやすみなされ」

詳しい話は明日にして、和尚は小坊主に父娘を離れに案内させると、薬石《やくせき》（夕食）をはこばせ、床をとらせたのである。

そして、いま――。

眠れぬまま寝所に結跏趺坐《けっかふざ》した大雲和尚は、半眼をとじた春寒の闇に、水垢離をとっていた素裸の娘と久米幸太郎の病み衰えた姿をよみがえらせ、敵にほぼ間違いない黙昭和尚の老いさらばえた枯木の如き老体を想いうかべつつ、肚裡《とり》でつぶやいていた。

――四十年もの仇討の辛酸を思えば、みごと本懐を遂げさせてやりたいものじゃ。妻も娶《めと》れぬと話にきいたが、するとあの娘とはいかなる間柄なのであろう。本懐を遂げた暁には、国許への帰参がかない、賞讃のうちに家名が再興できるであろう。いや、四十年もの長い歳月が経ち、敵は罪を悔いてとうに仏につかえる身であれば、武士道の吟味より、罪を許すのが仏の道ではあるまいか……。

知らせるよう取計って以来、人違いであればよいと願う心の一方で、そうあってはならぬと、和尚自身、迷っていたのである。

わずかに白む春暁の境内の森で、明け鴉《がらす》が二声三声啼《な》いていた。

「わしのなしたことは、御仏《みほとけ》の心にそむく所業であったろうか……」

和尚の口からもれた独語は、それであった。

二

北越の新発田城は、初夏ともなれば、城地一帯に菖蒲《あやめ》の花がみごとに咲き競うので、菖蒲城と呼ばれている。また、狐《きつね》の尾引《おびき》城、舟形《ふながた》城ともいう。

新発田藩は、溝口《みぞぐち》家十万石の外様《とざま》中藩である。

事件は、第十代藩主直諒《なおあき》の治世、文化十四年十二月二十日、雪の降りつもった酷寒の宵におこった。城下竹町の中西六右衛門宅に同好の士が寄合い、将棋を愉《たの》しんでいたが、やがて酒になり、躯《からだ》をあたためて三々五々帰宅したあとに、酒好きの二人の客が残った。

久米弥五兵衛と滝沢休右衛門である。

弥五兵衛は百五十石の小納戸《こなんど》役、休右衛門は八石四人扶持《ぶち》の小禄《しょうろく》だが、もとは同格の朋《ほう》輩《ばい》であった。

休右衛門は酒癖が悪く、泥酔して下僕に傷を負わせたことから、減俸に処せられたのである。

しかし、身分に上下ができても、二人の友情はさして変わらなかった。ことに両人とも無類の将棋好きであったから、しばしば将棋をさし、うちとけて相手の悪口もいい合う。もっとも休右衛門には引け目があったから、酒が入ると棘《とげ》のある暴言も吐いた。一方、弥五兵衛も上戸《じょうご》のつねで、酒乱の気がないではない。

客間に残って、酒をくみかわしながらなお将棋に興じている二人に諍《いさか》いの声がおきたとき、居間に引きとっていた当主の六右衛門は、「またか」と舌うちをしただけであった。

だが、荒々しい罵声がとびかい、それきり静まりかえって、話し声も駒を打つ音もしない静寂に不審をいだいて客間をのぞいた六右衛門は、アッと声をあげた。

血の海に久米弥五兵衛が倒れ伏し、すでにこときれていた。抜き打ちの一刀で逆袈裟《ぎゃくげさ》に斬り殺されていたのである。

休右衛門は小軀だが、転心《てんしん》流の遣い手であった。転心流では居合とはいわず、鞘離《さやばな》れという。その迅業《はやわざ》を発揮して、弥五兵衛を瞬時に仆《たお》したのである。休右衛門の姿はなかった。

討たれた弥五兵衛の遺族は、妻と一女二男だが、娘は十歳、長男幸太郎は七歳、弟の盛次郎は四歳、女と幼童ではなす方途《すべ》もない。騒ぎとなり、親戚や知人が敵の休右衛門を追ったが、その夜のうちに逐電した休右衛門の行方は杳《よう》として知れない。むろん、滝沢家は喧嘩《けんか》殺人の上に出奔の罪で断絶である。

久米家も主人が斬り殺されて、改易。家禄は没収され、屋敷を追われたが、遺族に年三十俵の合力米《ごうりきまい》が恵与された。

「父君の仇《あだ》は、なんとしても討たねば相ならぬ。よいか、それが武士の道じゃ」

幼い兄弟に、後見人である叔父の板倉留六郎はいいきかせた。留六郎は亡き弥五兵衛の弟である。

「敵《かたき》を討たねば、武士の面目が立たぬ。あっぱれ本懐をとげた暁には、久米家は再興され、しだいによっては御加増の御沙汰もある。本日より心して武術に励むように」

その日から、留六郎は幼い二人の甥《おい》に武術の指南にあたった。後見人として実をあげねば、彼もまたお咎《とが》めをうける。みごと仇討を成就させれば、褒賞もあり、周囲からの賞讃の眼がまぶしい。

転心流鞘離れの技《わざ》を会得する休右衛門を討つには、それにまさる武術を必要とする。幼い幸太郎と盛次郎の兄弟は、叔父から一応の手ほどきを受けると、町屋の陋屋《ろうおく》で母子四人貧しく暮らしながら藩道場へもかよい、寝食を忘れて血のにじむ修行の日々を過ごした。

一方、遺族の親戚知人は、あらゆる方途で休右衛門の行方を探ったが、足跡は知れなかった。

爾来《じらい》――十一年が過ぎた。

文政十一年、幸太郎は十八歳、盛次郎は十五歳、後見の留六郎は四十三歳になっていた。

この年五月十五日、幸太郎、盛次郎の兄弟は、亡父弥五兵衛の敵、滝沢休右衛門の行方を尋ねて復讐《ふくしゅう》したき旨を藩主に願い出、暇乞《いとまご》いを申し出、これを許された。敵の貌《かお》を見知っている叔父留六郎の付添いも認可された。

翌日、幸太郎兄弟と留六郎は、城中御書院に召し出され、藩主直諒にお目見えし、格別のおぼしめしによって、兄弟に御刀一腰と金二十両、留六郎に金十五両が下賜された。

このあと、家老から諭告と励ましの言葉があった。

「両人の宿志《こころざし》、まことに殊勝である。ぬかりなく首尾をまっとうするように。万が一、未練の働きがきこえては、そこもとらの恥辱のみならず、藩主《おかみ》の御名にかかわるゆえ、意志堅固にたもち、勇気を失わず、潔《いさぎ》よく本懐を遂げよ。めでたく帰国の上は、ありがたき御沙汰があるはずじゃ」

この日、城地の菖蒲《あやめ》の花がまっさかりであった。背丈も武骨に伸び、たくましい体軀《たいく》となった十八歳の幸太郎は、弟の盛次郎に晴れやかな双眸《そうぼう》をおくると、叔父へも微笑《ほほえ》みかけ、初夏の陽光をあびて乱れ咲く菖蒲の花を、なによりも輝かしいものに眺めた。仇討一事のために武技を研鑽《けんさん》して十一年、敵を討てる自信をえて、ようやく出立《しゅったつ》できるのである。

下城するとただちに旅支度をととのえ、翌早朝、幸太郎兄弟と叔父の留六郎は、賑《にぎ》やかな大勢の見送りのなか、仇討の旅に出立した。

腰に藩主から下賜された一刀をたばさんだ幸太郎は、母と姉へ別れの黙礼をかえすと、見送りのなかにひっそりと佇《たたず》むひとりの娘へ、それとない微笑の視線をおくった。仇討一《いち》途《ず》に武技に励んできた歳月、しかしふと心をよせあって、本懐を遂げ帰国した折りには夫婦《めおと》になろうと、ひそかに言いかわした花乃《はなの》という娘であった。

見かわした若いふたりの視線の隅に、道の辺に咲く濃紫《こむらさき》と薄紫と白の菖蒲の花々が、ふたりのめでたい再会を祝うかのように、早朝の薫風にそよいでいた。

当時、仇討には幾つかの掟《おきて》があった。いったん旅に出たからには、本懐を遂げずに帰国は許されない。探す敵《かたき》が死んでいた場合は、その証拠となる品を持ち帰らねばならない。

また、仇討の繰り返しとなる「重敵《じゅうがたき》」は禁止である。際限なく恨みがつづくからである。

一方、敵と狙われる者は、あくまで討たれない工夫をこらし、逃げおおせるのが武士の誉《ほまれ》とされ、返り討ちをし、さらに逃亡しようと卑怯《ひきょう》ではなかった。しかし、追手はたいてい助太刀《すけだち》もあって多勢であり、年齢も若く、執念に燃えている。出会えば討たれる率が高い。だが、事件の直後であれば足跡をたどるのは容易でも、歳月が経つほど困難になる。

幸太郎、盛次郎兄弟の場合、父を討たれて十一年もが過ぎている。休右衛門の探索は、大海の魚群から一尾をさがし当てるのに似ていた。

しかし、晴れて出立のこのとき、若い幸太郎の胸裡《きょうり》は、輝くばかりの希望と期待にあふれていた。人垣の後からひそかに見送る十五歳の花乃もまた、幸太郎の仇討成就を神仏に祈願しながら、

――来年の菖蒲の季節には、あのお方はこの花の街道を、みごと本懐を遂げられてもどっておいでになる……。

そう甘やかに、処女《おとめ》の胸のうちでつぶやいていた。

三

新発田城下を早や立ちした久米幸太郎の一行は、十里（約四十キロ）の道を急いで、そ

の日のうちに村松藩領内の下田村につくと、かねての申し合わせどおり、この地方の普化《ふけ》宗《そう》の寺、明暗寺《みようあんじ》を訪《おと》ない、入門を願った。仇討の旅の場合、虚無僧《こむそう》に身を変えるのが、探索を敵《かたき》に気づかれずに最も便利である。

しばらく明暗寺にとどまり、ひととおりの修行をし、尺八も習いおぼえた。そして、三人は黒衣に天蓋《てんがい》をかぶり、尺八をたずさえて、明暗寺を発足《ほっそく》した。幸太郎の胸にさげた偈《げ》箱《ばこ》には、明暗寺発行の通行手形がおさめられていた。

右三名、仔細あって当宗門徒になり、心願の筋あって諸国修行に罷《まか》り出で《い》候。御関所をお通し下さるよう——という内容の手形である。むろん藩庁からも手形は発行されており、江戸屋敷を通じて幕府の関係役所へ仇討のことは届出ずみである。

虚無僧姿の三人は、尺八を奏でながら布施を願う旅をつづけ、まず休右衛門の親類がいる村上地方を探索し、庄内地方へ足をのばし、各地でのわずかな手がかりを頼りに、東北《みちのく》一円を探しまわった。宿場《しゅくば》につくと人相書をしめし、休右衛門の特徴を語って訊《たず》ねる。仇討だと知れれば噂がひろまって敵に逃げられるおそれがあるので、家出をした父を探しているという口実である。

またたく間に一年が過ぎ、その年もはや雪の降る季節になっていた。休右衛門の消息は知れない。

翌年春、関東に出、江戸にしばらく滞在して、全国をひとまわりしたときには、十年もの歳月が流れていた。

仇討のために苦労して貯えた金子《きんす》と、藩主から下賜された三十五両を合わせればかなりの大金だが、いかに節約しても、路銀は底をついた。さらに、五十路《いそじ》になった留六郎が持病の癪《しゃく》でいくたびも寝込み、若い幸太郎、盛次郎の兄弟も病いにかかったりした。

たがいに励まし合い、東海道をむなしく品川宿までもどってきた三人の面《おもて》には、疲労と絶望の翳《かげ》りが長旅の塵《ちり》にまみれて、色濃く刻まれていた。

「かように無駄足ばかりの旅を、いつまでつづけねばならぬのじゃ！」

出立のころは最も意気盛んであった弟の盛次郎が、安宿の壁に投げやりに背を凭《もた》せかけて、自暴自棄に吐き捨てた。十五歳から旅に出て、風雨にうたれ、粗食をしいられ、普化僧をつづけて、すでに二十五歳になる。無精髭《ぶしょうひげ》ののびた、やつれた面貌は、若者らしからぬとげとげしさばかりが剝《む》き出て、充血して濁った眼に苛立《いらだ》ちの光が宿っている。このような境遇でなければ、恋をし、妻を娶《めと》っている年頃である。

「おれは父上の貌《かお》さえ覚えてはいない。四歳のときの出来事など、話にきくだけだ。敵の貌も知らぬ。ああ、つくづく厭《いや》になった。なんのための仇討ぞ」

「なにを申す！　見苦しいぞ、盛次郎。なんとしても仇は討たねばならぬ。それが武士の道じゃ。たわけたことを申すでない」

「しかし、兄者……」

「お前の弱音などききとうないわ。以後、愚痴を申したら、この兄が許さぬぞ！」

刀の柄《つか》に手をかけんばかりの剣幕で叱ったが、その幸太郎も二十八歳、ふとまぼろしに想い出すのは、国許で待っているはずの花乃の面影であった。

弟とともに藩道場にかよっていた幸太郎が、帰途、ひとりで祈願に立ち寄った神明《しんめい》社の境内で、花乃に出逢《であ》ったのは、十七歳の初夏、境内の丘すそに菖蒲《あやめ》の花が咲きそめた日暮れ時であった。

——あれは、花乃どのではないか……。

石段を登りつめた幸太郎は、神明社に詣でている娘の後姿を見つけ、妖しく波立つ気持でつぶやいていた。遠目にも、すっかり娘らしくなった少女の容姿が、いま蕾《つぼみ》をひらいたばかりの菖蒲の花のように見える。紫の地に細かな散らし模様の小袖が、夕陽《ゆうひ》をあびて浮きたち、小柄な花乃に、それはよく似合った。

幸太郎は近づくと、声がかけられずに、花乃のうしろにしばし佇んでいた。祈り終って、ふと振りむいた花乃は、幸太郎と眼があうと、はずかしそうに会釈をした。

「なにを祈っていたのです？」

「幸太郎さまの……」

あとは言葉をとぎらせ、ふっと、稚《おさな》さの残る頰をそめている。

「私の……？」

そう声に出していたが、問わずとも、仇討祈願をしてくれていたとわかる。

花乃はうなずいて、

「幸太郎さまとお別れしてから、ずっと……」

と小声にいった。

「かたじけない」

幸太郎は深く一礼し、顔をあげると、ふたりはたがいの瞳を間近にじっと見つめあった。

小普請《こぶしん》役の花乃の家とは屋敷が隣りであったから、三つ歳下の花乃とは幼友達である。父を殺されて町家に移ってからも、花乃の母は時折り訪ねてくれ、なにかと援助をしてくれていた。だが、花乃とはたまに道で出逢い二言三言挨拶をかわす程度で、こうしてふたりきりで話すのは、九年ぶりといっていい。

その花乃が幼いころから十年もの歳月、仇討祈願を神明社に祈りつづけていてくれたと知って、十七歳の幸太郎は、ひどく幸福感を覚えた。彼とてたまに花乃の面影を瞼《まぶた》に浮かべて、そのたびに、自分は仇討一途に生きねばならぬ身だとおのれに言いきかせ、淡い思いを断ち切ってきたのである。それがこうして、手をさしのべれば触れられる近さに、二人きりでいる。

「花乃どの。必ず本懐を遂げてみせます」

口元をひきつらせつつ告げたその言葉は、言辞を飾れぬ青年の、ぎごちない愛の告白であった。

花乃はうれしそうにうなずいて、

「幸太郎さまも盛次郎さまも、武術がたいそう上達なさったと、父からきいております。ご苦労の甲斐《かい》がございましたわね。わたくしもうれしゅうございます」

と隔てのない笑顔をむけた。

ふたりはどちらからともなく、傍らの石にならんで腰を下ろした。石がいくつか置かれたそこは、丘すその菖蒲の花を眺めるための憩《やす》み場になっている。

「でも、私はいまだ仇討の旅に出立できぬ未熟者です」

幸太郎は歳上なのに、花乃のとなりにいると、なぜか急に甘えたい気持がきざして、そういっていた。

「なにを仰せられます。出立は間近ではございませぬか。父がそう申しておりました。わたくしも、こうして毎日、祈っているのです」

ちょっと叱るように花乃はいって、幸太郎に身を寄せてきた。夕陽は翳り、新緑の溶けた暮色に、娘のよい香りが微《かす》かに匂った。

それからの若いふたりは、神明社の境内で、ひそかな逢瀬《おうせ》を愉しんできた。出立の数日前、幸太郎は花乃の口を吸ってやり、ふたりだけの固い約束を交わしたのである。

あの一年間の、甘かなしい戦慄をともなう一刻一刻が、懐かしく幸太郎の胸にうかぶ。

だが、別れてから、十年が経ってしまった。

幸太郎は旅先からいくどか花乃へ書状は書き送っている。一度だけ江戸藩邸に返書があって、それには、ふたりの仲を両親に打ち明け、許されたとしたためられていた。だがそれも七年も前のことである。本懐を遂げずに帰参の叶《かな》わぬ男のために、花乃の両親がいつまでも娘を嫁にやらずに待たせるはずがなかった。彼女も二十五歳になる。ただ風の便りに、花乃が嫁に行かず、待っているらしいとはきいている。それだけが、心の支えである。

仇討を生き甲斐としながら、しばしば疑心暗鬼におちいる。花乃が待ってくれているという一条の光にすがって、闇の道を歩きつづけてきたようなこの十年。なんのための仇討かと叫びたいのは、幸太郎自身なのだ――。

兄に叱りつけられて、盛次郎はぷいと横をむいたきり、黙りこくっている。

「両人とも疲れているのじゃ。早ようやすむがよい。明日にも敵《かたき》とめぐり合えるやも知れぬ」

兄弟を励ます叔父の留六郎の貌も、疲れきって皺ばんでいる。すでに五十三歳である。国許にいる朋輩は、楽隠居をしているであろう。兄の凶事からは二十一年もが経っている。また持病の癪が出て、内臓が鈍く痛む留六郎は、旅に病むたびに、この苦業の因《もと》をつくった亡き兄をうらみたくもなる。だが、後見人として弱音は吐けない。

「これほど探して見つからぬのは、休右衛門めは、もはやこの世にないのかもしれぬな。

六十三歳じゃ。病いで死んでおかしくはない。これからは諸国の寺々を訪ねて、過去帳をしらべたほうがよいかもしれぬ」

先に寝床に入って、留六郎は鈍痛に貌をしかめながら、半ば独り言にいった。

盛次郎は返事もせず、荒々しく立ち上がり、部屋を出て行った。なけなしの金をふところに、自棄酒《やけざけ》を飲みに行ったか、宿場の女を買いに行ったのであろう。

ちかごろの盛次郎は、大酒を飲み、亡き父に似て酒癖がよいとはいえない。だが、今夜の幸太郎は、口元もきつくいしめたきり、もう叱りも止めもしなかった。彼自身、すべてを忘れて酔いしれたかった。

せめて酔う夢のなかで、花乃に逢いたい……。

四

この年、天保《てんぽう》九年の秋、江戸にもどった三人は、期待をいだいて江戸藩邸に出頭したが、国許から休右衛門に関するなんらの情報も入ってはいなかった。幸太郎宛の花乃からの書状も届いてはいない。

しかし、この春に隠居して健斎《けんさい》と号した前藩主直諒《なおあき》が、隠居に際して、出立後十年を費していまだ本懐を遂げず諸国を流浪している兄弟を哀れんでいたと、藩邸の重役からきいた。事実、直諒は次のごとき一文を綴《つづ》っている。

「そもそも、事の成敗は、すなはち天のみ。何んぞ故主の辱《はぢ》となさんや。余、かってその孝志を称す。今に至るまで、心に忘るること能《あた》はざるなり。その族、もしこの意を伝へ知ることをえば、すなはち或いはその兄弟の心を慰《いく》するに足らんかと」

この温情を伝えきいて、幸太郎らは感涙に頰を濡らした。前藩主の言葉は、くじけがちになる三人にとって、なによりの励ましであった。

気をとりなおした三人は、話し合って、武蔵国《むさしのくに》の青梅《おうめ》にある普化宗の総本山、鈴法寺《りんぽうじ》に再入門することにした。下田村の明暗寺でえた僧籍は、金銭で買った便宜上の仮印可である。正規の僧としては通用しない。旅の途次、普化僧からしばしばいやがらせの法論をいどまれたり、托鉢《たくはつ》を妨害されたりした。路銀が底をついたからには、門付《かどづけ》は方便ではなく、生活《たつき》の手段である。それに、正式に印可をうけた僧であれば、寺々を訪ねて敵《かたき》の死をしらべるとき、こころよく協力してもらえる。

幸太郎らは、青梅の鈴法寺に入った。きびしい修行の一年が過ぎ、幸太郎は貞応《ていおう》、盛次郎は貞冠《ていかん》、叔父の留六郎は閭達《ろたつ》という法号を得た。

寺を出て、托鉢行と敵さがしをかねた無縁仏調べの苦行がつづく。またもむなしい三年が過ぎた。

「如何であろう。三人ともにいても埒《らち》があかぬ。これからは手分けして諸国を巡ってはどうじゃ？」

信濃路《しなのじ》でのある夜、叔父の留六郎がいいにくそうに提案した。鈴法寺での無理な修行がたたって、痩せおとろえ、杖を引くのがやっとである。五十路の坂をのぼりつめて、体力もない。

「わしも寄る歳なみ、これではお前らの足手まといになる。いったん国許にもどり、休右衛門めの消息を彼奴《きやつ》の親類縁者よりいまいちど探索し、国許の近くをつぶさに探そうと思うが、異存はあるまいな」

「勝手になされ！」

ぷいと横を向いて、盛次郎が吐き捨てた。

幸太郎は腕をくんだきり黙りこくっていたが、

「叔父上はそうなされ。われらも別れて探しましょうほどに」

と、二人に一瞥《いちべつ》をくれたのみで、ぼそりとつぶやいた。

鈴法寺での修行中は、励まし合って心を一つにできたが、その後の旅は、三人一緒にいても話すことさえなかった。仇討の流浪十数年の歳月は、たがいに貌も見たくない、すさんだ心境をつくりだしていたのである。

叔父と弟と別れた幸太郎は、みたび江戸に出ると、深川《ふかがわ》に裏店《うらだな》を借りて独り暮しをつづけながら、江戸市中を当てもなく歩きまわる日々を過ごした。

長男の立場上、仇討の執念は捨てていないが、十数年に及ぶ空しい流浪の疲労は、金屎《かなくそ》のように心身ふかくこびりついて、ともすると捨てばちな気分になる。三十二歳の独り身の軀をもてあまし、托鉢でえたわずかな金で女を抱いても、気持はすさむばかりである。深酒もするようになった。貧乏徳利を枕に、汗と脂のにおうせんべい布団に終日仰臥《ぎょうが》して、日暮れをむかえる日もまれではなかった。藩主拝領の刀は、押入れにほうりこんだきり、錆《さび》が出はじめていた。

その日は端午の節句で、空には絵幟《えのぼり》、鯉幟《こい》、吹貫《ふきぬき》が泳ぎ、往還には単衣《ひとえ》に衣替えした人びとが、菓子屋で買い求めた柏餅《かしわもち》の包みを手に賑やかに行き交い、路地の長屋からは、節句休みで家にいる職人たちの朗らかな笑い声がひびいていた。しかし幸太郎は、万年床にふてくされて転がっていた。

表に女性の訪《おとな》う声がしたが、気づかなかった。

「もし、こちらは久米幸太郎さまのお宅ではございませぬか？」

夢うつつにきくその声に、寝返りをうって眼をあげると、破れ障子があいて、薄暗い土間に女が立っている。路地の陽光を背に貌《かお》がよく見えないが、武家女ふうの旅姿である。

「どなたかな？」

面倒臭そうに起きなおった幸太郎は、眼をこする思いで、女の面《おもて》を注視した。

「花乃どの……。花乃どのではござらぬか」

まぼろしではなかった。やつれて老けてはいるが、一日とて忘れたことのない花乃が、饅頭笠《まんじゅがさ》と杖を手に佇んでいた。

五

江戸屋敷を訪ねて、幸太郎の寓居をきいてきたという花乃は、足をすすぎ、一間きりの汚れきった部屋に上がると、はるばる新発田からの女ひとりの長旅の疲れも忘れたように、いそいそと片づけをはじめている。

すでに数えて二十九である。

幸太郎兄弟を見送ってから、国許にあって吉報を待ちわびた十四年もの歳月が容色に濃い翳りをにじませ、乙女の面影はとうにないが、幸太郎にむける笑顔には臈《ろう》たけた美しさがあふれていた。決して美人ではないけれども、越後の雪のように白い肌で、しもぶくれした頬の片えくぼに愛敬があり、涼やかな眼もとに武家娘の気品が漂っている。

幸太郎は思いもかけぬ突然の驚きとよろこびに、しばらくは呆然《ぼうぜん》として、まぼろしではなくたしかにそこにいる花乃の、いきいきとした立居振舞《たちいふるまい》に見とれていた。

ふたりが向いあって坐《すわ》ったのは、しばしのちであった。花乃の眼にみるみる涙があふれた。

一挙に緊張がとけて、いまにも崩れそうな彼女の肩をやさしく抱いてやりたい熱い想いにかられながら、しかし幸太郎は、他人行儀な冷やかさでいった。

「折角お訪ねいただいたが、見た通りのありさま。花乃どのはとうに嫁《とつ》がれているであろうに、私ごときを訪ねては、さしさわりがあるのではござらぬか？」

「いいえ、わたくしは嫁いではおりませぬ」

その言葉を、幸太郎は夢のようにきいた。

「では、長い歳月、待っていてくれたというのか？」

「はい」

きっぱりと答えた花乃は、しかし恥じらいの眼をふせて、

「……待ちきれずに、こうして出てまいりました」

と消え入りそうにいった。

「まさか国許を出奔してきたのではあるまいな」

「両親の反対をおしきって、勘当を覚悟で出てまいりました。藩のお咎めも覚悟しております。ご迷惑だったでしょうか？」

「それほどまでに、この私を……」

思わず手をとって幸太郎は、女は勁《つよ》い――と思った。

それに引きかえ、自分のすさみきった気持が恥ずかしく、敵にめぐり合えぬ身の不運が心をしめつけ、花乃のあたたかい手を握りしめているのに、おのれの寂寥《せきりょう》をどこに払うすべもなかった。

いまさら花乃に会える自分ではなかった。志はくじけ、病人さながらに月代《さかやき》は伸び、肩の肉は削《そ》げて、花乃に見送られて出立したときの若さも心の張りもとうに消えうせた、薄汚れた中年男にすぎない。近頃では敵さがしの托鉢に出ることもなく、賭場《とば》に出入りして破落戸《ごろつき》のような暮しをしているのである。

花乃は幸せそうに幸太郎の手を握りかえして、弟の盛次郎のことを訊ねた。

「いまは旅に出ている。あいつにも苦労をかける」

幸太郎は言葉少なに答えた。

江戸にしばらくいた盛次郎も、賭場の用心棒のようなことをしていて、めったに貌も見せなかったが、このあいだ来たときは旅に出ると話していた。だがすさみきった貌で、仇討などもうごめんだと捨て科白《ぜりふ》を吐いて立ち去ったのである。

花乃は身を寄せてきながら、

「わたくしもお手伝いいたします。三人で探せば、必ず敵の消息が知れます」

といった。そして幸太郎の胸に頬をすり寄せると、

「こうして幸太郎さまに会えたのですもの、お天道《てんとう》さまに感謝しなくては、罰が当たりま

す」

二十九の娘が少女のようにそういって、しばらく両手を合わせていた。

その夜、幸太郎は狂おしく花乃を抱いた。荒々しい愛撫《あいぶ》にこたえてよろこびと苦痛の声をあげた花乃の熟れきったからだは、幸太郎を待っていたあいだ、ほんのすこしも、疑いや醜い力でゆがめられなかった処女《おとめ》のものであった。

翌朝、幸太郎が眼をさますと、かいがいしく襷《たすき》をかけた花乃が、めったに使わない竈《かまど》に薪《まき》をくべて飯をたいていた。路地にしじみ売りの声がすると、とび出してゆき買い求めてきたが、味噌《みそ》がないと気づくと、

「あら、わたくし、なんてとんちんかんなのかしら。あわて者で、無器用で、なにもできないんだわ」

どこで覚えたのか町家《まちや》娘のような口のきき方をして、外に買いに出て行き、野菜ものも求めてきて、手早く朝餉《あさげ》の支度をした。しじみ汁といい野菜の煮付といい、その手並みは器用なものであった。

差し向いの朝餉がすむと、急にあらたまって、

「わたくし、考えてきたことがあるのです。両国《りょうごく》というところに清兵衛《せいべえ》さんの縁つづきの者が小料理屋をひらいているというので、そこで使ってもらおうと思います。お許しいただきとうございます」

と頭をさげた。

清兵衛というのは花乃の家に仕える年老いた中間《ちゅうげん》で、花乃の旅立ちに通行手形などをそろえてくれたばかりか、江戸に出て困ったときはその小料理屋を訪ねるようにと、書状まで持たせてくれたという。

「両国って遠いんですか？」

「いや、すぐそこだが……」

「では連れていってください。わたくしが小料理屋につとめれば、客の話から敵《かたき》の消息がつかめるかもしれません。ええ、きっと、神様がそうしてくださいます。そんな夢を見たんです」

必ずそうなると信じているように、花乃は幸太郎をせかせて土間におり立っている。

――可愛い女だ……。

花乃のあたたかい肌にあらためて触れる思いがして、幸太郎は半ば戸惑いながらも心が浮き立って、花乃に月代を剃らせ髪を結わせてから、久しぶりに刀を腰に武士のいでたちで、連れ立って路地を出た。

大小の堀川が縦横に流れる深川の町は、初夏の水の匂いがした。堀川の岸辺や、ふとのぞく武家屋敷の庭や池に、菖蒲《あやめ》・杜若《かきつばた》が咲ききそって彩りをそえている。ふたりは小橋の上に立ち止まっては、家並みの空に泳ぐ鯉幟と流れ雲をうかべた水面《みなも》をゆく猪牙船《ちょきぶね》や岸辺の花を眺めた。

小名木川《おなぎがわ》にかかる高橋《たかばし》をわたり、回向院《えこういん》にかかると、大川《おおかわ》から海の匂いがした。大川は両国橋、新大橋《しんおお》、永代橋《えいたい》をくぐって、まっしぐらに江戸湾に流れこんでいる。

両国橋東詰の横丁の奥に、小料理屋「たつみ」はあった。花乃が店に入って話をしているあいだ、幸太郎は回向院の境内の茶店で待つことにした。茶店の前の池畔にも、菖蒲・杜若の花が美しい。

幸太郎はさっきから十四年前の出立の折りの花景色を想いうかべていて、それは花乃もおなじだと思うと、花乃がいうように、こんどこそ敵が見つかる——と信じられた。

ほどなく小走りにもどってきた花乃は、微笑みながら、

「話がきまりました。明日からでも来ていいっていうんです。でも、わたくしに小料理屋の女中さんが勤まるかしら。江戸は怖いところだっていうから、あなた、しっかり見張っていてくださいね」

はしゃぎ声にそういって、すこし怖い眼で、幸太郎を見つめている。

六

近くの富岡《とみおか》八幡宮に仇討成就の朝参りを必ずしてから、「たつみ」へ働きに行く花乃を

見送ると、幸太郎は別人のように、敵《かたき》の消息を求めて江戸市中を精力的に歩きまわりはじめた。花乃が給金をもらってくるが、幸太郎も裏店《うらだな》の子供たちに手習を教えたり、傘張りの内職をしたりして、生活《たつき》の手だてとした。

三月《みつき》もたつと、花乃は小料理屋のつとめにも裏店の暮しにもすっかり馴《な》れて、言葉遣いも江戸女風になり、愛敬があるから客の受けもよく、長屋のかみさん連中からの評判もよかった。

深川では夕暮れになると、諸方に夕河岸《ゆうがし》が立つ。その日にとれた魚や貝を売り声にぎやかに売るのである。幸太郎は買いに行き、花乃のために手料理をこしらえてから、「たつみ」へ花乃を迎えに行く。連れだって裏店にもどって、おそい夕餉《ゆうげ》をときには花乃の酌でとりながら、その日の出来事を語り合う。相変らず敵の消息は知れなかったが、そんな毎日を、しみじみと幸せだと幸太郎は思った。

紅葉した富岡八幡宮境内の大欅《おおけやき》が、からっ風が吹いて裸になり、その年も暮れて、江戸の空に大凧《おおだこ》の揚がる正月も過ぎ、やがて堀川の水がぬるんで、ふたたび菖蒲《あやめ》の季節がめぐってきたころには、ふたりは仇討のことなど忘れたかのように、許されぬ夫婦《めおと》ながら、ふたりきりのささやかな暮しに馴染みきっていた。

花乃から子ができたと知らされたのは、秋になってからであった。それをきいたとき、幸太郎は自分の気持の変化が鏡に映すようにわかった。

よろこびをあらわしながら、幸太郎はきっぱりといった。

「仇討のことなどは、きれいに忘れよう」

かたわらの虫籠で、花乃が買ってきた鈴虫が鳴いていた。

「敵はとうにこの世にはいないのだ。鬼籍《きせき》に入った者のために、このうえ苦労することはない。亡き父上には不孝の限りだが、生まれ変わったつもりで親子三人、あたらしく生きようではないか。生涯、国許への帰参がかなわず、お前にはつらい思いをさせるが、私は武士をやめようと思う。武士の面目など捨てて、この江戸で生きればよい。お前も『たつみ』をやめて、子を育ててくれ。貧しいが私の稼ぎでなんとかする」

黙ってきいていた花乃は、しかし、きつくかむりを振って、

「情《なさけ》のうございます」

といった。きびしい光を宿した眼が涙に濡れていた。

「志があるから、これまで耐えてこられたのではありませんか。あなたとこうして暮らせるようになって、一度だってつらいと思ったことはないのですよ。わたしは本懐成就の日をあなたと夢みています。その夢があるから、毎日がとても楽しいんです。八幡様に毎朝手を合わせるとき、今日こそは夢がかなう、そう信じて一日が過ごせるよろこびを、お天道様にお礼をいっているんです。晴れて国許へ帰参のかなう日が必ずきます。いえ、たとえ生涯その日がこなくても、志を捨てたら、あなたもわたしも駄目になってしまうと思う

んです。生まれてくる子が男の子なら、あなたの志を継いでくれます。それでいいではありませんか」

「しかし、私にはその志が馬鹿らしく思えてならぬのだ。私の夢はそんな志など捨てて、お前と生まれてくる子と幸せに暮らすことだ」

女である花乃にそれがわからないはずはないと幸太郎は思い、まだふたりの暮しが一年と少しなので、花乃にはつらさが身にしみていないのだと思った。

しかし花乃は、

「志を捨てて、あなたらしく生きられますか」

というのである。そして、

「二度とそんな話はしないでください」

とこわい貌《かお》でいうと、台所の後片けに立ち上がっていた。

翌年の夏、子が生まれた。花乃に似て、ふっくらとした頰に片えくぼのある女の子であった。佐和《さわ》と名づけた。

花乃はしばらく「たつみ」を休んでいたが、佐和をおぶって調理場で働くようになり、佐和が誕生日を過ぎてよちよち歩きをするようになってからは、家にいる幸太郎がめんどうを見た。敵《かたき》の消息は知れなかったが、佐和の手をひいて大川の花火を見物に行ったりして、親子三人のささやかな幸せの歳月が流れた。

花乃の軀具合がわるくなったのは、佐和が五歳の誕生日を迎えたころであった。無理がたたったのである。年号は、事件当時の文化から文政、天保、弘化《こうか》、嘉永《かえい》へと移り変わり、嘉永元年を迎えて、事件から三十一年、仇討出立から二十年が経っていた。国許の母も老いてこの世にはなかった。

「たつみ」の女将《おかみ》が気っぷのいい親切な女で、彼女の実家で百姓仕事など手伝いながら養生してはどうかとすすめてくれた。武州蕨《わらび》宿に近い美女木《びじょぎ》村でかなり手広く農を営んでいるという。女将も主人も幸太郎と花乃の事情は心得ていたのである。

五歳の佐和を連れて、ふたりは美女木村に移った。納屋を借りての生活だったが、当主の宇之八《うのはち》ばかりか家の者がふたりの悲願にいたく同情して、なにかと世話をしてくれる。広々とした田圃《たんぼ》のはるか彼方《かなた》に日光から赤城《あかぎ》への山脈《やまなみ》が望める緑ゆたかな村での暮しに、花乃の健康はかなり回復して、幸太郎は「渡る世間に鬼はない」としみじみ語ったものだ。

そこを連絡場所として江戸屋敷と国許の藩庁に届出をし、幸太郎は敵探索の旅に出た。留守を預る花乃は、ここでも村の鎮守に本願成就の祈願を毎朝かかさなかった。弟の盛次郎はどこを流浪しているのかめったに音沙汰もなかったが、江戸屋敷へは連絡を入れている様子であった。

探索の旅からもどるたびに幸太郎は、しばらく見ぬ間に背丈ものび、母親似の面立ちになって、はっとするほど娘らしく成長している佐和に、この子のためにこそ自分は仇討の志を捨てないのだと、晴れて親子三人が国許に帰れる日を夢み励まされて、また探索の旅に出た。

しかし、敵の消息は杳として知れぬむなしい歳月が親子の上に流れた。大坂に行き、大和《やまと》、摂津《せっつ》、丹波《たんば》をへめぐり、得るところなく幸太郎が村にもどった嘉永六年の暮れ、花乃は病み衰えて、冬陽のさしこむ納屋の寝床によこたわっていた。この二年ほどまた病いが出て、寝たり起きたりの生活をしていたが、幸太郎が旅に出た直後に血を吐いたのである。労咳《ろうがい》に相違なかった。

「あなた、ご首尾はいかがでした?」

寝床に起き上がって、弱々しく咳をしながら問いかける花乃の貌は、頬がすっかりこけ、色白の肌が透けるように蒼白《あおじろ》い。それでも、微かな笑みをうかべている。

「丹波で手がかりがつかめた。三年ほど前になるが、休右衛門らしい男が立ち寄ったというのだ」

とっさに、幸太郎はそういっていた。

「それはようございました」

「彼奴はまだ生きておる。越後のほうへ行ったらしいから、歳には勝てず、国許が恋しくなったのだろう。新発田にもどれば、叔父上から必ず吉報がある。お前にも苦労をかけたが、来春には大願成就だ。からだをいとうてくれ、花乃」

「菖蒲の咲くころには、佐和を連れて新発田に帰れますわね」

うっとりと夢みるように、花乃は微笑んだ。

傍らで、明けて十一歳になる佐和が、しもぶくれのふっくらとした頰に片えくぼをつくって、父と母に笑顔をむけていた。

しかし、幸太郎は妻と子から視線をそらして、背戸《せど》の欅の梢《こずえ》を鳴らす赤城おろしの風のうなりをきいていたのである。


――あれでよかったのだ。たとえ嘘《うそ》でも……。

長旅に疲れきっているのに一睡もできず、微熱にほてる軀を金剛寺の離れの寝床に仰臥して久米幸太郎は、あのころの花乃のように弱い咳をしながら、花乃の面影を瞼によみがえらせて、春暁《しゆんぎよう》の闇を見つめていた。

その枕元に、小さな位牌《いはい》がひっそりと置かれている。

正月を迎えられずに花乃は、幸太郎に手をとられて息をひきとったのである。

あれから四年――。幸太郎自身も労咳をわずらい、花乃の生きうつしのように成長した佐和に看病されて、美女木村で暮らしてきた。そこへ大雲和尚からの知らせが国許の藩庁を通じて届いたのだ。

――ようやくこの日がきたのだよ、花乃……父の死から四十年……。

枕元の花乃の位牌へ語りかけて幸太郎はつぶやいた。

そっと障子が開き、もどってきた佐和が母の位牌に手を合わせてからとなりの寝床に入るのを、眼をつむった幸太郎は気配だけで感じとった。佐和から微かに水の匂いがする。さっき境内のほうからはねつるべの横木のきしむ音がしたが、やはり佐和が水垢離《みずごり》をとっていてくれたのだと気づきながら、声はかけなかった。

——この病いの身では返り討ちされるやもしれぬのに……。

やがて境内の森で啼く明け鴉《がらす》の声を、病身の父と十五歳の娘は、並んで寝床によこたわったまままききとっていた。

七

十日ほどして、敵《かたき》の滝沢休右衛門の貌《かお》を知る者二人が国許からようやく到着した。久米家の縁者の渡辺《わたなべ》戸矢《とや》右衛門《えもん》と花乃の家の中間《ちゆうげん》清兵衛であった。いずれも古希を迎えた老人で、しかも中風を病んだ戸矢右衛門は片足をひきずり杖を引いていた。清兵衛とてとうに隠居の身の老爺《ろうや》である。叔父の留六郎は老いて病床にあり、他に行く者がないので、みずから願い出て付添ってきたという。

仇討四十年の歳月は、国許でもそのような者しか送り出せなくなっていたのである。

清兵衛は花乃が四年前に亡くなったときくと、位牌に手を合わせ、しばらく男泣きに老いの肩をふるわせていたが、病んでいる幸太郎とけなげに世話をしている佐和へ涙に濡れた眼をそそぎ、三尺（約九十センチ）さがって平伏し、中間の身分ながら助太刀したいと申し出た。

「志はありがたいが、おっつけ弟の盛次郎も到着しよう。清兵衛殿は敵をしかと見届けてくだされば、それで充分です」

幸太郎はそう述べて、病いの身でも必ず敵を討ち果してみせる、その悲願のために生きてきたのだと、咳をしながらもいった。

さっそく戸矢右衛門と清兵衛は、黙昭和尚が休右衛門に間違いないか確かめに行くことになった。貌を知られているので、二人は貌に膏薬《こうやく》をはり、墨などをぬって変装し、洞福寺へ出かけて行った。もどってくると、老いさらばえて面変りしているが、憎い休右衛門に間違いないと報告し、あの耄碌《もうろく》ぶりではたやすく討てると、安堵《あんど》の笑顔を見合わせた。戸矢右衛門も老骨ながら助太刀に立つという。だが、齢《よわい》八十二ながら転心流鞘離れの技をもつ休右衛門である。盛次郎の到着を待つことにして、休右衛門を首尾よく討つ策をねった。

半月待ったが、盛次郎の来る様子はなかった。江戸屋敷か美女木村に盛次郎から連絡があれば、折り返し知らされて駆けつけてくるはずだが、知ったとて来ないのではないかとの疑いが幸太郎の胸裡に影をましてくる。ぐずぐずしていては、休右衛門に知られて逃げられる怖れがある。

「もう待てぬ。我らにて討とう」

病身の幸太郎は意を決すると、金剛寺の葉桜が濃い緑をました五月一日、場所は休右衛門こと黙昭和尚の洞福寺ちかくの祝田《いわいだ》浜の菖蒲《しょうぶ》ヶ原と決め、伊達藩庁へ仇討の届出をし、この日を待った。四十年の辛酸の一部始終をききとった金剛寺の大雲和尚が将棋に誘い、その帰路を待ち伏せる手筈にしたのである。

「黙昭殿、これにてお別れ申そう。われらも寄る歳なみ、いつ御仏のもとに呼ばれるやも知れぬ。まずは息災での」

「本日のお手合わせ、まことに楽しゅうござった。馳走《ちそう》にもなり、お見送りいただきかたじけない。では、これにて」

たがいに合掌し別れてから、ほろ酔い気分のおぼつかぬ足どりで錫杖《しやくじよう》をついて立ち去ってゆく黙昭和尚の後姿を、佇んで見送った大雲和尚は、見えがくれにあとを尾《つ》けた。三局とも将棋に勝った黙昭和尚は終始機嫌がよかった。末期《まつご》の水と思えば般若湯《はんにやとう》もすすめたのである。

午後も遅い初夏の薫風に吹かれながら、飄々《ひようひよう》と道をひろう老禅師の円頂黒衣の姿が林の

中に消え、しばしして、久米幸太郎の、

「滝沢休右衛門。拙者は汝《なんじ》に殺された父久米弥五兵衛の嫡男幸太郎じゃ。四十年前とてよもや忘れはしまい。尋常に勝負いたせ！」

呼ばわる声がききとれ、大雲和尚が駆けつけたとき、疎林をぬけた祝田浜のなだらかな草地に、仇討というにはあまりにも物悲しく痛々しい光景が展開していた。

背丈ほどの錫杖にすがった、腰の曲がる小軀の八十二歳の老僧をとりかこんで、袴《はかま》のもだちをとり革襷《かわたすき》をかけ鉢巻をした幸太郎に寄りそうように、けなげにも小太刀をかまえた佐和と左右に戸矢右衛門と清兵衛が身構えているが、多勢ながら四人の討手もまた、息をあえがせている蒼白瘦身《そうはくそうしん》の病者と老爺、そして十五の孫娘である。中風病《やみ》の戸矢右衛門は刀を抜いたものの、杖《つえ》につかまり半身を小刻みにふるわせ、清兵衛も曲がりきった腰をさらに屁《へ》っぴり腰に、木刀をやみくもに突き出して空声《からごえ》のみを発している。

草地に咲きそめた菖蒲《あやめ》の花々ばかりが、海からの風と初夏の陽をあびて、濃紫の鮮やかな彩りをそえている。木の間《こま》でさえずる鶯《うぐいす》の声さえ、ただ哀しく聴きとれた。

「人違いでござろう。拙僧は出羽《でわ》の生まれ、黙昭と申す者。老いたる出家にご無体なさいますな」

弱々しく合掌する黙昭へ、

「休右衛門、この期《ご》に及んで見苦しいぞ。よもやわしの貌を忘れまい！」

戸矢右衛門が不自由な口から皺咽喉《しわのど》をふるわせて怒鳴った。しばしの沈黙があった。また鶯がきれいな声で鳴いた。

老黙昭は一瞬腑抜《ふぬ》けたように空を仰ぎ、円頂をめぐらせて林の一角を見た。身をひそめていた伊達藩検分役の侍が三人、床几《しょうぎ》に腰をおろしている。黙昭は傍らに佇む大雲和尚の姿もちらと認めたようであった。

「いかにも、滝沢休右衛門じゃ」

観念した如《ごと》く、穏やかな皺貌《しわがお》からその嗄《しゃが》れ声がもれた。討たれることを覚悟した老僧姿の休右衛門を見つめる幸太郎の頬のこけた貌が、苦しげにゆがんだ。

「幸太郎、討て！」

戸矢右衛門の叱咤《しった》に、幸太郎は前藩主拝領の出羽一秀《かずひで》を鞘走らせ、間合をつめるや、病身ながら必殺の気合とともに大上段に振りかぶった。

「父の敵《かたき》、休右衛門、覚悟！」

振り下ろした一刀に、老休右衛門のしみのある円頂から、血しぶきがほとばしったと見えた。だが休右衛門は黒衣をひるがえして、跳び退《すさ》っていたのである。

「仏につかえる身じゃが、これまで生き長らえてきた拙僧、左様やすやすと討たれはせぬわ！」

錫杖を無造作に右手に構えながら、意外にもそう喝《かつ》した。曲がった腰は伸びきらず、足の配りもよろよろとして覚つかないが、錫杖の構えは、伊達藩にも伝わる無比流《むひ》杖術《じょう》の〝突き杖〟の技に相違ないと、検分役の藩士には見てとれた。大雲和尚もそれと気づいて、意外な成り行きに固唾をのんで凝視した。

武士を捨てた休右衛門は、この四十年の歳月、討たれる恐怖から逃れられず、転心流鞘離れの技のかわりに禅僧のたしなむ杖術を自得し、生死《しょうじ》を越えた禅裡《ぜんり》に、その奥義を会得していたのである。

「幸太郎殿、四十年も捜しつづけて、ようわしの前に立たれた。その孝心、ほとほと感服いたす。拙僧とて早よう討たれて楽になりたいものと、幾たび仏に願《ねご》うたことか。じゃが、幸太郎殿、いまはわしとて容赦はせぬ。見うけたところ病いのようじゃが、その剣風ではわしを斬れぬ。小娘ごときに助太刀されるとは見苦しいぞ。弥五兵衛殿の孫娘とお見うけ申すが、女子《おなご》連れの病者などに斬られとうはない。『百尺竿頭《ひゃくしゃくかんとう》すべからく歩を進むべし』の禅境に生き長らえておる拙僧じゃ。この錫杖をみごと受けてござっしゃれ」

訥々《とつとつ》と言葉を発しつつも、その飄然とした構えには寸分の隙もなかった。

老体の戸矢右衛門が焦《じ》れて斬りかかったが、他愛もなく脛《すね》を打たれて転がり、清兵衛もまた小手を打たれて木刀を宙に撥《は》ねとばされていた。

幸太郎との対峙《たいじ》は四半刻《しはんとき》（三十分）もつづいた。だが幸太郎はおめくばかりで、その声は弱々しく嗄れ、幾度となく咳に襲われ、眩暈《めまい》もするらしく、病者の体力の衰えは明らかであった。最後の気力をふりしぼって斬り込んだが、身をさばかれて空を斬り、休右衛門の杖先に水月《みぞおち》を突かれて無残に倒れた。

残るは藤色の小袖に白襷をかけ、髪に白鉢巻をしめて小太刀をかまえる十五歳の佐和ひとりだが、大雲和尚の眼に、父と娘は返り討ちにあうと見えた。弟の盛次郎が到着していれば……。思わず瞑目《めいもく》合掌したとき、甲高い佐和の気合が夕暮れの菖蒲ヶ原にひびきわたった。佐和の必死の双手《もろて》突《づ》きが、休右衛門の脇腹の黒衣を深々と刺し貫いていた。莞爾《かんじ》として老黙昭和尚は、旧友の孫娘の剣先に我から身を晒《さら》したのである。

「父上、とどめを！」

佐和に援《たす》け起こされて、倒れ伏した休右衛門にとどめを刺した幸太郎のふところ深くから、花乃の位牌が草の上に転がり落ちた。それを拾い上げ、佐和に身を支えられながら、息絶えた八十二歳の敵《かたき》を半ば朦朧《もうろう》として見下ろす幸太郎の胸裡に、四十年の辛苦がついに報いられたとの感激は薄く、言い知れぬ悲しみが秋風のように吹き抜けていた。

幸太郎は在りし日の花乃に瓜《うり》ふたつの佐和に微笑みかけると、一音二音声たてて笑うように咳をしながら、海からの夕風になびく菖蒲の花々に視線を移した。

現在、牡鹿半島の祝田浜には、「久米孝太郎・盛治復讐之地」とのみ刻み込まれた、苔《こけ》むした石碑が建っている。

峠の伊《い》之《の》吉《きち》

一

三国《みくに》街道も夏の終りである。まだ陽《ひ》は高いのに俄《にわ》かに雲がわき、山鳴りするほどの豪雨が降りだした。

嵐が近づいている気配である。

猿ケ京《さるがきよう》の関所を通って、西川ぞいにうねうねと登ってくると、唐沢山《からさわやま》の麓の永井《ながい》の宿《しゅく》になる。旅籠《はたご》と茶店があるが、ここからおよそ一里半（約六キロ）の三国峠を越える者、越えた者が、ひと時やすむ程度で、泊り客はめったにない。

その宿の茶店が、折りからの激しい俄雨《にわかあめ》に、雨宿りする旅びとで賑《にぎ》わっていた。

越後への旅を急ぐとみえる武士の一行もいれば、商家の旦那と手代風の男、旅慣れた飛脚や薬売りなどの男たちのほかに、はじめての長旅らしい母娘《はは こ》づれと、沼田《ぬまた》城下あたりで小料理屋でも営むふうの小粋《こいき》な年増女もいる。

茶店は粗末な建物だが、土間と敷台にわかれていて、足をのばして休憩する者は筵《むしろ》敷きの敷台に上がって寛《くつろ》ぐ。そこは武士の一行にほぼ占められ、他の者はやみそうにない雨をあきらめ顔に、濡《ぬ》れた髪や肩を拭いながら、土間に並ぶ縁台で渋茶など喫しはじめている。

そこへ、ひと足おくれて、若い渡世人が走りこんできた。軒先で油断なく振り返り、茶

店のうちも鋭い目つきで素早く見まわして、ほっとしたのか、

「チエッ、ひでえ降りだぜ。臓腑《はらわた》までがびしょ濡れだァ」

空威張りに啖呵《たんか》でも切るふうに吐き捨てると、濡れた三度笠《がさ》も道中合羽《どうちゅうがっぱ》もとらずに、あいていた縁台の隅に腰かけ、朱鞘《しゅざや》の長脇差《ながわきざし》もそのままに亭主へ酒を注文した。

三度笠を目深《まぶか》にかぶっているので顔がよく見えないが、長身の痩せぎすな男で、年のころは二十五、六、煙管《きせる》をくわえた口もとのあさぐろい肌にあばたが目立ち、尖《とが》ったあごの無精髭《ぶしょうひげ》に陰気な翳《かげ》も漂う。酒がはこばれてくるとチビリチビリなめながら、三度笠の破れから血走った目でぐるりを見まわしている。

その盃《さかずき》を持つ右手が、中指から小指まで三本とも根もとから無い。親分への不都合から指をつめたにしては無惨すぎる欠けようで、鋭い刃物でいっぺんに削《そ》がれたような傷痕である。

隣りにいた中年の薬売りが、さすがに目敏《めざと》くそこに気づいて落着かぬ様子だが、男は向うの縁台にいる小粋な年増女を見るとニヤリとして、つぎには、薬売りを一人おいて同じ縁台にやすんでいる母娘づれの若い娘へ、好色な視線をおくりはじめた。

この近在では見かけない男で、上州生まれの伊之吉《いのきち》という無宿者《むしゅくもの》である。

その伊之吉に見つめられて、指先を触れたくなるようなしもぶくれした頬の、十六、七の娘は身を固くしたが、金縛りにでもあったかのように、男の視線に横顔をさしのべたま

までいる。

間にいた薬売りが関わりあいをさけて、気をきかせたふうに降りやまぬ雨模様を見にいく様子で席を立った。薄ら笑みを浮かべた伊之吉は、身を乗り出して、隣り同士になった娘へではなく、向う側にいる三十半ばぐらいの小肥りな母親のほうへ、猫なで声の、ためらいがちな声をかける。

「無躾《ぶしつけ》でなんですが、そちらの御新造《ごしんぞ》さんとは、どこぞでお会いした気がするんでござんすが……」

むろん会ったことはないから、相手が迷惑そうに怪訝《けげん》な表情をすると、

「手前の思い違いでしたら、勘弁してやっておくんなせえ」

丁寧に詫《わ》び、しくじりに気づいた気恥ずかしげな笑顔を娘にむける。三度笠の下の切ながな目が、別人のように無邪気に笑っている。頬にあばたがあるが、意外にも鼻すじの通った男前で、女ごころをおのずとそそる甘さと一抹の寂しさが、あさぐろいその笑顔ににじんでいる。娘は思わず笑みをかえし、もうそれだけで、咄嗟《とっさ》の情がかよっている。

しかし、伊之吉は母親の気持をひきとって、

「やはり人違いでした。手前のように旅鴉《たびがらす》の身の上ですと、行きずりに出逢《であ》った見も知らずの御新造さんに、ガキの時分に亡くした在所の姉の面影なんぞを、フッと見てしまうのかもしれやせん」

半ば独り言にぬけぬけとそういって、いかにも侘《わび》しげに肩を落してみせる。年上の女の気のひき方を、心得ているのである。

伊之吉は深追いはせず、情のうごいた相手から話しかけてくるのを待って、神妙に膝に両手をおいている。これまでにも同じような手管《てくだ》で、旅の母娘づれとねんごろな一夜を過ごしたことが、この男にはあったのである。

ところが、九分九厘、丁と見込んで張った骰子《さい》の目は、その通りには出なかった。気持を惹《ひ》かれて話しかけようとした女房が、膝におかれた伊之吉の右手の指に気づいて、ハッと怯《おび》えた表情で口をつぐんだ。伊之吉のほうには、欠けた指について女の同情をさそうつくり話が用意されているのだが、堅気《かたぎ》の女が一目見てぞっとするのは無理もない。

一瞬顔色が変わりながらも、しかし悧口《りこう》な女らしく咄嗟に思案して、

「そうそう、草鞋《わらじ》を買うのを忘れていましたね」

娘にいい、伊之吉に軽く頭をさげて立ち上がり、娘をせきたてて店先へ行ってしまった。草鞋を求めてからは武士の一行がやすんでいる敷台のほうに行き、しゃがみこんで娘に耳うちしている。

(こりゃあ、ドジだったぜ)

肩をすくめて舌打ちした伊之吉が、自嘲の笑みを浮かべて濁酒《にごりざけ》を自棄《やけ》ぎみにすすりこんでいると、それまで衣類でも乾かしてもらっていたのだろう、

「それじゃあ、お菊さん、気をつけて帰りなよ」

と、茶店の老婆に声をかけられて台所から出てきた女が、伊之吉の隣りのあいた席に腰をおろした。ふと見ると、臨月をむかえるかと思える妊《はら》み女である。

木綿の薄汚れた着物をすそ短かに着て、背中に風呂敷包みをくりつけ、手に菅笠《すげがさ》と竹の杖《つえ》を持っている。身重なその躰《からだ》で旅をして在所にもどってきたらしい百姓女で、二十《はたち》を二つ三つ越えたぐらいだろうが、とても伊之吉の気をひく顔でもない。身重なせいか息が喘《あえ》ぎがちで、気の滅入《めい》るような溜息《ためいき》までついている。

(ますますツイてねえぜ)

女にきこえるほどに伊之吉はつぶやき、プイと横を向いてしまった。

追手からようよう逃れたと安堵《あんど》して、日頃の女癖が出てその気になったのに、母娘づれにあっさり肩すかしを喰《くら》ったばかりか、隣りに坐《すわ》ったのが土臭い妊み女ではまったくツイてない。

しかし伊之吉は、その彼を向うの縁台から小料理屋の女将《おかみ》風の女が艶っぽい目で笑って見ているのを、視線の端にとめていて、独りごちてもいたのである。

(この雨っぷりだ。慌てて峠を越えるより、あの年増女と近くの湯治場で、しっぽり濡れるのも悪かァねえ……)

二

上州邑楽郡《おうら》離《はなれ》村生まれの伊之吉が、年上の女に身がとろけるほどもてたのは、まだ十五歳の夏、利根川《とねがわ》べりの川俣宿《かわまた》の貸元、鯉屋浅次郎《こいやあさじろう》の三下《さんした》になったばかりの頃だった。

博奕打《ばくちうち》の子分には、手作り者、渡り若者、世話内《せわうち》の三つがある。手作り者というのは、親分のつくった子分、他の親分から盃をもらったことのない子分で、跡目をつぐことができる。渡り若者というのは、先代の親分から盃をもらって子分になった者が、新親分から改めて盃をもらった者で、これまた跡目をつぐ資格がある。それに対して世話内というのは、他家からきて子分になった者で、絶対に跡目はつげない、いわば他所者《よそもの》である。このほかに三下というのがある。まだ子分の盃をもらっていない者で、盃をもらうには半年から三年はかかるから、見習いの新参者である。

伊之吉の生まれ在所の離村は、広大な板倉沼《いたくらぬま》と渡良瀬川《わたらせがわ》の七曲りと呼ばれる出水《でみず》の多い場所にはさまれた低地で、悪水《あくすい》が引かず、稲が毎年のように立ち枯れてしまう貧しい村である。水呑《みずのみ》百姓の三男の伊之吉は、物心つく頃から、村で獲《と》れる鯉や鮒《ふな》や鯰《なまず》を背負籠《ボテ》に入れて、二里（約八キロ）ほど離れた館林《たてばやし》城下へ売りにゆくボテ売りをして、貧しいたずきを助けてきた。

そのボテ売りで城下を売り歩いていた十三、四の頃、城下はずれの法神流《ほうしん》の町道場で剣術を習ったこともあるが、喧嘩《けんか》が強くなっただけで、結局、村を捨て、博奕の味を覚えてやくざの三下になったのである。

やくざは「八九三」とも書いた。足すと二十になり、二十の数が花札では役にたたないことから生まれている。しかし、博徒になれば無宿者と蔑《さげす》まれても、腰に長脇差をぶちこみ、男度胸の渡世ができる。

文化二年、幕府は関東の代官に命じて八州《はっしゅう》取締出役《でやく》を設けさせ、村々の博奕打、無宿者をきびしく取締ったが、稗《ひえ》しか口にできぬ水呑百姓の次男、三男は、村での邪魔者で、博徒《やくざ》になるしか生きる道はなかったのである。

三下になった伊之吉は、腹いっぱい麦飯が食えるようになったが、長脇差をさしていくら粋がってみても、賭場《とば》の見張りや親分の走り使いが主な仕事だった。親分の浅次郎にはお紋《もん》という二十五、六になる妾《めかけ》がいて、その妾宅《しょうたく》へ、伊之吉は折々使いにやらされた。

お紋は色白だが狐《きつね》のように目のつり上がった女で、夏のある夕方、伊之吉が親分の使いで行くと、井戸端で行水をつかっていた。

夕闇に浮かびあがる女の白い肌を見て、立ちすくんでいると、

「そこにいるのは伊之吉かい。ちょいとここに来て、背中を流しておくれな」

お紋はちらと流し目で見てそういった。

あたりに蛍が群れ飛んでいて、伊之吉は夢でもみる心地で、年増女のむっちりとした肉づきの背を流した。お紋は浴衣《ゆかた》を着ると、部屋へ上がるようにいい、伊之吉へも酒をすすめて、立て膝の裾のわれめから太股《ふともも》をちらちらのぞかせながら、

「いいんだよ。どうせ親分は今夜は来ちゃくれないんだから」

艶っぽく笑い、切なげな吐息をついてみせた。

それまでに伊之吉は、女の躰《からだ》を知らないわけではなかった。村では夜這《よば》いが盛んで、ボテ売りをしていた十二、三のときから、先輩の連中に誘われて村の娘たちを抱いている。

ところがどういうわけか伊之吉は、若い娘より後家や出もどり女にやさしく迎えられて、自分でも年上の女に可愛がられる性《たち》なのかとふしぎに思っていた。

このときもお紋は、

「お前は可愛いね。妙に気をそそられるんだよ」

しなだれかかってくると耳もとでささやき、固くなっている伊之吉の手をとって乳房へ誘い、身をあずけてきた。十五歳の少年の躰を弄ぶように情痴の限りをつくし、あふれ出る伊之吉の精をその熟れきった躰に吸いつくしたのである。

使いに行くたびにお紋に誘われ、二度三度と度かさなるうちに、親分の勘づくところとなった。するとお紋は、狐のような目をいっそうつり上げて、伊之吉が無理矢理に乱暴したのだと訴え、浅次郎にとりすがって声をあげて泣き出した。伊之吉は抗弁するひまもな

く、子分たちに叩《たた》かれたあと簀巻《すまき》にされ、利根川へほうり込まれることになった。

手足を縛られて葭簀《よしず》でぐるぐる巻きにされ、その上を荒縄でくくられて、土手の上に転がされたとき、葭簀の隙間から、夕闇に飛びかう蛍火が見えた。これで死ぬんだな――と、妙に年寄になったような気分で思った。

「三下のくせして、俺の女に手を出すとは太《ふて》え野郎だ。たっぷり水を呑んで土左衛門になってくたばっちまえ。さあ、野郎ども、こいつを水ん中へ蹴落してやれ！」

浅次郎親分が足蹴にして、子分たちが蹴落そうとしたとき、傍らに懐手をして突っ立っていた黒い影が声をかけた。用心棒として雇われていた森口武平という浪人である。ふだんはめったに口をきかず、酒ばかり飲んでいる風采のあがらぬ男だが、田宮《たみや》流の居合の腕はたち、伊之吉がひとり稽古をしているのを見て、褒めてくれたことがある。その武平が眠そうな声で、ぼそりといったのである。

「親分、こいつはまだガキだ。命だけは勘弁してやったらどうだ」

「しかし、森口さん……」

「拙者に任せてくれ」

言い終らぬうちに、閃光《せんこう》がひらめいた。

水葬にされると観念していた伊之吉にはむろん、浅次郎親分にも子分どもにも、一瞬なにが起こったのかわからなかった。が、簀巻の荒縄と葭簀が一刀のもとに断ち斬られて、伊之吉はよろよろと立ち上がっていた。

鍔《つば》鳴りがして、

「伊之吉、とっととうせろ！」

と、武平の声がした。

縛られていた縄も解けていて、伊之吉は夢中で走った。土手の上をしばらく来て、全身から血の気がうせ、ふらふらして、右手の痛みに気づいた。血が滴っている。右手の指が中指から小指まで、根もとから失《う》せていたのである。

後で伊之吉は人づてにきいた話だが、武平は一閃《いっせん》した刀を鞘《さや》におさめるのとほとんど同時に、宙に飛んだ伊之吉の三本の指を手にうけとめていて、浅次郎親分に見せてつまらなそうにいったという。

「三下のくせに三本も指をつめたんだ。ま、許してやるんだな」

以来、伊之吉は関八州を渡り歩いて渡世人として暮らしてきたが、堅気の女にも手を出し、「すけこまし の伊之吉」などと渾名《あだな》されて女癖が悪く、ことに年上の女からもてた。この半年ほどは、上州安中《あんなか》の貸元、大黒屋藤七一家に草鞋を脱いでいたのだが、ここでもまた事件を起こしてしまった。

藤七親分の女房お駒というのが三十を越したばかりのいい女で、伊之吉は一目見たときから胸がうずき、悪い虫がさわいだ。お駒も伊之吉に惹かれたらしく、なにかと親切にしてくれる。親分の藤七は五十をとうに過ぎた小肥りな男で、近頃は夜のいとなみも間遠《まどお》になっていて、不満のあるお駒は、藤七が留守の一夜、伊之吉を誘い、ふたりはいい仲になった。

「伊之さん、あたしを連れて逃げておくれな」

男の躰をしっとりとうけ入れる餅肌のお駒は、伊之吉の性技に身も心もだえて、抱かれるたびにささやいた。しかし伊之吉には毛頭その気はなく、頃合をみて旅に出るつもりでいたのだが、お駒の色香にひかれて長っ尻《ちり》をしているうちに、藤七親分の知れるところとなってしまった。

宿はずれの小料理屋で秘《ひそ》かに会っていたところへ、藤七が子分を連れて乗り込んできた。伊之吉は長脇差を抜いて構えながらお駒をかばって庭へ逃げようとした。子分の一人が斬りかかってきたのをひっぱずして、庭へ飛び降りたとき、うしろでお駒の悲鳴が上がった。肩口を斬られてのけぞるのが見え、伊之吉は前に立ちはだかった仙八《せんぱち》という手作り者の子分に傷を負わせ、闇にまぎれて逃げのびたのである。

中山道《なかせんどう》を碓氷《うすい》峠越えをして信州へ逃げようと思ったが、追手の裏をかいて高崎に出た。一宿一飯の恩義を仇《あだ》でかえした伊之吉を、藤七が許すはずはなく、あくまで命をねらってくる。上州一円の親分衆へ廻状《かいじょう》もまわすだろう。伊之吉は高崎で泊った旅籠の飯盛女へ、「明日は中山道を熊谷《くまがや》に行く」と何気ないふうにいい、反対に道をとって、三国街道を下ってきたのである。

幸い追手はまいたようだった。猿ヶ京の関所では雲助《くもすけ》になにがしかを摑《つか》ませて、怪しまれずに通ることができた。猿ヶ京の関所はきびしい方だが、顔のきく雲助に頼めば、関所役人は見て見ぬふりをするのである。

三

半刻《はんとき》（一時間）ほどして、雨は小降りになっていた。

山の頂の雲が切れて、青空ものぞいている。

まず飛脚が小雨のなかへ飛び出してゆき、他の旅びとたちも明るいうちに峠を越えようと、武士の一行を先頭にほぼひとかたまりになって、急いで出立《しゅったつ》してゆく。

伊之吉は、武士の一行につき従うように慌てて出てゆく母娘づれを、まだ未練がましく見ていたが、彼も酒代《さかだい》をおいて茶店を出た。数人の者が下って行く猿ヶ京の方角をうかがってから、前を行く妊《はら》み女をすげなく追い越して、急峻《きゅうしゅん》な山道にかかった。すると、その道の端《はた》に小料理屋の女将風の女が佇《たたず》んでいた。

伊之吉を見るとニコリとして、

「兄イさんとは以前どこぞでお会いした気がするけど、間違いだったらごめんなさいよ」

と、声をかけてきた。

先刻、伊之吉が母娘づれに話しかけたのを小耳にはさんでいて、皮肉めかしてそういったのである。

「ゆんべの賭場でござんしたか」

伊之吉は軽く受けて、ニタリとした。

女は並んで歩き出しながら、男の気をひく話題をそれとなく話しかけてくる。伊之吉はわざと気のないふうに返事をして、女をじらす楽しみを味わいながら、しかし追手のことが気になるから時折り振りむくと、ひとり遅れて大儀そうに登ってくる妊《はら》み女の姿が、すっかり雨の上がった木《こ》の間《ま》がくれに見えた。

そのみじめたらしい姿を目にするたびに、胸くそ悪い気持が突き上げてくる。やくざになって飛び出したきり一度としてもどっていない在所の、しょっちゅう孕《はら》んでいた母の姿が思い出されて、腹立たしいのである。それでいて妙に気になって、振りむいてしまう。するとそ、竹の杖にすがって登ってくる女が木の根にでも足をとられたのか、倒れる姿が見えたりした。

「さっきからうしろばかり気になるようだけど、お前さん、追われているのかい？」

「そういうわけじゃござんせんが」

「はしはしお歩きな。この先を沢に降りると、法師の湯があるんだよ。あたしゃ別に急ぐ旅じゃあないから、つかっていこうと思うんだけど……」

「あっしも当てのない旅鴉、姐《あね》さんとご一緒しても……」

粘ってくる年増女の視線をやんわり受けとめて、伊之吉もそういったが、また振りむいてしまった。

登ってくる女の姿がない。伊之吉は思わず立ち止まって、木の間をすかし見る姿勢になった。それが、女の癇《かん》にさわったらしい。

「ふん、あんな妊み女に手を出すつもりかい。勝手におしな。あたしゃ先に行くよ」

女も後から登ってくる身重の百姓女に気づいていたのである。不意に険《けん》のある目になると、伊之吉にとめられるのを勘定に入れた後姿で急ぎ足になった。ふだんの伊之吉なら、機嫌をそこねた女を言いくるめるくらい朝飯前なのに、どうしたわけかその気がなくなって、見捨てられた男のように突っ立っていた。

女は一度振り返ったが、追ってこないのを見ると鼻先で笑って、前を行く商家の旦那と手代風の男に追いつき、伊之吉へ聞こえよがしに甘い声をかけ、連れだって、つづら折れの小径《こみち》に姿を消してしまった。

「今日は俺としたことが、どうかしてるぜ」

自分に半ばあきれて、伊之吉自身、声に出してみたほどである。

立ち止まっていると、喘ぐ息遣いが近づいてきて、身重な女が杖にすがってすぐそこまで登ってきた。伊之吉に気づくと、ぎょっとして立ちすくんだ。目のふちに隈《くま》のできた蒼《あお》白《じろ》い顔に冷や汗をかいている。その病人のような顔を見て、伊之吉はまた胸くそが悪くなったが、

「大丈夫かい？」

と、笑顔までみせて声をかけてしまっている。

「はい。やすみやすみ登りますから」

女はぎょっとしたのを詫びるようにぎごちなく微笑して、

「どうぞ、お先に行ってくださいまし」

と、いかにもすまなそうに言いそえた。

気立てのいい女らしい。あらためてよく見ると、小鼻の張った田舎《いなか》女には違いないが、目のきれいな、口もとの可愛い女である。

（孕んでなけりゃ、手を出しても悪かねえ女だな）

この男らしく肚《はら》ん中でつぶやいて、汗に濡れる女の襟もとから胸のあたりを舐《な》めるように見たが、腹の張りぐあいに目がいくと、やはりその気は失せて、声をかけたことを後悔している。

それでいて、

「お菊さんといったかい。さっき茶店の婆《ばあ》さんがそういってたのが聞こえたもんでね。俺

は伊之吉ていうんだ」

　と、名まで名のっていた。

「伊之吉さん――ですか」

「見た通り、堅気の衆からは毛嫌いされる無宿者だ」

「いえ、そんな……」

「その躰じゃこの峠道はつらかろう。背中の荷が重そうだな。俺が持ってやる。遠慮はいらねえ、旅は道伴《みちづ》れってな」

　多少は下心があるから、調子よくそういって、相手がいいというのを半ば無理矢理に、右手の欠けた指を見られないようにして荷を取り上げ、連れ立って歩き出していた。

「すみませんね」

「なあに、俺は急ぐ旅じゃねえんだから、気にすることはねえ。旅のつらさは味わった者でなきゃわかんねえ。安心して俺についてきな」

四

　前を行く旅びとの一団とはすっかり遅れてしまい、まるではなかからの道伴れのように、伊之吉とお菊は左手に渓流の音をききながら、急な峠道を登ってゆく。西にかなり傾いた雨上がりの晩夏の陽が木の間にさして、黄ばみはじめた樹木の緑がむせるようである。

時折り、峠を下ってくる旅の者とすれちがった。怪訝そうに見て通り過ぎ、振り返ってまで見ている。

怒鳴りつけてやりたいが、伊之吉自身おかしくなって、

(一本差《ざし》の渡世人と妊《はら》み女とは、妙な組合わせだぜ)

と、自分をわらっている。

女の足に合わせて歩いているつもりだが、追手のことも気になるから自然と足が早くなり、気がつくとかなり距離ができている。仕方なく道端に腰をおろして待つのだが、そのあたりは山蛭《やまびる》が多く、三分《ぶ》(約一センチ)ほどの小さい奴《やつ》だけれども足指の股にしつこく吸いついてきて、そいつをむしりとっていると、急に腹立たしくなり、いっそ女をおいて行ってしまおうかと思う。ところがそう思うと、預って首にくくりつけた風呂敷包みが、背に負った赤子《あかご》のようにまつわりついてくるようで、投げ出すわけにもいかず、舌打ちをして自分に悪態をついている。

(俺としたことが、なんてざまだい)

けれども、喘ぎ喘ぎお菊が追いついてきて、姿を見失った道伴れに会えた笑顔をむけてくると、伊之吉は思わず愛想笑いをして励ましの言葉をかけていた。

道は容易にはかどらなかった。一刻《ひととき》(二時間)もかけて、ようよう半ば近くまで登って

来たあたりで、陽が翳り、パラパラと落ちてきたと思ったら、急に暗くなり、またどっと大粒の雨が降り出した。しばらく雨の中を歩いた。峠を下ってくる者ともう行き会わない。先刻の豪雨で石や根のむき出た小径を、雨水が鉄砲水さながらに流れてきて、谷川のようである。大木を見つけてしばらくその蔭《かげ》に身を寄せたが、風も強くなり、ますます雨は激しく横なぐりに降ってくる。

身重なお菊が全身びしょ濡れで、小きざみにふるえている。伊之吉は道中合羽を脱いで着せかけてやり、

「やみそうもねえな。その濡れようじゃ躰に毒だ。近くに樵《きこり》小屋でもありゃァいいんだが……」

そういうと、お菊は、谷へ下る途中に小屋があるはずだという。このへんの地理に明るいらしい。

なるほどお菊のいう通り、少し行って杣道《そまみち》を下ると、板葺《いたぶき》の小屋の屋根が見えてきた。使われなくなって久しい荒れ果てた無人小屋だが、風雨はしのげる。幸い土間の隅に薪《まき》もころがっていた。

伊之吉はふり分けの手行李《てごうり》から燧石《いし》と付木《つけぎ》をとり出し、手早く火を焚《た》いた。燃え上がる焚火の焰《ほのお》にほっと笑顔を見あわせたが、ふたりきりでこうしているのが急になんとなく気まずく、どちらも黙っている。

伊之吉はまめになって、細紐《ほそひも》を柱から柱へ張り渡し、合羽などを干して、

「お前《めえ》さんもその着物を乾かしたらいい。俺はそっぽを向いていてやるぜ」

といった。

お菊はためらっていたが、帯を解き、びしょ濡れの着物を紐にかけ、襦袢《じゅばん》と腰巻姿で火のそばにもどった。腹のつき出ぐあいと乳房のふくらみがやけに目立ち、さすがの伊之吉も目のやり場に困惑した。

「すっかりご迷惑をかけてしまって……」

「俺がお切匙《せっかい》をしただけだ。気にすることはねえ」

ふと見ると、女の足がひどくむくんでいる。身重なせいで皮膚に浮き出た静脈に小さな瘤《りゅう》がいくつもできていて、岩で切ったのだろう、指先には血もにじんでいる。

「その足はつらそうだなァ」

伊之吉は手行李から塩をとり出し、お菊が足をひっこめようとするのを、「俺に任しときな」といいながら、足の裏に塩をすりこんでやった。くすぐったそうにする女の、固い踵《かかと》やびっくりするほど柔かい土ふまずに掌《たなごころ》をなじませるようにもんでやっていると、女がこれまで過ごしてきた一刻一刻に触れているようで、淫《みだ》らな気持が少しもおこらない。

「少ししみるが、これで火にあぶると、足の疲れがすっかりとれるぜ」

お菊は下を向いて返事をしなかったが、顔を上げると、目がうるんでいる。やつれた上

気した頰に、光るものが流れた。

「私、こんなに親切にしてもらうの、生まれてはじめてです」

と、涙声でいう。

「困るなァ、そう大げさにいわれちゃ……」

「いえ、しんそこ、そう思ってます」

「渡世人にも仁義があるってことさ。困ってる者を見て捨ておけねえ俺の性分かな」

伊之吉は照れて、しかし胸を張る気分にもなって、

「お菊さんはこの近くの在の者なんだろう？　里にもどって、腹の子をしっかり生まなきゃいけねえぜ」

お菊は童女のようにうなずいたが、塩をすりこんでもらったむくむ足に目を落して火にあぶりながら黙っている。ぽつりとつぶやいた。

「生んではいけない、ややこなんです……」

五

三国山《みくにやま》の山中で炭焼をしている父喜助《きすけ》の知り合いのつてで、お菊が高崎の炭問屋佐野屋に奉公に出たのは、十二のときだった。最初のうちは子守奉公だったが、そのうち台所を

任されるようになり、主人夫婦から可愛がられてきた。主人の清兵衛《せいべえ》はおっとりした性格の働き者で、かなり手広く商いをしていたが、お菊より三つ年上の栄造《えいぞう》という伜《せがれ》がのっぺりとした細面《ほそおもて》の男で、鼻の穴まで炭の粉で真黒になる家業をきらって、二十歳《はたち》を過ぎてからも遊び歩いてばかりいた。

お菊は、わずかな給金からきちんきちんと実家《さと》へ仕送りして、たまには里帰りも許されるから、佐野屋の奉公に満足していて、嫁に行く年頃になってもその気はなく、「あたしのようなおたふくは、もらい手なんかないわ」朋輩《ほうばい》に明るくそういって、店の男仕事まですすんで手伝っていた。

そのお菊に栄造が甘い言葉をかけてきたのは、行きつけの小料理屋の女にふられて、うっぷん晴らしの、いっときのなぐさみだったが、気のいいお菊は、ある晩、さして抵抗もせず躰を許してしまった。もっとも夜中に女中部屋に忍んできて、有無をいわせず犯してきたのである。お菊は暗闇のなかで抱きすくめられて、激痛に耐えた時間が過ぎると、突きあげるような憎しみがわいてきた。あとから思えば、憎しみとはちがう、なにか言いようのない、甘やかな寂しさだったが、終ったあとも明け方まで肌を撫《な》でまわしていた栄造が耳もとにささやきかけてくるのに、どう返事をしたかは覚えていない。一年ほど前のことである。

それからは、栄造は近くの一膳飯屋とも居酒屋ともつかぬ店へお菊を誘い、二階の小座

敷で、

「女道楽はやめたよ。お前みたいな気立てのいい女と世帯《しょたい》を持って、まじめに家業をつごうと思うんだ。わたしもいい年だからね」

と、しみじみといい、紙に包んだ鼈甲《べっこう》の櫛《くし》などを握らせ、お菊を抱いた。

最初のときは仕方なく身をまかせたのだが、そうまでいわれると、（こんな人でも、変わるものかしら）と、二十歳《はたち》を過ぎた女の躰で、お菊は男を測っていた。栄造が真実変わってくれるなら、めおとになって、佐野屋のために尽してもいいと思った。

栄造には、しかし、束《つか》の間《ま》の気まぐれな遊びでしかなかった。お菊が身ごもったと知ると、急に冷淡になり、自分の子ではないと言い張り、ちょうどもちあがった縁談に乗り気になって、お菊を追い出しにかかった。両親も商売がらみの良縁を倅が受けるというのでは、言い分を通すほかはない。清兵衛夫婦はお菊を奥に呼び、多少の金子《きんす》をあたえて、

「栄造があいう以上、お前には暇をとってもらうしかないな。長いあいだご苦労だった。実家《さと》にもどって、子を生むなり始末するなり、お前の思うようにしたらいい。このあとも、悪いようにはしないつもりだ」

口ではそう言ったが、あとのことは一切関わりないという冷やかな態度だった。

旅支度をしたお菊は、二日前、朋輩だけに見送られて、腹の子をそっとあやすように、九年も奉公した佐野屋を出たのである。

そこまでは詳しく話さなかったが、風雨にとじこめられた樵小屋《きこり》で、お菊からおよその話をきいて伊之吉は、

「なんてひでえ野郎だ、その栄造てのは！」

手にしていた燃えさしの枝を、土間に突きさして吐き捨てた。そんな薄情な野郎の子は、さっさと始末すりゃァよかったんだ、お前《めえ》さんもお前さんだ……といいかけて、しかし口をつぐんだ。

お菊が、風呂敷包みからとり出した衣類を、火にあてて乾かしている。赤子の産着《うぶぎ》である。おしめもある。

「それは考えました」

と、お菊はいった。始末することを、である。

「でも……」

それきり黙って、指先で撫でるように産着を乾かしている。

自分を捨てた男を憎みながら、日毎《ひごと》にちいさないのちを主張してくる腹の子に話しかけるようにして、ひそかに産着を縫ってきたのだろう。

「あたしが愚かだったのです。人を見る目がなかったのですから」

「そんなことはねえ」

「でも、やっと男の目の色を読むのは覚えました」

伊之吉はドキッとして、

「俺なんざァ悪《あく》に見えるだろうな」

「ええ、最初は」

と、お菊はいった。茶店で見かけたときは、地獄から火を盗みにきたような目をした人――そう思ったと言いにくそうに告げ、すぐに首を振って、

「でも違いました。伊之吉さんのような心のあたたかい人に会ったの、はじめてです。仏さまみたい。あたし、偉そうなこといったけど、まだ人を見る目がないんですね」

そういってお菊は、小娘のような火照《ほて》った顔で笑った。

仏さま、俺が――と伊之吉は、ゆがんだ笑顔でお菊を見た。

風雨は衰えるどころか、いっそう強くなっていた。外はすでに真暗である。山がとどろいている。朝までここにいて、嵐をやりすごす外《ほか》はなかった。

お菊は乾いた着物を着ると、火のそばにもどって黙っている。伊之吉の右手にとっくに気づいているのに、気味わるそうな顔もせず、訊《たず》ねてもこない。すっかり信頼して、突き出た腹をときどき撫ぜながら、ふっと人のよい微笑をおくってくる。

ふたりは、伊之吉が持っていた豆をぽつりぽつり嚙《か》み、竹筒の水を飲んだ。食いおわると、妙なもので、他人でないような気がした。

「疲れたろう、寝たらいい。俺は火を絶やさねえようにしておくからな。なあに、俺だって眠るさ。明日の朝は日本晴れだ。ぐっすり眠ってくれ」

荒れ狂う嵐の音をききながら、燃える火を眺めているうちに、伊之吉もうつらうつらまどろんでいた。夢をみた。

在所の夢である。

洪水のあとの悪水《あくすい》がひかない田んぼに、母がいる。腰まで水に浸って、稗《ひえ》の穂をつんでいる。稲よりも丈があるので、水面に穂が出ているのである。母は孕んでいる。突き出た腹に水がひたひたと寄せ、陽が射している。空は、抜けるように青い。あれは生まれるとすぐにおっ死《ち》んだ弟だったかな……俺も間引《まび》きそこないの余計者だった……秋空を見あげながら、ゆがんだ意識でつぶやいている。俺も生まれてはいけねえガキだったんだ……。江戸へ行く帆掛舟が、渡良瀬川を下ってゆくのを、いつの間にか母と寄りそって見ていた……。

六

お菊のうめき声でめざめた。横になっているお菊が、荒く息を喘がせて苦しんでいた。

「どうした？」

声をかけると、脂汗に濡れた顔にかすかな笑みを浮かべたが、すまなそうに不安を訴える目が見あげてきた。その顔がまた苦痛にゆがんだ。

腹痛《はらいた》か、と一瞬思ったが、そうではない。旅の無理と雨に濡れた疲労がたたって、急の陣痛がはじまったと伊之吉にもわかった。だが、おろおろするばかりで、ともかく背をさすった。

お菊は苦しみながらも、意外にしっかりした声で、おさまりますから、という。少しして、なるほど痛みはひいたらしく、起きなおって、じっとりにじむ汗を拭いながら、

「月足らずですから……」

といった。たぶん生まれないだろう、といいたいのか、流産してほしい、といいたいのか、伊之吉にはわからなかったが、

「男の俺にはどうしようもねえなァ」

と、途方にくれていい、急に気がついたように、「ンだァ、産婆《さんば》さ呼んでくんべ」と在所言葉でいった。

「それは、無理ね」

痛みの去ったお菊のほうは、妙に落着いている。いまあれほど苦しんでいたのに、けろりとしているのが伊之吉にはふしぎで、女の躰はそういうものかと思う。もっとも、この激しい風雨の闇の中を、山を下って永井の宿《しゅく》まで行きつけたとして、産婆が来てくれるの

は無理だと、伊之吉にもわかった。考えて、

「湯でも沸かすか」

といった。が、あいにく鍋も釜もない。

そのうちに、お菊が顔をしかめ、またうめきはじめた。火のそばに横になり、転がっていた薪を両手に握りしめ、歯をくいしばって耐えている。全身で苦痛とたたかっているその女の姿に、伊之吉は気圧《けお》された。またおろおろしたが、男の自分がそばにいてはいけないとはわかった。

「しっかりするんだぜ！」

大声に怒鳴って、外へ飛び出した。板戸を後手にしめ、やみくもに風雨の中を走った。やはり産婆を呼んでこようと思う。木々をすさまじく鳴らして吹きつけてくる強風と豪雨に、躰があおられる。無理だ、と思う。産婆が来るのが、である。どうしたらいい！　叫びながらもどった。

小屋のまわりをしばらく歩きまわってから、自分が心張棒《しんばりぼう》のようになって、小屋の板戸に背をおしつけて立った。雨が軒の闇にしぶき、糸滝のように頭から顔へ落ちてくる。褌《ふんどし》までぐしょ濡れになって、一刻ほどもそうしていた。

——無事で生まれろ。

念仏のかわりに唱えている。

と、不意に不安がかすめた。お菊が、生んだばかりのやゝこをくびり殺すのではないか。板戸の隙間に耳をおしつけ、中の気配にきき耳をたてた。嵐の音でよくききとれないが、シンとしている。

「お菊さん！」

大声で呼ばわってみた。返事がない。もう一度叫んだ。

すると、お菊の返事のかわりに、突然、赤子の泣き声がした。産声《うぶごえ》である。風雨の音にかき消されながらも、たしかに、きこえてくる。

「生まれたのか！」

また怒鳴った。「生まれたんだな！」

そう叫んで、自分が父親《てておや》のようだと思った。伊之吉は苦笑した。苦笑せざるをえない。が、躰じゅうがはしゃいでいる。風雨の闇へまた飛び出し、躍るようにあたりを駈《か》けまわった。ぐしょ濡れの褌のうちで、股間のものまでがはしゃいでいた。

あくる日の午《ひる》近くになって、風雨はようやくおさまった。嵐が去ると、一点の雲もない、澄みきった青空が瞬く間にひろがった。初秋の色である。

濡れた樹々にまぶしく陽が輝き、野鳥がさえずっている。

その峠道を、伊之吉とお菊が一歩一歩、登ってゆく。伊之吉は生まれたばかりのやゝこを、ぎごちなさそうに、しかし、しっかり抱いている。月足らずで生まれたにしては、ころっと肥えていて心地よく重い。そのすぐあとを、腹が細っそりしたお菊が、覚つかない足どりながらもさして息を喘がせずに、ゆったり登ってゆく。行き会う旅びともいない。

　峠に着いて、ふたりは山神の小祠《しょうし》に手を合わせた。すぐ近くに、吾木香《われもこう》や松虫草やおけらが咲き乱れる斜面がひろがっている。お菊は、そのお花畑の青草に腰をおろし、ややこに乳をあたえた。伊之吉は傍らに佇んで、お菊のよく張った乳房に頬をよせて乳首を吸っているまだ名のない乳呑児《ちのみご》を、笑顔でのぞきこみ、広い空の下に望見できる越後の山々を眺め、振り返って上州の山脈《やまなみ》を見ていたが、

「その子の名を考えたかい？」

　といった。

「まだです。考えてくれますか？」

「この俺がかい？」

「ええ……だって……」

「渡り鳥の俺が名付親になったら、その子がどこへ飛んでっちまうかわからねえぜ」

「でも……」

「仕方ねえなァ。ここで別れてもいいが、どうせついでだ、お前《めえ》の家《うち》まで送って行くから、道々考えてみるか」

しばらく休んで、伊之吉がまたややこを抱き、先に立って峠道を下りはじめた。両腕にそっとかかえたややこを伊之吉がのぞきこんで、

「まだ名なしの権兵衛さんよ、俺ァな、お前のおかげで、この峠でなんだか生まれ変わったような気分だぜ」

と、あやすようにつぶやきかけるのが、あとから行くお菊にはききとれなかったが、そのお菊が伊之吉の後姿と実家《さと》のある山間《やまあい》を見おろして、ふと面《おもて》をくもらせたのを、伊之吉もまた気づかなかった。

七

お菊の実家は、三国峠を越後側に半里《みち》ほど下った浅貝《あさかい》の聚落《しゅうらく》から少し離れた山間の一軒家で、軒が傾きかけていた。

三国山の頂がすぐそこにそびえている。

生まれたばかりのややこを抱いて、渡世人と連れだって突然にもどってきたお菊に、両親と七人もいる弟妹たちはびっくりした様子だったが、お菊から話をきくと、炭焼の喜助と女房のタキは卑屈なほど頭をさげて、伊之吉に礼をのべた。ぜひ泊っていってほしいという。お菊も伊之吉の手をとるようにしてすすめる。日暮れちかかったし、腹もすいてい

たが、なによりお菊と別れがたかったので、伊之吉は一晩やっかいになることにした。夕餉《ゆうげ》を馳走《ちそう》になると伊之吉は、早々に土間におりて、

「あっしは軒下でよござんす。野宿には馴《な》れておりやすから」

といった。とても、寝る場所などなかった。それに、追手のことも気になりだしていて、母屋《おもや》に寝て、お菊の家族に迷惑をかけてはと思ったのである。結局、炭焼小屋の隣りの薪小屋を借りることにした。お菊がせんべい布団を一枚、はこんできてくれた。

昨夜はほとんど眠っていなかったから、傍らに長脇差を引きよせて横になると、すぐに深い眠りに落ちた。一刻《ひととき》（二時間）ほど泥のように眠って、のどの渇きでめざめた。外に出た。

月が美しい。

井戸端に行くと、母屋からまだ灯がもれていて、ひくい話し声がきこえた。

「そんな子を育てるつもりかい。この上、口がふえて、どうやって食ってゆくというの」

「端金《はしたがね》で追い出した佐野屋も佐野屋だが、あの旅人《たびにん》も余計な情《なさけ》をかけてくれたもんだ」

「でもおとっさん、それは……」

「いまなら、この子も何も知らずに成仏できる。お前《めえ》もそのほうが……」

あとはいっそう低声《こごえ》になり、伊之吉にはききとれなかったが、それ以上、きく気もなかった。

薪小屋にもどって仰向《あおむ》けになったが眠れない。胸の奥に苦い汁がしみ出てくる。

俺も間引きそこないの鬼っ子だったな——と思う。

五つのとき疱瘡《ほうそう》にかかり、高熱にうかされて死線をさまよい、ようやく治りかけたとき、あのままおっ死んでくれたらよかったのに……と両親が話していたのを、夢うつつに覚えている。これまで、生きていてよかった——と思ったことはほとんどない。

（あの子も生まれなきゃァよかったんだ……）

自分のことのように独りごちながら、母屋のほうが気になって、きき耳をたてている。

風の音にまじって、乳をもとめる眠そうなややこの泣き声がきこえると、ほっとした。

明け方まで眠れなかった。うとうとして気がつくと、板戸の隙間から朝陽が射しこんでいた。

間もなく、お菊が朝餉《あさげ》の粥《かゆ》を運んできてくれた。

「ややこは達者かい？」

「ええ、たくさん乳をのむんですよ。いまはよく眠っています」

「可愛いだろうな。お菊さんもすっかり疲れがとれたようで何よりだ」

お菊は、粥をすする伊之吉をじっと見つめていたが、

「いまし方、峠を越えてきた村の者にきいたのですけど、ゆんべ夜遅く、永井の宿に渡世人が三人きて泊ったそうです」

と、不安そうにいった。

「どんな奴等《やつら》だと話してた？」

「一人は五十半ばぐらいの小肥りな親分で、子分を二人連れていたとか……」

「安中の藤七だな。俺を追ってきたのさ」

驚くかと思ったら、お菊は、やはり……という表情をした。

「話しそびれちまったが、実は俺は――」

伊之吉は藤七一家での一件を手短かに話した。右手を見せ、そのことにも触れた。

「そんなクズみてえな野郎だ、俺は。だけどなァ、お菊さん」

と、坐りなおして言葉をついだ。

「ゆんべ一晩考えた。いや、お前《めえ》に出逢ってからずっと考えていたのかもしれねえ。あの嵐の闇ん中でややこの産声をきいたとき、肚が決まったのかもしれねえ。口ではうまくいえねえが、一か八《ばち》か、自分に勝負をかけてみたくなった。俺ァもう逃げねえぜ」

「どうするんです？」

「何もきかねえでくれ。俺の目をよく見て、決めてくれりゃァいい」

「…………」

「今日の午《ひる》、峠へきてくれねえか。ややこも一緒にだ、お菊さん」

八

半刻ほどのち、三国峠のお花畑に、伊之吉は身をひそめていた。三度笠もかぶらず、道中合羽もつけてはいない。このあたりの樵《きこり》のような身なりである。薪小屋の隅に投げてあった喜助の仕事着に、着替えてきたのだった。朱鞘の長脇差だけは、手もとに引き寄せている。

峠のさわやかな初秋の風に、そこはかとなく花の香が漂っている。顔のすぐまえに、吾木香《われもこう》の紅紫《べにむらさき》の花群れが風にゆれ、おけらの花がおくるみからややこが顔をのぞかせたように白い花弁を包葉にのぞかせ、その向うに、松虫草の群落がすすきのなびく崖ふちまでつづいている。

二人づれの旅びとが登ってきて、峠の小祠に手を合わせ、風に吹かれて汗をぬぐっていたが、話しながら下って行ってしまうと、風の音と虫の声だけにもどった。

少しして、また足音が登ってきた。三度笠がのぞき、息を喘がせながら姿を現わしたのは、藤七一家の三下である。伊之吉は長脇差の鯉口《こいぐち》を切った。が、動かない。

三下の若い男は、あたりを見まわして、

「野郎はいませんぜ、親分」

うしろをのぞきこんで声をかけてから、展望を楽しんで心地よさそうに深く息を吸っている。

そこへ、藤七が登ってきた。伊之吉は地を蹴って、風の如く駈けた。赤ら顔の藤七がアッと気づいたときには、すぐ目の前にいた。長脇差を鞘走らせるや上段に振りかぶり、次の刹那《せつな》、藤七の面上へ刃《やいば》をおくりこんでいた。血飛沫《しぶき》が陽に輝いた。みごとな左片手斬りである。

峠にいた三下は抜き合わすこともできず、まっ青になってふるえている。あとから登ってきた子分が何かわめいたが、伊之吉に衅《ちぬ》れた切っ先をのどもとに突きつけられて、顔をゆがめ、これまたふるえ出した。

伊之吉は藤七の屍《しかばね》を崖下へ蹴落すと、二人にどすのきいた低い声でいった。

「藤七はこのざまだ。お前《めえ》らがいまさら義理立てすることはねえ。命だけは助けてやる。とっととうせやがれ」

屁《へ》っぴり腰で後ずさる二人へ、

「お駒姐さんはどうした？」

「へえ、死にやした」

「不憫《ふびん》なことをしたな。冥土で藤七が会えるだろう。さあ、行け！」

二人が転がるように駈け下ってゆく後姿へ、伊之吉は拭いをかけて朱鞘におさめた長脇差をほうり投げて声をかけた。

「手ぶらじゃ帰りにくかろう。その長脇差が俺の首のかわりだ。親分の仇はとったといい触らすのは勝手だ。俺は二度と渡世人仲間には顔は出さねえからな。伊之吉って馬鹿な野郎は、この三国峠で消えちまったのよ」

あとのほうの言葉は、自分にいいきかせて、大声に笑った。

お花畑にもどった伊之吉は、咲き乱れる花群れのなかに仰向けに倒れこんだ。さすがに動悸《どうき》がはげしく、全身が血なまぐさい。しばらく、花の香につつまれて峠の風に吹かれていた。躰の芯までが浄《きよ》められるようである。

陽は中天たかく昇っていた。

ふと起きあがると、峠の小祠の前にお菊が立っていた。旅支度をして、背にややこを負っている。小祠に手を合わせていた。

「来てくれたんだな、お菊さん」

走り寄って、伊之吉は明るく声をかけた。背なのややこをのぞきこみ、剽《ひょう》げた笑顔をつくりながら、

「俺のほうは片がついたぜ」

といった。

お菊が不安そうに訊ねようとするのへ、

「この通り、もう長脇差も持っちゃァいねえ。人一人殺《あや》めちまったが、堅気の衆からうじ虫みてえに毛嫌いされていた野郎だ。お天道《てんとう》様も許してくれるだろう。安心しな。親分を殺《や》られたんじゃ、子分どもは俺に手出しはしねえ。俺が向う傷をつけてやった一の子分の仙八ってえ手作り者が藤七の跡目をついで、縄張りをとりしきるってわけだ。親分になれて、俺に恩を感じるかもしれねえ。やくざの義理人情なんてそんなもんだ。廻状がまわってるかもしれねえ上州の親分衆にしても、藤七が消えちまっちゃァ、もう知らん顔だ。八州廻《まわり》にしても、やくざの喧嘩には洟《はな》もひっかけねえ」

「本当に、大丈夫なんですね」

「ああ。それに第一、俺ァもう八九三じゃねえ。この峠で生まれ変わった伊之吉さんだ。

……ついてきてくれるかい？」

「越後へ逃げましょう」

「いや、それは違うな、お菊さん。江戸へ行こう」

「江戸へ……？」

「お菊さんもつらい峠を越えたんだ。逃げちゃいけねえ。この子を負って高崎を通って江戸へ行くんだ。佐野屋のまえを胸を張って通って、栄造だかなんだか薄情な野郎のことをきれいさっぱり忘れるんだ。江戸へ行って、俺ァ堅気の大工になる。この指でも鋸《のこ》や鉋《かんな》はしっかり持てる。鉋かけなんぞちょいとしたもんだが、修業して一から出なおしだ。そうそう、この子に名前をつけなきゃいけなかったな」

伊之吉は、お花畑の高みにそびえる三国山の山頂をふりあおいで、まぶしそうに目を細めながら、

「国太郎《くにたろう》——てのはどうだい？」

といった。

「いい名前ね。立派すぎるくらいだべ」

「気に入ってくれたかい。この子は三国峠で生まれた俺とお菊さんの子だ。そのうち俺がみっちり仕込んで、三国一の大工になってもらいてえ」

さあ、行こうか——と伊之吉が歩き出すと、

「お願いがあるんだけど」

と、お菊が身を寄せてきていった。

「あの樵小屋に寄っていきましょうよ」

「国太郎の生まれたところだもんな。ゆっくり休んでいこう。急いで永井の宿に下りては、あいつらに出っくわさねえとも限らねえしな。今夜は永井の宿泊りをするか」

そういうと、お菊が少し媚《こび》をふくんだ目で伊之吉を見て、

「別の女に色目なんか使っちゃいやですよ」

「ちげえねえ」

伊之吉は頭に手をやったが、間近にお菊の目をのぞきこんで、

「この俺の目がそう見えるかい？　お菊」

髪はまだ渡世人風だが樵姿の伊之吉と国太郎を背にしたお菊は、手をとりあって峠道を下ってゆく。秋が深まると里に下りる鶯《うぐいす》が、木の間《こま》で啼《な》いていた。

鼻くじり庄兵衛

一

武芸十八般の武器はさまざまだが、江戸時代後期に廃《すた》れたものとして、綿谷雪《わたたにきよし》氏によれば――。

〝鼻ねじ〟は、鼻ねじりともいい、鼻捻と書く。悍馬《かんば》の暴れるを制する短棒で、長さ一尺五、六寸（約四十五～四十八センチ）、漆《うるし》で塗ったものを普通とするが、二尺四、五寸（約七十三～七十六センチ）のものもあった。材は樫《かし》などの固い木、直径一寸（約三センチ）ぐらいに丸型または六角に削り、一端に小孔をあけて紐《ひも》を通し、馬小屋の入口などにかけておく。その限りでは馬具だが、腰におびて護身用ともした。

武家勃興の源平の世以降、下級武士はたいてい刀剣のほかにこの鼻ねじを佩用《はいよう》するのが常であった。しかし、江戸時代後期になるとすっかり忘れられて、武士の佩用をみないようになり、かろうじて上方《かみがた》の捕物の三ツ道具の内に、その名残りをとどめていた。

鼻ねじなどという短棒術は、武技として軽んじられて久しかったのである。

その鼻ねじを、大刀のかわりに常に腰におびている侍がいた。

名を柴田《しばた》庄兵衛《しょうべえ》といった。

庄兵衛は幕府直参《じきさん》である。しかし、松前《まつまえ》奉行所同心の下級武士で、文化八年六月、オロシャ軍艦ディアナ号の艦長ワシリー・ミハイロヴィチ・ゴロヴニンらがクナシリ島で捕えられ、松前に護送されてきて以来、牢番所詰《ろうばんしょ》めであった。

今夜も、庄兵衛の姿が詰所にみられた。同役の川上三右衛門と将棋盤に向っている彼の腰に、鼻ねじが小脇差《こわきざし》の如《ごと》くさされている。それも、長さ一尺（約三十センチ）ほどの丸棒で、漆も施されていない。手練《てだ》れの得物《えもの》らしく、掌《て》の脂《あぶら》がしみこんで飴《あめ》色の艶をおびているが、その辺に落ちている樫の枝きれとさして変わらぬ短棒である。

「肝《きも》が煎《い》れるのう。早よう次の手をさしたらどうじゃ」

三右衛門が疳性《かんしょう》に舌うちしてうながしたが、庄兵衛は将棋盤を睨《にら》んだきり、鼻をくじっている。まだ序盤だというのに長考で、唸《うな》りながら鼻毛まで抜いている。

「きたない奴《やつ》だ。左様に鼻ばかりくじっておっては、駒が汚れるではないか」

つねのことで、いまさら注意しても仕方ないが、顔をしかめてそういわざるを得ない。ぐずな相手でも、次の見廻《みまわ》りの刻限まで、暇つぶしにはなる。

庄兵衛はなんといわれても、わずかにうなずくのみで、相変らず鼻の穴をくじっている。風采のあがらぬ男で、三十をとうに越しているがいまだに独り身で、蔭《かげ》では〝鼻くじり庄兵衛〟と呼ばれていた。小鼻の張った低い鼻をしょっちゅうくじる癖があるからだけでなく、彼がごたいそうに差している短棒を、人々は鼻ねじではなく、あれは〝鼻くじり〟だと蔑《さげす》んでいたからである。

庄兵衛が鼻ねじの短棒術の達人だとの噂《うわさ》は一方にあった。しかし、未だ誰もその技《わざ》を見た者はなかった。それのみか、五年前、文化四年春、エトロフ島シャナの会所がフォストフらのオロシャ軍船二隻に襲撃された折り、シャナ会所詰めであった庄兵衛は、一戦も交えずに逃げ帰った侍の一人であった。

もっともこの時、シャナ会所の責任者、箱館《はこだて》奉行所支配調役《しらべやく》の菊地惣内《そうない》は留守で、調役下役元締の戸田又太夫《またゆう》が留守をあずかっていた。オロシャ船が発砲すると、血気盛んな普請役雇《ふしんやくやとい》の間宮林蔵《まみやりんぞう》が応戦と斬り死を主張したが、又太夫はこれをいましめて退去を命じ、退却の途次、山中でひとり敗走の責を負って自害して果てた。

この年、オロシャ船襲撃の騒ぎは相つぎ、事件が落着した十一月、箱館奉行羽太安芸守《はぶとあきのかみ》正養《まさやす》は御役御免、菊地惣内ら重だった者も相応の御咎《おとが》めをこうむった。庄兵衛にはなんら咎めはなかったが、爾来《じらい》、大刀の替りに鼻ねじのみを差すようになり、〝鼻くじり〟の蔑称で呼ばれるようになったのである。

ようやく次の手をさした庄兵衛は、またも鼻の穴をほじる。指先に鼻毛を抜きとると、鼻糞《くそ》のこびりついたそれを、傍らの火桶《ひおけ》にくべる。なんとも嫌なにおいとしか形容しようのない臭気が漂った。

三右衛門は渋面《じゅうめん》で見やりながら、投げやりに駒をすすめて、

「のう、庄兵衛。おぬし、妻《めと》を娶る気はないのか？」

と、朋輩《ほうばい》の誼《よしみ》で訊《たず》ねた。

庄兵衛は、なま返事をしたきり、鼻をくじっている。

「オロシャ人どもの調べは、いつつくのであろうな」

三右衛門はまた舌うちをして話題を変えた。

昨年六月に捕えたディアナ号艦長ゴロヴニン少佐以下、ムール少尉、フレブニコフ航海士、水兵四名のオロシャ人と通詞《つうじ》のクリル人アレクセイが、箱館の獄舎から松前に移されたのは八月で、文化九年が明けたいま、すでに五ヵ月になる。

はじめのうち牢屋は、松前城の城壁の脇に建てた堅牢な造りであった。ゴロヴニンはその手記『日本俘虜《ふりょ》実記』に克明に誌《しる》している——。


まず奥行約二十五歩、間口十五歩、高さ二尋《サージエン》（約四メートル）の四角な木造の納屋を想像いただきたい。三方は小窓一つない壁で、南側だけに壁のかわりに約四インチ角の太い角材を四インチ間隔にして組んだ格子になっている。この格子には扉が一つと、小さなくぐり戸が一つ付いていて、どちらにも頑丈な錠が掛っている。この納屋の中程に同じ太さの角材を使って造った檻《おり》が二つ並び、壁と檻の間、および檻と檻の間は廊下になっている。前者には我われ士官三名が、後者には水兵たちとアレクセイが入れられた。

獄舎の正面の格子の傍らに、外側から番卒たちの詰所が造り付けてあって、中には常時直参の卒二人が座っていて、格子越しに我われから眼を離さずに見張っている。外側の見張りは津軽藩《ツインガル》の兵卒が受持ち、半時間毎《ごと》に巡回し、夜間は提灯《ちょうちん》を持って二本の小さな板片を打ち鳴らして歩く。幕府直参の兵たちは半時間毎に獄舎の中に入って来て、檻のまわりの廊下を巡回して格子越しに我われを監視してゆく。

夜になると、獄舎はいっそう恐ろしい様相となる。というのは、監房に灯明《とうみょう》はなく、わずかに番卒の詰所の魚油の常夜灯の明りのみで、しかもそれは紙を張った行灯《あんどん》であるから、広い獄舎のごく一部分を薄い明りが格子越しに照らすのみで、それ以外は暗闇である。深夜の闇の中を半時間毎に番卒が巡回して来て、獄舎の扉を開け閉めする際の閂《かんぬき》や錠の響きは余計に物凄さをまし、はじめ我われに一刻の眠りも与えてくれなかった。それでなくても想像が心をさいなみ、苦悩と不安をかきたて、束《つか》の間《ま》のまどろみも破られがちであった。

馴《な》れてからも、詰所の直参の卒が書物を音読し、我が国の葬式のとき聖書の詩編を唱えるのに似ているので、その声が耳障りで寝つけなかった。……（徳力真太郎訳）

この牢屋内の監房の格子が取り払われ、二つの房と廊下との仕切りがなくなり、廊下には板が張られ、房内に大きな囲炉裏《いろり》が切られて煙草《たばこ》が許されたのは、十月半ばであった。

十一月になると、日本側通詞の村上貞助と上原熊次郎はじめ数人の日本人へ、ゴロヴニンはオロシャ語を教えるよう奉行から頼まれ、牢内で塾を開いた。我が国におけるロシア語学校の嚆矢《こうし》である。

さらにゴロヴニンに紙と筆記具が与えられ、自由に記述することも許された。庄兵衛と三右衛門も時には牢内の囲炉裏端で過ごし、二、三おぼえたオロシャ語を口にして手振りをまじえて彼らと話をするようにもなっていた。もっとも、このときも庄兵衛は、もっぱら鼻をくじっていたのだが。

二

「お奉行はオロシャ人どもに同情なさっておいでだが、拙者は油断がならぬと思う」

将棋盤に向う三右衛門は、牢の方を見やりながらいう。

「それにあのゴロヴニンという男は、傲慢《ごうまん》な奴だ。正月の引出物にお奉行がせっかく仕立屋に寸法までとらせて全員に木綿の綿入れをつくってやったのに、なにが気に入らぬのか彼奴《きやつ》ひとりは着ないではないか」

松前奉行は荒尾《あらお》但馬守《たじまのかみ》であった。取調べをすすめていた但馬守は、遠く祖国を離れて囚《とら》われの身となっているオロシャ人を憐《あわれ》み、ことにゴロヴニン艦長には尊敬と好意さえいだきはじめていて、牢屋を改善したばかりか、近く新居を建てて移すとも約していた。

タイ捨流《しゃ》をいささかたしなみ、エトロフ島シャナの我が方の不甲斐《ふがい》ない敗走を苦々しく思っている武辺者《ぶへんもの》の三右衛門には、奉行の寛大な措置が歯がゆくてならないらしい。庄兵衛相手の将棋がはかばかしく進まぬ苛立《いらだ》ちもあって、日頃の鬱憤をゴロヴニンにぶつけて罵《のの》りはじめた。

「彼奴は我が国の国法を犯した不埒者《ふらちもの》じゃ。早々に打首にしたらよい。赤蝦夷《あかえぞ》（ロシア人）の紅毛碧眼人《こうもうへきがんじん》どもに、飯など食わしておくことはあるまい」

「左様には思わぬが」

庄兵衛が鼻をくじりながら、ぼそりといった。この男が自分の意見を口にするのはめずらしい。

「ほう、オロシャ人と戦わずして逃げ帰ったおぬしに、存念があると申すか？　臆病風《おくびょうかぜ》に吹かれおって、彼奴が恐ろしい赤鬼にでも見えるらしいの」

「鬼には見え申さぬが……」

「では、なんと見えると申すのじゃ？」

「………」

「お奉行がおやさしいのをよいことに、彼奴は隠し立てをしておる。日本人と親しめるを信じてクナシリに来たと申し立てておるらしいが、先年のフォストフ同様、我が蝦夷地をかすめとりに来たか、探索に来たかに決まっておる。おぬしは左様には思わぬか？」

「ゴロヴニンは、オロシャ国の侍でござる」

と、庄兵衛は将棋盤に眼を落したまま、また鼻をくじった。

「捕囚となった彼奴が武士だと申すか？」

蔑みの色をうかべて気色《けしき》ばむ三右衛門へ、庄兵衛は独り言のようにいった。

「軍船の船長《ふなおさ》である彼には、武人としての誇りがござろう。それゆえ、部下の者とおなじ身なりはせず、オロシャ水軍の服を着ておるのではござるまいか」

頰髯《ほおひげ》をたくわえた頑丈な体軀《たいく》のゴロヴニンは、汗と垢《あか》にまみれた海軍少佐の金モールつきの軍服を、頑なに着つづけていた。サーベルはむろん取り上げられていたが、外套《がいとう》もなく、その姿は蝦夷地のきびしい冬にいかにも寒そうであった。しかし、彼は浩然《こうぜん》と胸を張っていた。

「彼奴は痩《やせ》我慢をしているだけじゃ」

三右衛門は吐き捨てた。

「ふん、なにが誇りある武人なものか。拙者なら囚われの身を恥じて割腹いたす。それが侍であろう。それともおぬしは、べんべんと恥を晒《さら》して生きのびるのが、武士の誇りとでも申したいのか」

当てつけにいう三右衛門へ、しかし庄兵衛は怒りもせず、かすかに首をすくめて黙っていた。

「中庭に連れ出す折り、彼奴が部下の者相手に枝きれなど振りまわして軀《からだ》をあたためておるが、あれがオロシャの武術であるなら、笑止《しょうし》なことよ。児戯《じぎ》に等しいではないか。隙だらけで、拙者なら一刀のもとに斬り捨てられるワ。おぬしの鼻くじりであれば、かなわぬであろうが」

三右衛門は大笑したが、嗤《わら》われても庄兵衛は言葉をかえさなかった。

しかし、庄兵衛はゴロヴニンの武術を尋常の技ではないと、ひそかに視《み》てとっていたのである。

中庭に落ちていた三尺（約九十センチ）ほどの枝きれを、奇態《きたい》な形に、ほぼ片手中段に構え、対手《あいて》の若いムール少尉や大兵《だいひょう》の水兵が打ちかかるのを、素早くかわし、突きを入れる技を、庄兵衛は脳裡《のうり》に鮮やかに思い描きつつ、俺にあの突きをかわせるであろうかと、思案していた。それを想うと、将棋どころではなかった。

ヘボ将棋は庄兵衛の負けで終り、ちょうどそこへ、台所の下働きの女が、夜食を運んできた。少量の濁酒《にごりざけ》も竹筒に入れて添えてある。

「気が利くのう、ちか。身の内があたたまるというものじゃ」

上機嫌に声をかける三右衛門へ、ちかは微笑《ほほえ》んで辞儀をした。二十歳《はたち》を二つ三つ過ぎた大柄な娘で、眉が濃く、どこか愛嬌《あいきょう》のある顔つきをしている。肌は雪のように白く、凍《しば》れる寒気に、ふっくらとした頬と綿入れの筒袖から突き出た手があからんでいる。

「お前をその年で未通娘《おぼこ》にしておくのは、なんとも惜しいのう」

好色に見やりながら、三右衛門はからかったが、庄兵衛のほうは娘をまともに見ようともせず、ぎごちない手つきで将棋駒をかたしていた。そのしぐさをちかは伏目がちに見ていたが、

「わたしは、これで」

と、もういちど頭をさげた。

「いつも夜分遅くに、相すまぬ」

俯《うつむ》いたまま庄兵衛は痰《たん》のからまった声でいったが、ちかにきこえたかどうか。

暦の上では春だが、津軽海峡に吹き荒れる北西風が唸りをたてて城下の街衢《がいく》から吹き上げてくる。怒濤《どとう》の咆哮《ほうこう》もひびいていた。

「四ツで、ござあい……」

四ツ（午後十時）を告げる番太の寒そうな声と拍子木の冴《さ》えた音が、雪の凍《い》てつく中庭の闇を通り過ぎてゆく。

「さて、見廻りを先にしてまいるか」

三右衛門が大刀をつかんで立ちあがり、庄兵衛も立ちあがった。ふと、庄兵衛の視線が、まだ戸口にいたちかの視線と合った。

三右衛門は気づかなかったが、ちかの白いうなじがぽっとあからみ、庄兵衛もまた口もとをひきつらせた。木強《ぼっきょう》な男のそのぎごちないはにかみの笑みを、ちかは胸を高鳴らせて認めていた。

三

二月になると、海霧をともなう南東風《ひかた》が吹きはじめた。春の遅いここ松前での、春の魁《さきがけ》である。気温がやや上がり、根雪が溶けはじめる。しかし、海霧の風の日が数日つづくと、また風は北西に変わり、溶けた雪を凍りつかせ、冬が舞いもどった。

そんな二月の半ば、江戸から間宮林蔵が訪れた。文化五年と六年の二度にわたって北蝦夷地のカラフトを探索し、韃靼《シベリア》大陸と地続きでないことを確かめた林蔵は、しばらく江戸にいたが、ゴロヴニンに会いにきたのである。

庄兵衛とはシャナ会所詰め以来、五年ぶりの再会であった。しかし、探検家として名をなした林蔵は、「やあ」と横柄に一言挨拶を返したのみで、通詞の村上貞助をともない、庄兵衛に案内させて牢内に入った。

林蔵はゴロヴニンへは江戸の天文学者とのふれこみであった。

通詞の貞助がオロシャ語で、

「この方は江戸から到着されたのです。日本政府はエウロッパの医療法に通じた医師の勧告に従って、この蝦夷地によくある、危険な壊血病《かいけつ》の予防に効果のある薬品を、この方に託してよこしました」

と、紹介した。

林蔵が持参した薬品というのは、レモン汁二瓶と蜜柑《みかん》数十箇、それに漢方の薬草であった。さらに奉行からの贈物だといって、砂糖少量と赤とうがらしの砂糖煮を差し出した。

蝦夷地では冬の野菜不足から、浮腫《ふしゅ》病（壊血病）で仆《たお》れる者が多かったのである。

林蔵は薬品と奉行からの贈物を恩きせがましく手渡すと、さらに持参した器具類を箱の中からとり出して並べはじめた。傍らにひかえた庄兵衛には初めて眼にするものであったが、イギリス製の銅の六分儀、コンパス付の天体観測儀、作図用具、水準計用の水銀などであった。

それらを林蔵はいかにも見せびらかすようにして、

「いずれも拙者のものでござるが、エウロッパ人は如何《いか》ように使用いたすか、試しに見せていただきたいものでござる」

と、尊大にいった。

ゴロヴニンは口もとに歪《ゆが》んだ微笑を刷《は》いたが、その表情は、日本人がそうした器具を持っていることに驚きをしめしたというより、林蔵が充分に使用できぬと見てとって、素直に教えを乞わぬ態度に嫌悪を感じたふうであった。

囲炉裏端にあぐらをかいた林蔵は、捕囚であるゴロヴニンと若いムール少尉、中年のフレブニコフ航海士を軽蔑の眼で見まわしながら、カラフト探索の自慢話をはじめた。クリル諸島（千島列島）の十七番目の島まではもとより、カラフト、満州からアムール河まで自分はいかに苦労して足跡をしるしたか手柄話をとくとくと語り、そのよい証拠として、旅行中に持ち歩いた煮炊き用の鍋をとり出して見せた。煤《すす》けた鉄鍋である。

「この鍋こそ、拙者の孤独な辛酸《しんさん》の旅の友であり、生命の恩人でござる。氷を溶かして渇きをうるおし、鳥獣を煮て飢えをみたし申した。拙者が単身、貴国オロシャの経界《けいかい》まで跋《ばっ》渉《しょう》して、貴殿の如く捕囚になどならなんだは、拙者の勇気とこの鍋のおかげでござる」

若い貞助の通詞に、ゴロヴニンは辟易《へきえき》した表情になったが、林蔵はしゃべりまくり、庄兵衛へも鍋を手にとって見るようにといった。

翌日から林蔵は毎日牢にやってきて、その鍋で煮炊きをしてゴロヴニンらにふるまった。また、米飯から火酒《ウオトカ》をつくる蒸溜器《じょうりゅうき》を持ちこみ、炉端において出来た酒をゴロヴニンはじめ水兵にまで馳走《ちそう》し探索の自慢話をした。酔うと林蔵は声が大きくなり、声を荒げて、話はエトロフ島シャナ会所詰めであったときの、フォストフらオロシャ人の不埒な襲撃に及んだ。

「あの折り、オロシャ人どもを打ち負かすことなど、造作もないことでござった。ただお奉行より当方から決して砲撃してはならぬとの命を受けていた故、退いたまででござる。拙者の背にオロシャ人の撃った銃弾が当り申したが、ひょろひょろ弾で倒れもせなんだ。ハッハッハ」

破顔大笑すると林蔵は、ゴロヴニン以下オロシャ人をきっと睨《ね》めまわして、

「あののち、我ら日本側では軍船を三隻仕立ててオホーツクに送り出し、貴国の街を壊滅せんと思うていたのでござるよ」

と、大言壮語してみせた。

貞助の通詞でそれをきくと、ゴロヴニンは肩をすくめて苦笑し、なにやらオロシャ語でいった。貞助の通詞によると、次の如くであった。

「日本側でオホーツクへ行く航路がわからなくて、大変残念だったでしょう。わかっていれば、三隻といわず三十隻か三百隻も船を派遣してみればよろしかったのに。おそらく、一隻も帰って来なかったでしょう」

そうからかわれて、林蔵は顔面に朱をそそぎ怒号した。

「浮囚の身で強がりを申すな！　我ら日本人は、戦《いくさ》にかけては如何なる異国にも負けないのでござる！」

通詞の貞助も辟易した表情を隠さなかったが、傍らの庄兵衛も林蔵の威丈高な態度とその言葉に思わず面《おもて》を伏せた。シャナにおける日本側の敗走は、奉行の命はあったものの、

武力においてオロシャ側がはるかに優れていたからである。庄兵衛は肝に銘じてそれを知った。そして、その後、軍船を仕立ててオホーツクを攻めよとの意見は、彼我の実情を知らぬ強がりをいいたてる者から出たものだったのである。

林蔵の不遜な言動はいまにはじまったことではなかったが、庄兵衛は面を伏せて鼻をくじってばかりいた。

このときのことを、ゴロヴニンはこう誌している——。

林蔵という男は、我われの眼の前で日本の兵法を自慢し、我われを威嚇《いかく》した最初の日本人であったことを、特記しておかねばならない。しかしそのかわり、彼は我わればかりか、日本人からも嘲笑されていたのである。

この日、林蔵はゴロヴニンの揶揄《やゆ》がよほど腹にすえかねたとみえて、詰所で庄兵衛と三右衛門を相手に、ひとしきりゴロヴニンの悪口をまくし立てた。幕府の隠密《おんみつ》としてゴロヴニンをさぐりにきた林蔵は、ゴロヴニンを先年シャナを襲撃したフォストフの同類と見做《みな》し、我らを欺いているのがよくわかったから、早々の処刑を奉行に進言するつもりだと話した。そして、相変らず鼻ばかりくじっている庄兵衛にこういった。

「おぬしはシャナの敗残を口惜しいとも思っておらぬようだな。オロシャ人如きに鼻毛まで抜かれたとみゆる。それでも武士とは、いやはや情ないワ。そのような鼻くじりなど差しておるから、武士の魂まで失《う》せたのであろうよ」

辛辣に嘲笑され面罵されても、庄兵衛は木樵《きこり》が掘りおこすのをあきらめた木の根っこのように黙りこくっていた。

数日後、奉行から許可が出て、庄兵衛は番卒数名と津軽藩の藩兵を護衛につけて、ゴロヴニンらを市中や郊外へ散歩に連れ出した。

ようやく雪もまばらに消えて、木立の梢《こずえ》がわずかにふくらみはじめている。海の色も穏やかな早春の色である。

蝦夷地が幕府直轄となり箱館に奉行所がおかれてから、松前の城下はさびれたが、箱館から奉行所が移り松前奉行所となってからは、ふたたび賑《にぎ》わいをとりもどしている。ゴロヴニンらは立ち止まって、町の雑沓《ざっとう》と人々の暮らしぶりを物珍しそうに眺めた。

三日に一度の割りの散歩は、城の裏手の寺々のある寺町へ行くことも、また海岸へ行くこともあった。野点《のだ》ての茶道具や昼食《ちゅうじき》を持参したのは、遥《はる》か祖国を離れて囚われの身である彼らの気持を少しでも慰めたいとした、庄兵衛のはからいであった。

松前町民のなかにも、自宅に招じ入れて馳走する者も稀《まれ》ではなかった。表向き異国の囚人を招くことは許されなかったので、庄兵衛が休息を余儀なくされたとの口実で立ち寄ると、町民たちは綺麗《きれい》な茣蓙《ござ》を敷いて準備のしてある縁側にゴロヴニンらを坐《すわ》らせ、茶や煙草や、饅頭《まんじゆう》や酒などでもてなした。

この散歩のとき、おもねる調子で庄兵衛に話しかけてくるのは、若いムール少尉であった。奉行からの贈物の木綿の綿入れを嬉々《きき》として着こんでいるムール少尉は、かなり日本語を覚えていて、自分はゴロヴニンとは考えが違うといい、通詞として日本に残りたいから、この願いを奉行に伝えてほしいと哀願した。

庄兵衛は言葉少なに伝えることを約したが、同邦の上官であるゴロヴニンを悪《あ》しざまにさえ話す異国の青年士官を、不憫《ふびん》に思いこそすれ、蔑む気にはなれなかった。

――俺がもしオロシャ国で捕囚となったら、どのように振舞うであろう……。

このときも鼻をくじりながら庄兵衛は、ふと、ちかの面ざしをまぼろしの如く脳裡に想い描きつつ、胸裡で呟《つぶや》いていた。

本邦を遠く離れたここ蝦夷地は、庄兵衛にとって、異邦にも等しかったのである。

四

三月になってから非番の日の夕刻、庄兵衛の長屋にちかが訪ねてきた。

「日溜《ひだま》りで採れた蕗《ふき》の薹《とう》です」

ひびのきれたあからむ娘の手に、それは浅黄色のころりとした小さな人形のようで、きつい野の香りを放った。

「これは忝《かたじ》けない」

庭先にいた庄兵衛はぎごちなく礼をいうと、手にしていた鼻ねじをあわてて隠した。

「なにをなさっていたのです?」

「暇をもてあましておったで……」

口ごもりつつ答えたが、先刻から鼻ねじの短棒術を一人稽古していたのである。

ちかはあとは問わずに、気をきかして台所に入り湯を沸かし、茶を淹《い》れて座敷に運んだ。

たまに訪ねてきて、独り身の庄兵衛の世話をなにかとしてくれるが、二人が火桶をはさんで坐ったのは初めてであった。

「庄兵衛さまは、国許《くにもと》へは帰らないのですか?」

「身寄りとてないのでのう」

「わたしも……」

と、ちかは顔を伏せた。

「お前には村《コタン》があるではないか?」

口の重い庄兵衛が訊ねたが、ちかは黙っている。

ちかは、漁場をとりしきる和人の番人がアイヌの女《メノコ》を姦淫《かんいん》して生ませた娘であった。松前藩時代、各地の場所を請負う和人の振舞いは横暴をきわめ、アイヌの娘たちは番人に弄ばれて悪い病いをうつされたり、子を孕《はら》むと水蠟樹《いぼた》と蕃椒《とうがらし》を煎《せん》じて飲まされたりして、死ぬ者が多かった。ちかの母も彼女を生むと、まもなく亡くなった。実の父の名も知らぬ混血のちかは、村《コタン》で育てられたが、アイヌ娘のように口辺や手に刺青《いれずみ》は施されず、やがて松前の牢で働くようになった。漆黒の髪と濃い眉は、母親の面影をとどめていた。同輩の和人の下婢《かひ》たちから蔭では、蝦夷のあいのこよと蔑まれていたのである。

「お前は和人《シャモ》を憎んでいるのではないのか？」

しばしの沈黙のあと、庄兵衛は重ねて訊《たず》ねた。

「いいえ、憎んではおりません」

育てられた村《コタン》で、決して人を憎むなと教えられたという。溶けることのない雪を握りしめているような薄幸なこの娘の気立のよさは、母ゆずりのものであろうが、それをきくと庄兵衛はいっそう哀れに思えて、返す言葉もなく、いつもの癖で鼻をくじった。

「それに、和人《シャモ》のお侍のなかで、庄兵衛さまは違います」

と、ちかはいった。

「どう違うのか？」

「わたし、庄兵衛さまをはじめて見たときから、なんと感じのよい朴訥《ぼくとつ》な方かと思っていました」

頰を染めてひと息にいうと、ちかはふっと瞼《まぶた》をとじた。早春の暮色が部屋のうちに漂い、火桶の熾《おき》があかあかとおこっている。

庄兵衛はちかを抱きよせ、我にもなく乱れてしまった。

——女とはかくもやわらかなものなのか……。

ちかは庄兵衛にとって初めての女であった。蔑まれる者同士、たがいの傷を癒しあうように、しばし抱きあっていた。

衣服の乱れをなおしたちかは、うっとりとした表情で、寄りそったまま昏《く》れゆく庭先に眼をやっていたが、坐りなおすと、捕囚の一人であるムール少尉から耳にした話を語りはじめた。

ゴロヴニンがフレブニコフ航海士や水兵たちと、ひそかに脱走の計画を立てているというのである。

「和語を話せるムール少尉さんが、自分はそんな危険な企てに加わる気はないと申しました。ムールさんには内緒ですすめられているようです」

「あのゴロヴニンが……」

「霧が出て南東風《ひかた》が吹きはじめた頃から、あの風なら小舟を奪ってオロシャに帰れるだろうと、準備をしているとききました。海岸への散歩の折りなど、それとなく舟を捜しているとか」

庄兵衛は裏切られた思いもあって呆然《ぼうぜん》としたが、

「いや、そのようなことはあるまい」

と、自分にいいきかすように独りごちて、鼻をせわしなくくじった。

三月になってから、ゴロヴニンらは奉行の約束通り新居に移っていたのである。

武家屋敷風に建てたその家は、城の大手門のそばの、石垣と切りたった崖との間の高台にあり、崖下には松前城下の街衢《がいく》がひらけ、庭には泉水もあって、本邦から移植された桜の木も配されていた。とても乗り越えられぬ高い塀に囲まれ、正門と裏門には錠が下りていたが、屋内の詰所との間に格子があるとはいえ、襖《ふすま》で仕切られた三部屋と廻り廊下をゴロヴニンらは自由に使っていた。廊下からは塀越しに津軽海峡と遥か彼方《かなた》の津軽半島が望見でき、松前の湊《みなと》に碇泊《ていはく》する千石船の帆柱も見ることができたし、北窓からは松前城と山々が望めた。牢屋にしては居心地のよい屋敷であった。

奉行但馬守は、近く江戸から放還の沙汰があるであろうから、それまで辛抱するようにと、懇ろな言葉をかけていたのである。

「ご用心ください。庄兵衛さまの落度にならぬよう申し上げました」

ちかは庄兵衛の肩にまた身を凭《もた》せかけて、ふっと甘やかな吐息をもらした。

「でも、あの方たちはいつになったらお国へ帰れるのでしょう」

「お奉行が親身に取計っている故、近く必ずもどれる筈《はず》だ」

「それならば、よろしいですけど」

――小舟など奪ったとて、遠いオロシャへ帰れるわけはないが……。

庄兵衛はそうつぶやきつつ、奉公の大事とゴロヴニンらが無事に逃げおおせてほしいと願う気持のあわいで、心が揺れうごくのを感じていた。

五

「九ツ（午前零時）で、ござあい……」

真夜中の刻《とき》を告げる番太の声と拍子木の音が、風の強い闇の庭を通り過ぎてゆく。番太は門の施錠をたしかめてから、また拍子木を打った。

四ツ（午後十時）の時刻に庄兵衛らの巡回があったが、その後は朝までない。

部屋には有明《ありあけ》行灯が鈍くともっていたが、早くから寝床について眠ったふりをしていたゴロヴニンは、隣りの寝床のフレブニコフ航海士と眼くばせした。

脱走の機会は今夜をおいてなかった。昼間、散歩に連れ出された折り、逃走の方角は決めておいたし、小舟も見つけ、準備も整っている。取り上げられずに隠し持っているナイフ。大工が忘れていったらしい庭の隅で拾った大きな鑿《のみ》。監視の目を盗んで衣類から苦心してつくった縄梯子《なわばしご》。庭の隅にあった鋤《すき》も間違えて置いたふりをして縁の下に隠してある。それればかりではない。衣類を繕うために入手した二本の針と散歩のとき素早く拾った銅板のかけらで、フレブニコフ航海士は羅針儀までつくっていたのである。

格子で仕切られた隣室に番卒の姿はなく、奥の詰所から書籍を読む声がきこえている。三右衛門であった。庄兵衛は傍らで鼻をくじっているのであろう。三右衛門が起きているのがわかって、むしろ好都合であった。あの音読の声が止《や》んで、眠るのを待てばよい。

外には春先の強い風が吹きつのっていた。舟を盗み海上に漕《こ》ぎ出せば、タタールの海岸まで吹き寄せてくれるだろう。

毎日一つずつ結び目をつくっていた糸玉の暦では、露暦四月二十三日（邦暦三月二十三日）の夜であった。囚われてから空《むな》しく九ヵ月が過ぎていた。

ゴロヴニンにも奉行の好意と尽力はわかっていた。しかし先日、通詞の貞助がいうには、オロシャ船が来航した場合、友好的に交渉してゴロヴニンら全員を引渡したいとの奉行の上申が、江戸で取り上げられなかったばかりか、オロシャ船を焼払い乗員をことごとく捕えよとの指令が届いたという。ゴロヴニンの腹は決まった。脱走しか道はなかった。それも、ロシア船が来航する前だ。オホーツク海の氷が溶けて、ロシア船が日本沿岸に姿を見せれば、監視は厳重になり、戦争になるやもしれない……。

最大の障害は仲間内のムール少尉であった。彼はクリル人のアレクセイに日本で仕官するよう誘いをかけ、「俺についてくれれば助けてやる」とささやいていた。脱走計画をすすめるにあたって、最も危険な人物であった。

ムール少尉とアレクセイには知らせずに計画をねってきたゴロヴニンは、二人に勘づかれるのを恐れて、ことにアレクセイには告げなかった。仲間に入れていざ実行のとき、臆病風に吹かれて裏切りはすまいかと危惧したからである。迷った末、ムール少尉には打明けたが、次のように話した。

「この計画は江戸から新奉行が着任するまでは、決行しないことにする。新奉行が我々のために力を尽してくれれば、祖国へ帰れる希望がひらけるかもしれないからね」

すると、ムール少尉はいったものだ。

「私の運命は決まっています。日本にとどまる決意をしたのですから、逃亡には参加しませんよ」

決行に当って邪魔立てはしないだろうが、彼には警戒を怠らずに準備をしてきたのである。そして、アレクセイには迷惑がかからぬよう、脱走計画と実行にはまったく関りない旨の手紙を、奉行宛に残すことにした。

三右衛門の音読の声はしばらくまえにやみ、行灯の明りも消えて、詰所はひっそりとした。庄兵衛も眠ったらしい。

便所に行くふりをして寝床を出た水兵の一人が、台所からこっそり庖丁《ほうちょう》を一丁もってきた。アレクセイは鼾《いびき》をかき、ムール少尉も寝息をたてている。

邸外を巡視する津軽藩兵の跫音《あしおと》もとうに遠ざかった。次の巡回は二時間後である。

まず水兵二人がそっと寝床を抜け出し、縁の下に身をひそめた。あたりをたしかめ、二人は塀に近づき、塀の下に鋤で抜け穴を掘りはじめた。ころあいを見はからって、ゴロヴニン、フレブニコフ航海士、残りの水兵二人が順に寝床を出た。ムール少尉とアレクセイには気づかれなかった。蛻《もぬけ》の殻の寝床には衣類などをつめた。すべて計画通りである。

抜け穴は一時間たらずでわりと容易に掘れた。一人ずつくぐって外に這《は》い出す。風が強く、少しの物音は木立の騒ぎにかき消された。全員、塀と崖のあいだの小径《こみち》に出た。

小径に這い出したゴロヴニンらが無言でうなずきあい、往還の方へ跫音をしのばせて向おうとしたとき、すぐそこの闇に、黒い影が佇立《ちょりつ》しているのに気づいた。

わずかな星明りに、一人の武士と見てとれた。庄兵衛であった。

ぎょっとして水兵たちはナイフと庖丁と鑿を構えた。庄兵衛であった。しかし、相手は誰何《すいか》もせず、人を呼ぶ声もたてなかった。腰に鼻ねじのみを差していたが、その手に、どのようにして入手してきたものか、奉行所に取り上げられていたゴロヴニンのサーベルが握られていた。

立ちすくむゴロヴニンへ、しかし庄兵衛はサーベルを丁重に差し出すと、慇懃《いんぎん》に一礼したのである。

訝《いぶか》しいことであった。

しかし、庄兵衛は腰の鼻ねじに手をかけようともせず、くぐもった低声でこういった。

「湊に向われては捕われ申す。遠き浜に舟を用意いたした。卒爾《そつじ》ながら、拙者がご案内つかまつる」

六

庄兵衛を先頭に一行は、星明りを頼りに真北に向った。大松前川の谷に沿って遡り、山に登った。

水兵たちは半信半疑の態《てい》であったが、ゴロヴニンは彼らへ二言三言きびしく声をかけ、庄兵衛のあとにつき従っていた。途中、フレブニコフ航海士が岩に足をとられて転び、足首をくじいたらしかった。木の枝を拾って杖《つえ》にして歩いたが、険しい登りや山腹を斜めにたどるとき、激痛は耐えがたい様子で、庄兵衛は見かねて立ち止まり、フレブニコフ航海士の足首の痛みが和らぐのを待っては、無言でまた先に立った。

ゴロヴニンらも一言も発しなかった。幕府の役人を案内人としたオロシャ人囚人の逃亡の一行は、奇妙な一団といえた。

一刻半（三時間）ほど歩いて、ようやく高い山の頂に達した。そこから尾根をつたってなお北に向ったが、ところどころに残雪がつもっていて、足跡を残さぬよう回り道をしなければならなかった。

東の空がしらむ頃、山中の深い森にたどりついた。

「ここに昼間のあいだ潜んで、夜を待ち申す。明晩、拙者が用意いたした舟のある海岸へ案内《あない》いたす」

案内に立ってからはじめて、庄兵衛がいった。ゴロヴニンはその意を解してうなずき、水兵たちへ休息するように命じた。

だがそのとき、水兵の一人が圧《お》し殺した声で叫んだ。

「提灯を持った敵が馬で追ってきます！」

山裾に幾つも灯火が見え、馬蹄《ばてい》のひびきがきこえてきた。庄兵衛とゴロヴニンらは反対側の谷間へ急ぎ滑りおりた。谷間には深く雪が残っており、裸木ばかりで身を隠せそうな場所もなかった。そのうちにしらじらと夜が明けてきた。庄兵衛が滝のわきに洞窟を見つけて、一行をそこに潜ませたが、外を見ると、歩きまわった足跡が雪に残っていて、追手が谷間に降りてきたなら、すぐに見つかってしまうと思えた。だが、しばらくしても、谷間はしんと静まりかえっていた。

「どうしてあなたは、我々を助けるのか？」

ゴロヴニンが手振りを交えてロシア語で話しかけたが、庄兵衛はかすかに微笑したのみであった。

六人と一人である。しかも庄兵衛は鼻ねじの短棒を腰に差しているだけで、大小をたばさんではいない。いざとなれば殺《あや》めることもできると水兵たちは考えたらしく、油断なく庄兵衛を見やりながら、しかし不安そうに口をつぐんでいた。庄兵衛は持参していた干飯《ほしい》をゴロヴニンらに配ると、洞窟の入口に端座し、彼らに背をむけて鼻をくじっている。ゴロヴニンらの眼には、奇妙なサムライであった。

一行は日没までその洞窟のなかに坐っていた。ようやく暮色が訪れたとき、枯れ落葉を踏むひそかな跫音《あしおと》が近づいてきた。一同緊張したが、野生の鹿であった。鹿は人の気配に気づくと、すばやく隠れてしまった。

すっかり暗くなってから庄兵衛が立ち上がり、一行は洞窟を出た。だが山を登りはじめると、フレブニコフ航海士の足の痛みが激しくなり、激痛は腰にまで及んで、とても歩けそうになかった。

「この軀では邪魔になります。ゴロヴニン艦長、私を残して行ってください」

「なにをいうんだ、フレブニコフ君。祖国に帰れる機会が眼の前にあるのに、弱音を吐くもんじゃない。さあ、歩け。これは命令だ」

水兵たちもフレブニコフ航海士を励ました。そのやりとりを庄兵衛は無言で見つめていたが、近づくとフレブニコフ航海士の腕をとり、肩にかついだ。そして歩き出していた。

その庄兵衛を見る水兵たちの表情が変わった。マカロフという最も屈強な水兵が革帯を解き、それをフレブニコフ航海士の革帯に結んで、自分が引っぱって行くと申し出た。

「死ぬときは一緒でさあ」

と、マカロフ水兵は庄兵衛へも笑顔をみせた。

一晩中、山中を歩いた。無人の杣《そま》小屋を見つけて仮眠をとり、明け方、かなり高い峰にたどりついた。霧が深く、火を焚《た》いても周囲の山から煙を見られる心配はなかった。脱出のとき、水兵の一人が部屋の囲炉裏にかかっていた薬缶《やかん》を持ってきていたので、湯を沸かし、ゴロヴニンらが少しずつ貯えていた干からびた干飯をのどに流し込んだ。

霧が晴れた。ちぎれ雲ひとつない快晴であった。周囲の山々がくっきりと見え、遠くから発見される恐れがあったが、木の間《こま》隠れに山を降りはじめた。少し下り、また小高い山に登ると、眼下に海がひらけた。山裾に海岸線も見おろせ、朝陽《あさひ》の射す波静かな入江に、アイヌの刳舟《くりぶね》が舫《もや》ってある。

庄兵衛はそこを指さした。

「拙者が用意させた舟でござる」

ゴロヴニンらは顔を見あわせ、眼を輝かせて海の彼方を凝視した。朝の陽光をあびた春の海は果てしなくひろがり、水平線が眩《まぶ》しくきらめいている。彼らは四百露里（約四百二十六キロ）かなたのタタールの海岸を脳裡に描きつつ、唸るような歓声をあげて、じっと水平線に見入った。

「庄兵衛殿、礼を申し上げる」

向きなおるとゴロヴニンは、武人らしい剛直さで頭を下げた。フレブニコフ航海士と水兵たちも口々に感謝の言葉をのべ、それぞれに庄兵衛の手を握った。山を駆けくだれば、四半刻（三十分）もしないで、舟に乗れるのである。

眼下の入江に人影とてなかった。海は穏やかに凪《な》いで、陸からの春風が沖へと吹いている。

「では、庄兵衛殿……」

ゴロヴニンが別れの握手をしようと手をさしのべたとき、

「一つだけ、拙者に願いがあり申す」

と、庄兵衛がいった。

しばしの沈黙があった。庄兵衛は鼻をくじった。そして、律義に一礼すると言葉をついだ。

「ゴロヴニン殿、貴殿のその異邦の剣で、拙者と立合っていただきたい。お願い申す」

七

奇態な対峙《たいじ》であった。

充分な間合をとって正対した両者は——汗と垢にまみれた鉤裂《かぎざ》きのあるロシア海軍少佐の軍服を着た巨体のゴロヴニンは、引き抜いたサーベルを片手中段に水平に構えると、他方の手を腰をあてて半身に佇立し、一方の庄兵衛は、腰の鼻ねじを抜きとったものの紐を中指にからげて右手に握ると、両腕をだらりと垂らしたまま、右手の短棒を袖にかくす如く、腕に沿わして見えなくした。面ががらあきの、隙だらけと見える無造作な構えである。

フレブニコフ航海士以下水兵たちは、やや遠まきに固唾《かたず》をのんで見守ったが、水兵たちの手にはナイフ、庖丁、鑿《のみ》がそれぞれに握りしめられていた。

そこは短い枯草の茂る、やや広やかな小高い頂であった。庄兵衛は水平線のきらめきを背に立っている。しかし、ゴロヴニンは山巓《さんてん》に昇った朝陽を背にしていて、位置の優位はゴロヴニンにあった。鋭く突き出したサーベルの切っ先が陽光に輝き、庄兵衛の眼を射ってくる。

ゴロヴニンは気合もかけず、するすると間合をつめてきた。しかし、頬髯のあるその面《めん》貌《ぼう》に、戸惑いの色が刷かれていた。なんの理由でかここまで脱走の手引きをしてくれた日本役人庄兵衛への、疑念と感謝の気持が複雑にからみあっていたからのみではない。その身を捨てた如き奇妙な構えに面喰《めんくら》ってもいた。

それは庄兵衛とてほぼ同様であった。ここまで手引きしておきながら、鼻ねじの一撃でゴロヴニンを仆《たお》すやもしれぬのである。それに、ゴロヴニンの木ぎれでの稽古は見ているとはいえ、オロシャ武術の真剣と対決するのは初めてであった。

西欧の長剣術と、我が国でも廃れて久しい鼻ねじなどの短棒術との仕合は、前代未聞といえる。

ゴロヴニンがなお少しの間合をあけたまま、立ち止まった。すると庄兵衛は、この男にはめずらしく、さわやかな声をかけた。

「ゴロヴニン殿、遠慮は無用になされ。拙者は侍として、貴殿の剣に生命を落すも、いさかも悔《くい》はござらぬ」

庄兵衛は武士として異邦の剣の立合に、己を賭けていたのである。

言葉は定かに通ぜずとも、その気魄《きはく》が武人としてのゴロヴニンの肺腑《はいふ》に伝わった。莞爾《かんじ》としたゴロヴニンは、全身に一分の隙もない闘志をみなぎらせた。

やや身を沈めたゴロヴニンは、サーベルを胸もとに引きつけつつ、すり足に一歩間合をつめた。庄兵衛の眼には、朝陽にきらめく鋭い切っ先しか見えなかった。飛び込みざまの一撃で心《しん》ノ臓《ぞう》を突かれる。

庄兵衛は両腕を垂らしたまま、一歩退《さが》った。

対手《あいて》への眼付《めつけ》は、観見《かんけん》二種をいう。観、すなわち眼で見ずして心で観《み》て物事の本然を深く見きわめることを第一とし、見、すなわち表面にあらわれた動きを素早く見ることを第二とする。その観見一如において、敵の動きが把《とら》えられる。

はじめて異国人を対手にして、庄兵衛にはその対手の心が観えず、ずるずると退らざるを得ない。

庄兵衛の得物はわずか一尺の変哲もない短棒である。対手との剣先のしのぎ合いはもとより、こちらから打ちかかるのは至難であった。ゴロヴニンの攻撃を間髪を入れず読みとって体《たい》をかわし、手元に飛び込みざま必殺の打突《だとつ》をくり出す外《ほか》はない。

が、庄兵衛はめくるめく思いで、なおも退った。

崖際まですでに半間（約九十センチ）となかった。

カッと見開かれたゴロヴニンの鳶《とび》色の瞳に、水平線のきらめきが映じたと観えた刹那《せつな》、庄兵衛の左の肩口めがけてサーベルが突き出された。わずかに心ノ臓をはずしたのである。

庄兵衛の小軀《しょうく》が沈んだ。血飛沫《しぶき》が散り、突かれたと見えた。が、身を沈めて体《たい》をひらくや、くるっと半転して、右手の鼻ねじがゴロヴニンの剣を握る右手首に絡みついていた。

見守るフレブニコフ航海士らが次に眼にしたのは、崖上に突き出されたサーベルがゴロヴニンの手を離れて、宙に舞い、朝陽にきらめきながら崖下へ落ちてゆく光景であった。

そのとき、山裾から女の叫び声がひびいてきた。

ゴロヴニンの手首に鼻ねじを絡めて巨体をねじ伏せた庄兵衛が、一間を跳び退《すさ》って、声の方を見おろした。なにか必死に呼ばわりながら、裾を乱して山の斜面を駆け上ってくるちかの姿があった。

見おろせる岬の道に、馬上の武士を先頭に追手の松前奉行所の兵と津軽藩兵が殺到してくる姿も小さく認められた。

「ゴロヴニン殿」

どどめ色に変じた手首をおさえながら立ちあがったオロシャ海軍将官へ、庄兵衛はいった。

「大事な一刻に失礼つかまつった。早よう山を下られ、あの舟に乗られよ。まだ間にあい申す」

「………」

「ストロワ!」

と、庄兵衛はオロシャ語を口にして、鼻をくじった。

通詞の貞助から唯一習った「息災に御座候《ござそうろう》」と述べたのである。

この日、ゴロヴニンらは奉行所の兵と津軽藩兵に捕えられた。だが、ゴロヴニンは奉行所の取調べに庄兵衛のことは黙して語らなかったし、翌年九月、ロシアへ放還された彼の手記にも一行とて誌されてはいない。

しかし、庄兵衛の行方は杳《よう》として知れなかった。ちかもまた姿を消していた。二人はアイヌの刳舟《くりぶね》で遥か韃靼《シベリア》大陸に渡ったか、それとも、松前を遠く離れた蝦夷地の山深い鄙《ひな》の小聚落《コタン》で、生涯をまっとうしたのであろう。

猪《しし》丸《まる》残《ざん》花《か》剣《けん》

一

前橋城下の旅籠《はたご》に、疲れきった身をやすめた穴間《あなま》耕雲斎《こううんさい》は、赤城《あかぎ》おろしが吹きやんだ夜半、ふと眼ざめて、四肢にしびれを覚えた。寛政八年初冬のことである。

両腕に、不覚をとった仕合の微《かす》かな疼痛《とうつう》がよみがえっていた。が、それのみではなかった。五十の坂を越えてはじめて知る、不快な四肢のしびれである。

耕雲斎は、しばし初冬の闇に眼をみひらいていたが、瞼《まぶた》をとじると、ちかごろ白髪の目立つ頭《こうべ》をわずかにふり、独語をもらした。

「わしも、老いた……」

瞼の闇に、乳呑児《ちのみご》を抱いた女の面影が、幻に似て浮かびあがっていた。

女はしずといった。子が無事に育っていれば、十二歳になるはずである。男子であった。捨丸《すてまる》と名づけて、生まれて間もないわが子と女を赤城山中に残して別れて以来、時に思い出すことはあっても、忘れ去ってきた母子である。

——捨丸には父親殺しはさせぬ。わしのようには。たとえ剣のためであっても。

それが、名も耕雲斎とあらためて父の道場を捨て、ふたたび諸国遍歴の旅に出たこの男の決意であった。

しかし、十余年におよぶ流浪の果てに、老いのむなしさをわが身に感じた耕雲斎は、一子相伝の無心流殺人剣《せつにんけん》を伝えるべき秋《とき》がきたのを悟った。

「やはり、赤城へ登るか」

瞼をひらいたとき、そう声に出していた。

この前日、信州佐久平《さくだいら》から内山峠を越えて上州に入った耕雲斎は、下仁田《しもにた》街道の馬庭《まにわ》村に馬庭念流の道場を訪《おと》うていた。

内山峠で、ひさしぶりにもどってきた関八州の、赤城山から日光、秩父へとつらなる山々と、広闊《こうかつ》な関東平野のかなたに小さくそびえる筑波山を眺めたとき、それは決まった。

十二年前、赤城山をおりたときも、馬庭村を訪ねていた。馬庭念流宗家・樋口《ひぐち》十郎兵衛定《さだ》雄《かつ》との仕合に勝ち、自信をえて、父の待つ筑波山麓の故郷真壁《まかべ》にもどり、無念無想の秘剣を父の生命とひきかえに伝授されたのである。

それからの、またも旅に明けくれた辛酸《しんさん》の歳月を思いかえしながら、耕雲斎は馬庭念流宗家とふたたび立合うことに、おのれを賭けたといえる。万一敗れたときは、俗世間から身をかくし赤城山中にこもって、父から授った無念無想の殺人剣をわが子に伝授する余生を送ろう——と。

取次に出た若い門弟は耕雲斎を知らなかったが、師範代はよく覚えていて、緊張した面もちで丁重に道場へ招じ入れた。

当主であった樋口十郎兵衛定雄はすでに隠居し、子の十郎右衛門定輝《さだてる》が十七世宗家を継いでいた。

ほどなく、白髪白髯《はくぜん》の十郎兵衛定雄が上段に着座し、皺貌《しわがお》に笑みをうかべて声をかけた。

「穴間殿、お久しゅうござる」

「またまかりこしました。樋口先生にはご壮健でなによりに存じます」

「いやいや、寄る年なみ。お相手できぬのが残念です。しかと検分つかまつる」

門弟一同が見まもるなか、耕雲斎は十郎右衛門定輝と五間《けん》（約九メートル）の間合をとって相対《あいたい》した。

定輝は年のころ三十、筋骨たくましい巨軀《きょく》で、兜《かぶと》の鉢金《はちがね》をかぶり、胴にはふとんに似た防具をまいた、馬庭念流独特の異様なといえるいでたちである。耕雲斎を憎悪のまなこで睨《ね》めつけ、

「ご老体」

と、口もとに薄ら笑みを刷《は》いて呼びかけた。

「ご老体とて容赦は致さぬ。存分にまいられよ」

並みの背丈で痩身《そうしん》の、白髪の目立つ耕雲斎は莞爾《かんじ》として応じた。

「貴殿こそ、斟酌《しんしゃく》ご無用」

十二年前とは年齢が逆転している。当時の耕雲斎は四十になったばかりの壮年、先代の十郎兵衛定雄は五十の坂を登りつめていた。やはり、ほぼ二十歳の年齢のひらきがあった。当時弱年で見学していた定輝は、父が敗れた仕合の一部始終を眼底にやきつけているであろう。

大兵《だいひょう》の定輝は裂帛《れっぱく》の気合を発すると、木刀を八双《はっそう》に構えた。

耕雲斎は素面素籠手で、借りうけた木刀を、右肩を前につき出す左脇構えにとった。青眼《せいがん》にとった十二年前とは異なる構えである。

検分する先代十郎兵衛定雄の皺貌に不審の色がうごく。突き出した右肩ががらあきなのだ。しかし、耕雲斎が自得した無心流の脇構えで、間合がつまるや左脇から右上に斬り上げる右逆袈裟《ぎゃくけさ》の殺人剣〝松風《まつかぜ》〟が繰り出せる。

定輝の朱をそそいだ面上が一瞬蒼白《そうはく》になった。尋常ならぬ構えと見てとったのであろうが、さすが瞬時の動揺をしずめて、両眼を半眼にとじた。

念《ねん》大和尚と晩年に称した鎌倉寿福寺の僧慈恩《じおん》が創始した念流は、対手《あいて》をカッと見すえず、坐禅《ざぜん》のときのように半眼にする。定輝はその眼《まな》ざしで間合をつめてきた。これまた馬庭念流独特の歩み足である。後足に体重をかけ前足を浮かせ、あたかも百姓が泥田のなかを歩くように左右たがいちがいに踏み出してくる。しかも、鶏でも追うかの如《ごと》く、長く尾をひく掛声をかけて。

いかにも野暮ったい。だがその歩みのなかに、自在な体の運用と恐るべき技がかくされているのを、耕雲斎は熟知している。

戦場でつかう実戦兵法として伝承されてきたこの流儀は、受けや留めがなく、あくまで対手が撃ち出すところを間髪をいれず斬り割る。ことに〝脱《ぬ》け〟という技がある。対手が七分で撃ち出すところへ、三分の勢いで斬って出て勝《かち》を制する。さらに〝そくいづけ〟という技では、撃ち込んでくる太刀《たち》をわが太刀で押し伏せ、糊《のり》づけしたように対手の太刀の自由を奪ってしまう。

先代十郎兵衛定雄と仕合ったとき、耕雲斎は青眼から撃って出て、この〝そくいづけ〟の技にはまり、道場の隅まで押し込まれたのだった。

はずそうと焦れば焦るほど、糊どころか鳥黐《とりもち》の如く執拗《しつよう》にねばりついてくる対手の木刀と巌《いわお》のような気力に押しまくられて、もはやこれまでとわが身を捨てたとき、ふしぎに、勝敗をはなれた無の境地を知った。我もなく敵もなかった。無心となり、おのれへの抗《あらが》う力が消えた刹那《せつな》、自分ではどのような技を遣ったかわからず、対手の胴を抜いていた。すり抜けて片膝をつき、横に薙《な》いだ木刀を残心《ざんしん》の構えで振り返ったとき、胴を撃たれて道場の板壁に身をもたせた十郎兵衛定雄の姿をみとめたのだった。

いま、子息の十郎右衛門定輝と対しながら、そのときの光景が脳裡《のうり》に浮かぶ。一見無造作な耕雲斎の構えは、〝そくいづけ〟を封じる無心の構えでもあった。

半眼の瞳に殺気をこめ、奇態《きたい》な掛声をかけて間合をつめてくる定輝に対して、耕雲斎もまた両眼をとじた。敵もなく我もない無明《むみよう》の闇に身をおいたのである。瞑目《めいもく》したまま気合も発せず、池面をすべるように間合をつめてゆく。

一足一刀《いつそくいつとう》の間合になったとき、両者はその歩みをとめた。耕雲斎は仕掛けようとはしない。定輝も掛声を発するのみで、撃ち出してはこない。

双方不動のまま、小半刻《こはんとき》（三十分）が流れた。

なお時が経《た》てば、体力の消耗で不利になるのは、初老の耕雲斎のほうであろう。対手はそれを待っていると見えた。だが耕雲斎は盲目の如く両の瞼《まぶた》をとじたまま、殺気もほとばしらせず、一毛《いちもう》の隙もなく静かに佇立《ちよりつ》している。

さらに小半刻が過ぎたとき、焦りの色をうかべたのは定輝のほうだった。

次の刹那——。

怒号とともに上段からの一閃《いつせん》が、耕雲斎の面上をみまった。凄《すさ》まじい唸《うな》りを生じたその一撃に、耕雲斎の眉間が割れたかに見えた。が、わずかに躱《かわ》して、定輝の間髪をいれぬ二撃三撃の迅業《はやわざ》を、右に跳び、左にいなし、肩先の空のみを余裕をもって斬らせているのを正しく認めた者は、老十郎兵衛のほかはいなかったであろう。耕雲斎は対手の殺気に逆らわず、風にしなう柳に似て、身を翻していた。

しかしついに、道場の一隅へ追いつめられた。定輝の口から勝ち誇った掛声が噴いた。

木刀は耕雲斎の頭上へ、真っ向《こ》うから落ちた。

瞬間――。

耕雲斎の右肩が半転して、逆袈裟に斬り上げていた。木刀と木刀の撃ち当る音が異常なひびきで見まもる者の耳を搏《う》った。火花を散らした双方の木刀が、物打ちのところから真っ二つに折れたのである。

「それまで！」

老十郎兵衛定雄の声がかかった。

折れた木刀の先端の一つは、道場の天井に刺さり、他の一つは宙に弧を描いて、老十郎兵衛の面上へ飛んだ。それを片手に受けとめ、おもむろに宣した。

「この勝負、当方の負けと致す」

面上を襲った木刀の切っ先は、定輝のものだったのだ。

しかし、一間を跳んでぴたり正座し、手にした折れた木刀をひざ前において頭を垂れたのは、耕雲斎のほうであった。

「それがしの不覚、恐れ入り申した」

木刀が折れた次の刹那、定輝の手に残った木刀がもと撃ちに、耕雲斎の左小手にきていたのである。

頭を上げたとき、右腕はしびれ、左小手にその痛みが疼《うず》きはじめていた。

──もし、五年若ければ……。

木刀を折られることなく、対手の下小手《したこて》を一瞬迅《はや》く撃っていたであろう。

耕雲斎はこのときすでに、わが身の衰えを骨身にしみて感じていた。

二

翌日、散り急ぐ紅葉をふんで、赤城山麓の小径《こみち》をたどる穴間耕雲斎の孤影があった。

さして風もない、小春日和《こはるびより》である。

道の辺に柿の実の朱が鮮やかで、時折り、枯れ梢《こずえ》のいただきで百舌《もず》が啼《な》いている。

──しずと捨丸は息災であろうか……。

思い出の景色をみつけるたびに、懐かしい湿った感慨が去来する。一別いらい、一通の書状しか出していない。しずからその返事はなかった。たがいに縁を切って別れたのである。

──だが、待っていてくれるであろうか……。

急峻《きゅうしゅん》な山道にかかり、渓流に沿って二刻《ふたとき》（四時間）ほど登り、尾根をまいて灌木《かんぼく》の茂る草地の高台に出たとき、耕雲斎は異様な殺気を感じて足を止めた。すでに、しずとともに暮らした小屋に近い山中である。いぶかしいことであった。十二年ぶりにもどってきた耕雲斎を、何者かが襲おうとしているのであろうか。

耕雲斎は木立の陰に身をよせ、気配を消した。殺気はいっそう濃く迫ってくる。が、それは人のものではなく、獣の殺気と知れた。

八間（約十四メートル）ほどむこうの、落葉したハゼの木が揺れ、猪《いのしし》が姿を現わした。小牛ほどもある巨猪《おおいのしし》だ。牙をむき鼻いきあらく、こちらをうかがっている。

耕雲斎は鯉口《こいぐち》をきり、居合腰に身を沈めて巨猪の攻撃にそなえた。

そのとき、叢《くさむら》に突然、少年の後姿が浮かびあがった。それまでしゃがみこんで隠れていたのだろう、すっくと立ちあがったのだ。襤褸着《ぼろぎ》をまとった十二、三の子で、右手に草刈り鎌をにぎっている。猪と二間（約三・六メートル）もない間近さである。

少年がなにか叫んだ。

と、巨猪は少年めがけて突進した。「猪突《ちょとつ》」という言葉さながらに、まっしぐらに鋭い牙をむいて襲いかかった。

耕雲斎は走り出て、小柄《こづか》を投げようとした。が一瞬早く、巨猪に襲いかかられてころとあおむけに倒れる少年の姿が見えた。猪は勢いあまってなお三間（約五・五メートル）を駆け、耕雲斎のまえまできて地ひびきをあげて横転した。その腹が、真一文字にかっ切られ、噴き出る血潮とさらけ出た臓腑《はらわた》が初冬の陽《ひ》にきらめいた。

耕雲斎が少年にかけよると、少年は顔から胸を朱《あけ》にそめて倒れていたが、大きく瞠《みひら》いた眼が見あげてニコリとした。邪気のないその澄んだ双眸《そうぼう》に、耕雲斎はしずの面影をとっさに認めていた。

「怪我はないか？」

少年はふしぎそうに見あげている。たすけ起こそうとすると、さしのべた手を払いのけて立ちあがり、猪のほうへ行ってしまった。しゃがみこみ、しとめた巨猪をしらべている。

耕雲斎もそのうしろに立った。巨猪は眼をむいたまま、血を流しながら痙攣《けいれん》している。

「みごとな技、感服いたした。たれに習《なろ》うた？」

「たれにも」

そう答えたきり、振りむきもしない。

突進してきた猪が牙をかけようとした刹那、少年はあおむけにみずから転がったのだ。兵法でいう、絶妙の間合といえた。目標をうしなって猪が躰《からだ》の上を飛び越えた瞬間、下から猪の腹を草刈り鎌で真二つにかっ切ったのである。

寛永のころ上州新田《にった》郡世良田《せらだ》村の農夫あがりの剣客に田部井源兵衛《たべいげんべえ》なる者がいて、その馬庭念流田部井派に〝猪の腹切り〟という技があるとは耕雲斎はきいていたが、少年のはまさにそれであった。

「ひとりで会得《えとく》したのか？」

「猪ならいくらでもいるさ」

少年はめずらしくもないというふうに、けろりとしている。

(やはり、父とわしの血筋というものであろうか……)

耕雲斎は少年の肩に手をのせたい思いにさそわれながら、しかし言葉をあらためてたずねた。

「母御は達者か?」

すると少年は、蠅《はえ》でも追う顔つきになって、

「死んだ」

と、いった。

「……亡くなったのか……」

三年前だという。以来、ひとりで生きてきたという。

「捨丸——捨丸じゃな、お前は?」

抱きよせたい衝動にかられながら、耕雲斎はわが子の名を呼びかけた。

「ちがう!」

ムッとしてはげしく頭《つむり》を振り、

「父《てて》なし子のそんな名はとうに捨てた。おれは猪丸《ししまる》だ。自分でつけた」

と、小さな肩をいからせている。

「猪丸か——よい名前じゃ」

「お前は何者だ?」

「わしか……」

耕雲斎はじっとわが子の威のある面《つら》がまえを見おろして黙った。柄《がら》は小さいが、自分によく似た骨格で、猪の血にそまった顔に、しずの眼鼻だちがある。しかし、幼くして母に死なれ、ひとりでこの山中で生きてきたという、十二年ものあいだ置き捨ててきたわが子に、耕雲斎は父であるとはすぐには名乗れなかった。

「母御の墓に案内《あない》してくれぬか」

と、遠慮ぎみにいった。

「わしはお前の身寄りの者だ。線香などたむけたいが」

猪丸は顔の血をぬぐいながら、しばらく耕雲斎を睨《にら》みつけるように見つめていたが、こくりとうなずくと、先に立って歩き出していた。

しずの墓は、谷間にくだる杣道《そまみち》のわきにあった。墓標もなく、子供がようやく運べるほどの丸石を置いただけの、塚ともいえぬ墓である。野の花とかわらけの水が供えられ、周囲の霜どけの土に、もみじの落葉が彩りをそえて散りなずんでいる。

――しず……。

胸のうちで呼びかけ、耕雲斎はひざまずいて合掌した。

――しず、わしはもどって来た。許せ。そなたとの約をやぶり、捨丸に、いや猪丸に、父なるこのわしのいのちを絶つ剣を教えるために……。

墓石はこたえず、日暮れの風が颯々《さつさつ》と谷間をわたってゆく。

瞑目する耕雲斎の瞼の闇に、父のもとを辞して旅に出たその果てに、はじめてこの山中でしずに出逢《であ》ったときのことが、鮮やかによみがえっていた。

三

穴間守之助《もりのすけ》といった耕雲斎が、父穴間嘉平次《かへいじ》から武者修行に出るようにいわれたのは、宝《ほう》暦《れき》十二年の初夏、二十五歳のときであった。

三つちがいの妹が嫁いだあと、その安堵からかさして患いもせず母が亡くなり、町道場をいとなむ父と筑波山麓の常陸国《ひたちのくに》真壁《まかべ》郡真壁の町はずれに暮らしていた守之助は、一夕、父の居室に呼ばれた。

いつになく改まって、嘉平次はきり出した。

「これまで仕官もせず、剣の道一筋にほそぼそと道場をつづけてきたが、わしも五十路《いそじ》、身のゆくすえを考えねばならぬ。もはやわしの技は、すべてお前に教えた。嫁をとり、あとを継いでもらうもよいが、お前が剣の道に生きるからには、ひとつ頼みがある。前々から考えていたことだが……」

「いかなることでございましょう？」

「わしの出来なんだことをしてもらいたい」

「と申しますと……」

　嘉平次は、ともしたばかりの小さくゆらぐ燭の火に眼をやったが、何気ないふうに、

「わしを斬れ」

と、いった。

「父上を――」

「異なことではあるまい」

　おどろく守之助へ父は言葉をついだ。

「わしは師より無心流の印可を受け、かように人にも教えてきたが、この齢《よわい》になってわし自身、剣の蘊奥《うんおう》をきわめていないとつくづく感ずる。かつてわれらが流祖佐野勘左衛門は、いのちを賭した実戦のなかから武術の形《かた》をあみ出した。多くの者を斬り、おのれもまた斬られる刹那に、敵を仆《たお》しおのれを守る形を会得した。いずれの流派もしかりじゃ。鹿島香取の剣、塚原卜伝《ぼくでん》殿の一の太刀、伊藤一刀斎《いっとうさい》殿の仏捨刀《ほっしゃとう》――いちいち挙げるまでもあるまい。われらが古兵法の形は、遠く関ヶ原ノ役、大坂ノ陣より出たことはお前もよく存じておろう」

　その剣の形（組太刀）を固定の「型《かた》」とせず、実戦にあたって転変自在な「形」として

生かすところに、形稽古の神妙がある——と、嘉平次はいうのである。

「しかしじゃ、戦さのあった慶長・元和《げんな》の世は遥《はる》か遠く、徳川泰平の世も百五十有余年、われらが剣を実戦に役立てることはまずあるまい。恥ずかしい話じゃが、このわしなど剣の道に生きながら、いまだ人を斬ったことがない。人を殺《あや》めず人を活《い》かす〝活人剣《かつにんけん》〟などと称してはみても、これは禅坊主の屁《へ》理屈よ。剣はすべからく、対手を仆さねばこちらが殺される〝殺人剣《せつにんけん》〟でなければならぬ。しかるに、そのように教えているわしとて、真に会得しておらぬ。嗤《わろ》うてくれ。妻子を養い、糊口《ここう》をしのぐために、小手先の技を物知り顔に売ってきたに過ぎぬ。ましてちかごろの面籠手をつけてシナイで打ちあう道場剣法など、児戯にひとしい。と申して、形稽古を専一とする古兵法とてさして変わらぬ。荒稽古をしたとて、所詮は道場剣法じゃ。いのちを賭けぬ技の工夫など、たかが知れておる。そうは思わぬか？」

「それはつねづね私も疑念としてきたところですが、しかし父上……」

「わしの気が弱うなったとでもいいたいのであろう。それもある」

と、嘉平次は微かに笑みを刷いて、

「わしとおなじ疑念をもっているときいて、安堵いたした。それならばなおのこと、まことの無念無想の剣を自得してくれぬか。虫けらにも劣るおのれにこだわる止心《ししん》を捨て、父と子の情などもカラリと捨てて、真に無の境地で、このわしを斬れる剣をな」

無心となって父親を斬れ――それが無心流の奥義だというのである。

「わしのもとにいては、容易にできまい。武者修行に出て他流を学びつつ、まずおのれに対してみることじゃ。わしのいのちをとれる剣を会得するまで、決してもどるでない。三年、五年、いや十年かかろうと、待っておる。万一、道なかばで心くじけるときは、剣を捨てるも勝手、それもまたよしとすべきじゃ」

そう言いそえると嘉平次は、晴々とした笑い声をたてた。

「わが伜《せがれ》の剣に首をとられるのを待つとは、剣法者としてこの上ない果報よ。病いなどでおいそれとは死ねぬわ。わしもお前などにやすやすとは斬られぬ。いっそう腕を磨かねばの。ハッハッハ……。これで生きる悦《よろこ》びができた。武士としての死に甲斐《がい》もできた。これは愉《たの》しい！」

数日後、かつての耕雲斎、穴間守之助は、父に別れを告げ、諸国遍歴の修行の旅に出た。

まず鹿島香取の両神宮に詣で、念願成就を祈願し、近くの鹿島神流、香取神道流の道場で教えを乞い、小見川《おみがわ》、多古《たこ》、佐倉の城下で各流の道場を訪ねながら江戸に入った。江戸では一刀流などをしばらく学び、武州・甲州・信州で腕を磨きながら上方《かみがた》に上ったときには、早くも四年が過ぎていた。

わずかな路銀は江戸にいるうちにつきた。だがさすが江戸である。各流の名だたる道場

が蝟集《いしゅう》していて、かなりの自信をえて上方に上って守之助は、

（やはり、兵法は関東だ）

と、思った。しかしそのころから、最初の情熱が燻《くす》ぼりはじめていた。

父を殺すための剣法――そのような不孝な剣を古往今来誰が学んだであろう。戦国の世であれば、子が父を謀殺し、父が子を誅殺《ちゅうさつ》するのは日常茶飯であったろうが、しかし、剣のためにのみ父を斬る兵法を誰が会得したであろう。ましていまは泰平の世である。江戸・大坂の殷賑《いんしん》の風は諸国にも及んでいて、武士の気風は堕落している。武芸者でさえが、仕官のためにだけ汲々《きゅうきゅう》としているか、おのれの流儀を墨守しているにすぎない。だからこそ、父嘉平次がみずからのいのちを賭けて真に無心の剣を学ばせようとしているとはわかりながら、しかし父と遠く離れてその日の食にも事欠く旅をつづければつづけるほど、父からうけた恩義の深さを身にしみて感じ、父子の情と恩義という厄介な感情がどうにも始末がつかなかった。

上方から四国にも渡り、さらに山陰・山陽をへめぐり、北陸路を遍歴して奥羽《おうう》諸国を流浪するころには、出立《しゅったつ》以来十年余の歳月が流れていた。かれ自身、三十の半ばを過ぎて面がわりしただけでなく、別人のように変わり果てていた。

その日の食をうるために、道場破りもし、賭け仕合もし、賭場《とば》にも出入りした。訪うた道場でいくばくかの路銀をほどこされ、たかり同然に体《てい》よく追われることも多い。そんな

ときは大酒をくらい、飯盛女を抱く。博奕《ばくち》に負けて、しばらく用心棒として雇われもした。喧嘩《けんか》もし、人を斬りもした。しかし、無の境地とはほど遠く、荒《すさ》みきった邪剣でしかなかった。

——なんのための修行か。

と、思う。

——病いで父が死んでくれぬものか……。

心の片隅でそう願っている。

白河《しらかわ》の関を越え、関東にもどってきたが、真壁へもどれる身ではなかった。風の便りにきく独り暮しの父は、還暦を過ぎて健在で、かれの帰りを愉しみに待ちあぐねているという。

宇都宮の城下にしばらく滞在したのち、懐かしい筑波山を遠く眺めながら、栃木、佐野、足利《あしかが》、桐生《きりゅう》で博奕に明け暮れつつ赤城山麓の大胡《おおご》の町にたどりついたときのかれは、眼は覇気をうしなって飴《あめ》色に濁り、武芸者のはしくれともいえぬ、尾羽打ち枯らした素浪人でしかなかった。

赤城山の表山麓には、ふるくから荒木流や一伝《いちでん》流が栄え、裏山麓には法神《ほうしん》流が村々の兵法として盛んである。そして上州一円に馬庭念流が覇をとなえている。しかし、このときのかれは、それらの道場を訪う気力もうせていた。

大胡の町で博徒の用心棒として過ごしていたかれは、赤城山頂の紅葉が里におよんできた秋の一日《ひとひ》、貧乏徳利を片手にふらふらと、赤城山頂への道をたどった。山頂の地蔵岳にある神社に詣でようという気がないではなかったが、それはどうでもよいように思えた。一介の無頼の徒に堕しつつあるおのれを、山中に捨てる場所をもとめていたといえる。

酔眼に紅葉の錦繍《きんしゅう》ばかりが鮮やかであった。いつか道に迷い、どうともなれと捨てばちに紅葉を枕に仰臥《ぎょうが》して、昏《く》れなずむ空をうつろに見あげていた。

うとうとしたらしい。気がつくと、傍らに女が立っていた。

(はて、狐狸《こり》か――)

と思ったほど、若く美しい。

粗末な小袖をすそみじかに着て、片手に鉈《なた》を持っている。山賤《やまがつ》の娘であろう。眼がキラキラと輝き、陽やけしてしっとりとくろずむ肌としなやかそうな細身の躰、そしてゆたかな乳房のふくらみから、野性の女の色香がにおってくる。にわかに欲情をもよおして、かれは起きあがると抱きすくめようとした。それをどう躱《かわ》されたのか、ふたたび仰向《あおむ》けに倒れていて、女はけたたましく笑った。その女を見あげながら、狂女ではないか、と思った。

「お前は――」

あのうわさの女か――と訊《たず》ねようとした。

大胡の町で、こんなうわさがあった。足尾銅山から赤城東山麓の花輪、大間々《おおまま》を経て利根川ふちの平塚河岸《がし》まで銅をはこぶ銅山《あかがね》街道に、赤城山中から時折り銅はこびにくる若い女がいて、男と寝もするそうな。人足や百姓とは決して寝ないが、屈強な徒士《かち》や旅の武芸者だとたまに身をひさぐらしい。うそだともいうが、いちど抱いてみたいものだ——と。

その女かと問いかけようとしたかれののどもとへ、女は鉈を突きつけていた。

「狼藉《ろうぜき》は許しませぬ！」

おどろいたことに武家ことばである。

「そのような体《てい》たらくで、わたしが抱けますか」

武芸者ともあろう者が——と、女は鉈を突きつけたまま、ひどく意地のわるい声でいうのである。

（図星だな）

かれは蔑《さげす》みのまなこにあまんじて、女を見あげていた。地獄の底にみずから転げ堕《お》ちた自分が、この女に見おろされている——そう思った。

女は、のどもとの鉈をひくと同時に、傍らに投げ出してあったかれの大刀を素早くつかむと、すっと身を退《ひ》いていた。

「物盗りもするのか？」

「お前さまには、無用のもの」

女はしなやかに身をひるがえし、山の斜面に姿を消した。野狐《やこ》が走るように、芒《すすき》の白穂がきらきらとゆれながら遠ざかってゆく。白昼夢をみるようであった。見とれていたが、立ちあがるとあとを追った。酔《よい》が残っていて、腰がくだけ、つまずきまろびながら、しかしなぜか、

（いまがおれの切所《せっしょ》だな）

そう自分にいいきかせつつ、息をあえがせて女のあとを追いつづけた……。

——あれがしずとの出逢いであった。男と女の、ふしぎな出逢いの道であったな……。

しばしの瞑目から耕雲斎が瞼をひらいたとき、谷川から汲《く》んできたのだろう、猪丸が竹筒の清水を墓石にそそいでいた。木《こ》の間《ま》からもれる一条の夕陽に、竹筒からしたたる水が墓石と猪丸の手を濡《ぬ》らしてきらめいている。

そのわが子へ、耕雲斎は立ちあがると声をかけた。

「猪丸、お前の小屋に泊めてもらうぞ。否《いな》とはいわせぬ」

四

かつての耕雲斎、穴間守之助が、息をきらせてようよう小屋にたどりついたとき、しず、

はかれの大刀を框《かまち》に置き、薄暗い土間に立っていた。

（よう追ってこられました）

というように、きつい眼が微かに笑っている。挑む感じがあったが、蔑みの色ではなく、鉈ももう握ってはいない。

かれの酔はとうにさめていたが、やにわにしずを抱きよせ、荒々しく土間におし倒していた。乳房をむき出してつかみ、髭面《ひげづら》をこすりつけ、小袖のすそをはねあげて太股《ふともも》に手をすべりこませている。しずはさして抗おうとはせず、のけぞったのどの奥でうめきながら、かれの首に腕をからませてきた。

女の汗にけものの匂いがした。そのしずの躰の奥へ、それまでの荒みきった五体の澱《おり》のすべてを削《そ》ぎ落すように、腰をはげしく振りうちあてて、どす黒いと思える精をそそぎこんだ。しずは飢《かつ》える獣のようにそれを受けいれた。

女の躰を邪険につきはなすと、かれは土間にあおむけに転がって深い眠りにおちた。大いびきをかきながら、

（このままこの女に殺されても悪くないな）

一点さめた意識がねがっていた。

どれほどが経ったろう。眼をさますと、榾《ほだ》のはぜる音がし、よい匂いがした。一間きりの板の間の囲炉裏《いろり》に火が燃え、自在にかけた鍋の中味をしずがかきまぜていた。

「食べませぬか」

酒もあります——としずは、いった。

囲炉裏に向いあい、よそってくれた椀《わん》のものをくらい、手酌で濁酒《にごりざけ》を飲んだ。しずは、伏眼がちに黙っているが、それとなく窺《うかが》う視線に媚《こび》がにおった。

「こんな山中の小屋にひとり暮しか？」

訊ねると、黙ってうなずく。

「淋《さび》しかろう？」

甘い声を出すと、しずはかぶりを振り、きつい眼が見返してきた。

「なぜ、おれの大刀を盗った？　おれには無用のものといったが……？」

わかるのか、おれのことが。一目見ただけで——と問いかけようとすると、

「言えとおっしゃるのですか？」

しずはまた意地のわるい声になって、突き放つようにいった。

「あなたの迷いの心で、山の気が汚《けが》れていました。あのあさましい姿では、刀は遣えませぬ。だから無用のもの」

（この女には、おれの心が透けてみえるらしい……）

かれは苦笑し、怖くなった。

——ふしぎな女だ……。

翌朝、しずの姿はなかった。それをいいことに、というより、もどってくるのを待ちこがれて、かれはその小屋で暮らすことにした。十日ほどしてしずはもどってきた。米や野菜を背負い、いくばくかの金子《きんす》も懐にしていた。くわしいことは話さないが、銅山《あかがね》街道で銅はこびをして稼いできたらしい。その夜もかれは狂おしくしずを抱いた。しずもまた応えた。銅山街道で男に躰をあたえてこなかったと知った。どうやらうわさだけらしい。

しずの留守中、時折り、見知らぬ男や女が小屋をうかがっていった。近くの聚落《しゅうらく》の者らしい。そのことをいうと、しずはかれの腕のなかで、あの聚落の者は昔は武士だった大胡の衆だと話した。

大胡藩は、天正《てんしょう》十八年、徳川家康の関東入国に際して、牧野《まきの》康成《やすなり》によって成立した。慶長五年の関ヶ原ノ役には、秀忠に従って信州上田城攻めに加わったが、家康派遣の軍監本多正信《まさのぶ》の制止に反したとして康成は三年にわたり蟄居《ちっきょ》を命ぜられ、その後没し、子の忠成《ただなり》が跡をついだが、元和四年、越後国長岡へ転封《てんぽう》となり、大胡藩は二代二十六年で長岡藩に変わった。この国替えのとき、上田城攻めの折り本多正信の処置を不服とした家臣団の一部が長岡移転にくわわらず、藩を退いて赤城山中に入った。いまは十軒たらずで、猟師や木樵《きこり》をしたり、しずのように銅はこびの人足に出たりして暮らしているが、大胡藩士の末《まっ》裔《えい》だという。木強《ぼっきょう》な性《さが》らしい。

しずもまたその裔《すえ》だが、しずの小屋は聚落から離れた一軒家で、すでに両親は死に、女ひとりで暮らしていたのである。

（……なるほど、そういう女か）

合点がいく気がした。

そのしずとひと冬を過ごし、春がめぐってきたころ、実は――と、武者修行に出た目的と経緯をはじめて語った。

「だが気が変わった。この山中で風の音をきき、樹木の声に耳をかたむけ、空の色の移ろいを眺め、また、お前の肌におぼれて、そのような日々がいかに尊いかを知った。それにくらべ、武芸者として父のいのちをとる剣の修行など、人の道にはずれた狂気の沙汰とつくづくわかった。これからはおれも銅はこびの人足に出る。木樵もしよう、山の畑をつくりもしよう。おれも来年は四十、惑うている齢ではない」

お前と寄りそって生きたい――と、かれは熱っぽくいった。

（寄りそって……）

しずはそのことばを口のなかで呟《つぶや》いているようだったが、黙っている。

「お前と末永く暮らそうと思う。夫婦《めおと》になってくれぬか」

「武士をおやめになるのですか？」

と、しずははじめていった。

「そう決めた。刀などおれにはもともと無用のものだったのだ」

「お父上もお捨てになるのですか？」

「致し方あるまい」

「できるなら、そうなさい」

しずは冷やかにいう。

「承知してくれるか？」

祝言《しゅうげん》のことを、である。が、それにはしずはきつくかぶりを振り、

「守之助どの」

と、怖い顔になった。

剣を捨て父上を捨てるのは、あなた自身が決めることで、勝手にするがいい――と、ひどく突き放していうのである。けれども、自分は志ある武芸者と知って抱かれた。最初に出逢ったときそれがわかった。だから、この数ヵ月ともに過ごしてきたといい、しばらく黙ったあと、

「あなたの子ができました」

と、眼を伏せてゆるゆるといった。

「子ができたのか？」

ほれここに、と下腹を撫《な》ぜ、艶《えん》な眼でかれを見た。

「ならばなおのこと、祝言を……」

できませぬ——と歯で糸を切るようにしずはいった。武芸者の強い子がほしかった、そういう子の母になりたかったまでで、剣を捨てるお前さまにはもう用はない——というのである。

「それは無理」

（ますます妙な女だ）

かれは黙らざるをえない。

しかし、出てゆけとはしずはいわなかった。その夜はしずのほうから躰をもとめてきた。

山桜が咲き、つつじも花をひらくころ、しずの腹はふっくらと目立ちはじめ、夏が過ぎ、赤城の峰々が紅葉にそまり、それも散って枯木立となった初冬、しずは男子を出産した。捨丸である。

この間《かん》、かれはしずとともに銅はこびの人足にも出、木樵もし、わずかながらも山の畑もつくり、祝言は挙げずとも夫婦のように過ごしてきた。日ごとにふくらみを増すしずの腹に掌《て》を触れていると、

——生きるとはこういうことか。

平凡な生き方の尊さに、眼頭《めがしら》が熱くなるほどの幸せを感ずる。わが子が生まれてからは、その思いはいっそう強くなっている。しかし、自分でもよくわからない感情が、臓腑《ぞうふ》の底から突き上げてくるのをどうしようもなかった。

初雪が降った日、捨丸に乳をあたえているしずの傍らで、かれは木刀を削りはじめた。不審そうに見るしずへ、

「躰がなまっていかん。なに、手遊《てすさび》に振ってみるだけだ」

半ば照れかくしにいったが、剣への思いがにわかにたぎっていた。

「剣を捨てたことを後悔しているわけではない」

勘の鋭いしずの先まわりをしていうと、

「そうでしょうか？」

斬りつけるように問うてきた。母になってからのしずはまろやかな感情の女になっていたが、本性は変わらない。

「国許《くにもと》でお待ちになっている父上のことをお考えですね」

と、的を射るようにいう。あなたは武芸者、いくら逃れようとしても、そこから逃れることはできない。父上を斬れる剣を会得してはじめて、あなた自身にもどれる。そばにいてくれるのはうれしいが、銅はこびや木樵のあなたは好きではない。そんなあなたは自分に負けている。いつ武芸者としての自分をとりもどすか、わたしは待っていた――と、しずはいった。

「いまとなって、お前と捨丸を捨てろというのか？」

「それもできずに、お父上を斬る無心の剣を会得《えとく》できますか？」

あなたには志をとげてほしい。それが女のわたしの幸せでもある。けれども——としずはいう。母としては、捨丸に父であるあなたのいのちをとる剣など教えたくはない。だから、山を下りるあなたとは縁を切りたい。捨丸の父としての縁を切ってほしい。

そういうとしずは、囲炉裏の榾火《ほだび》におもてをそめながら捨丸に微笑《ほほえ》みかけ、乳をあたえていた。

かれは削りかけの木刀を握ると外へ飛び出し、降りしきる雪のなかで木刀を振った。

——わが子としずへの縁を切り、父への情も捨て、人としての一切のこだわりを捨てきれるのか、おれに。

おのれを打ち砕くように気合を発しながら、かれは雪にまみれて木刀を振りつづけた。

その年が暮れ、不惑の齢を迎えたかれは、しずとわが子を捨てて赤城山を下りた。

——二度と会わぬ。

それが、しずとたがいに約したことであった。国許にもどり無心の剣をみごと会得した暁には書状で知らせよう——とはかれはいった。しずへのせめてもの礼である。

雪のつもる杣道《そまみち》を少しきて振りむくと、乳呑児を抱いて見送っていたしずの姿は、もうなかった。

五

いま——。

一年余をしずと暮らした小屋に、穴間耕雲斎はわが子猪丸と寝起きをともにしている。父だとは改めて名のらなかったが、猪丸は聚落の者からきいて知ったらしい。しかし、この野生児はムッとした可愛げのない顔つきをしていて、めったに笑顔もみせず、耕雲斎を「父上」と呼ぼうとはしなかった。

剣術は好きで、木刀を持たせると殺気をむき出して遮二無二撃ちかかってくる。自己流ながら猪を相手に修練をつんできただけに、間合の見切りといい、撃ち込みの鋭さといい、十二歳のこわっぱとは思えぬ腕前である。

——天性か。

と、耕雲斎は思う。

しずは女手ひとつでどのように育ててきたのだろう。ことに山中に置き捨てて去った自分のことを、いかように話してきたのか。

可愛げのない表情ながら猪丸のよく光る眼の奥に、耕雲斎を父として敬慕するひかりが宿っているのに気づく。しずは尊ぶべき父として猪丸に話してきたらしい。

そればかりではない。猪丸は猪の腹切りの術を自得したといったが、物心つくころから、しずが剣の心構えを教え、木立や岩を対手《あいて》に木刀を振らせたという。しずは、猪丸には父親殺しの剣は持たせぬと母としての自分にいいきかせながら、しかし、いつか必ず夫のもどってくる日を心に描き、猪丸を悍強《かんきょう》な武芸者に育てようとねがったのだろうか。

――そういう女だ。

いまさらながら耕雲斎は、少しも卑しさのない、男まさりのしずの激しい気性を思った。

しかし、木刀をとって撃ちかかってくるときの猪丸のむき出しの殺気には、父耕雲斎への憎悪がこもっていた。父からあたえられた名を捨て、みずから猪丸と名のったこの少年には、母と自分を山中へ置き捨てて去った父への憎しみがたぎっているのだろう。ことに母に死なれ、独りになってからの少年には。

そのすさまじい打突《だとつ》に、父としての耕雲斎はたじろぎながらも、情容赦なく撃ちすえて大喝する。

「たわけ！　人は猪ではないぞ。そのような剣で人が斬れるか！」

まして父は斬れぬ！

たとえ斬れたとして、猪丸に憎悪があっては、伝授しようとする無心の剣とはほど遠い。まず父子の情をこまやかにはぐくみ、その上で、父子のこだわりを捨てさせ、真に無心の〝殺人剣《せつにんけん》〟を、わがいのちと引きかえに伝授せねばならなかった。

耕雲斎は猪丸と山仕事と畑仕事をしながら、剣術の稽古ばかりでなく読み書きも教えはじめた。しずは文字が読めたが、猪丸には教えなかったらしい。耕雲斎が真壁にもどり父を斬ってから出した一通の書状を、しずは猪丸が物心ついてからも読みきかせてはいず、それは手文庫の奥におさめられているという。見たところで猪丸には読めないのである。文字を知ったとき、みずから読みとるであろう。

――その時。

と耕雲斎は心に決めた。すべてを話そう――と。

赤城山中での、父と子との二年余が過ぎた。

年が明け、十五歳となった猪丸に、雪の降る正月の一夜、耕雲斎はしずの手文庫から書状をとり出し、猪丸に読ませ、おどろきの眼をあげるわが子へ静かに語りはじめた。

「わしがなぜもどって来たか、その書状で大方の察しはつこう。わしはそなたの母御のおかげで武芸者にもどることができ、この山を降りて望みを果せた。そなたもそれをせねばならぬ。今日よりは、わしのいのちを絶つ剣を学べ」

「父上を――」

はじめて、猪丸の口からそのことばがもれた。

「それが、一子相伝のわが無心流の秘剣じゃ。しかし、このわしとて容易にはできなんだ……」

耕雲斎はしずと出逢うまでの武者修行の辛酸を語り、しずと猪丸を捨てて山を降りてからの日々へと話を移した。

馬庭念流宗家の樋口十郎兵衛定雄と立合い、〝そくいづけ〟を無心の境地でやぶったかれは、自信にみちて国許へ帰ったが、しかし、十五年ぶりに再会した父嘉平次の、とうに還暦をすぎて老い衰えた悦びにあふれた姿に接して、その老父のいのちを奪う無心の剣をすぐには揮《ふる》えなかった。

嘉平次は鶴のように痩せ、不自由になった片脚を軽くひきずっていた。門弟も少なくなり、道場はさびれていたが、嘉平次の気がまえは矍鑠《かくしゃく》として、長い歳月ただひたすら息子の帰りを待ち、わがいのちを賭けた秘剣の伝授に日々を送ってきた老兵法者《ろうひょうほうしゃ》の気魄《きはく》が、老いた五体からそくそくと伝わってくる。道場で立合ってみると、技は枯れて、古池にうかぶ一葉の枯れ葉のようで寸分の乱れはなく、試合稽古にしろ撃ち込む隙はなかった。

若先生がもどってきたというので門弟たちもおいおい増え、はためには、隠居した父と早朝から道場で弟子に稽古をつける息子との、ごく平凡なしあわせな日々が流れた。

春が闌《た》け、花も散り、松籟《しょうらい》のさわやかな初夏を迎えていた。

「どうした?」

とは、嘉平次は口にしない。

朝夕、亡妻の仏前で経をよみ、たまには道場に出て若い門弟に稽古をつけ、時折り孫をつれて遊びにくる守之助の妹と世間話を楽しみ、孫の手をひいて片脚をひきずりながら出かけたりする。

（このまま、穏やかに生涯を終らせてやりたいものだ）

いくたび願ったことか。

かれは毎夜、嘉平次が寝静まった夜半、真剣を腰にひとり道場に端座し、ひざ前にともした燭台《しょくだい》の灯《ひ》をみつめる。武者窓から吹きこむ夜風に、ろうそくの焔《ほのお》が微かにゆれ、裏山で松の梢が鳴っている。気息をととのえ、樋口十郎兵衛定雄をやぶったときの、我が身を捨てきった境地に身をおく。気を臍下《せいか》丹田《たんでん》にこめ、鯉口を切り柄《つか》に手をかけるや否や、居合の抜きつけの一閃を燭台の灯におくりつける。鞘《さや》のうちで、すでに父を斬っている、と思う。が、両断された焔はわずかに揺れ、何事もなかったようにともっていて、揺れうごいた闇になお迷いばかりが残っていた。

無心になろうと努める我《われ》があるうちは、とうてい無我には遠いのである。かれはひたすら無念無想に焔を斬りつづけた。微かなゆらぎもなく両断できたとき、無明《むみょう》の闇に身をおくことができるであろう。

その夜もすでに暁闇《ぎょうあん》を迎えようとしていた。松籟の音《ね》が消え、静寂《しじま》につつまれた瞬間、背後の闇に殺気が迫った。眼の前の灯は微動だにしない。次の刹那、かれは身を沈めるや抜きつけの一刀で焔を斬ると同時に、振りむきざま右逆袈裟に背後の闇を斬り上げていた。

一瞬、抜身の大刀を上段から斬りつけてくる父嘉平次の姿をみとめてはいた。が、それは、父であって父ではなかった。嘉平次もまた無心の剣を揮ってきたのである。それより一瞬迅《はや》く、守之助の無念無想の逆袈裟が、嘉平次の右脇腹から心《しん》ノ臓《ぞう》にかけて斬り上げていた。

「ようやった、見事……」

援《たす》け起こした腕の中で、父嘉平次は微笑んだ。

「無心流の秘剣、しかと伝授いたしたぞ。〝松風《まつかぜ》〟と名づけよ……」

それが、臨終《いまわ》のことばであった。

事切れた老父を抱きとるかれの耳に、夜明けの松籟の音が飄々《ひようひよう》とよみがえっていた……。

六

「ええいッ！」

話し終った穴間耕雲斎は、父の冥福を祈ってしばらく瞑目していたが、カッと眼をひらくと、やにわに腰の脇差《わきざし》を鞘走らせた。囲炉裏火に眼を落としているわが子猪丸へ、殺気をこめた抜き打ちを、物凄《ものすご》い気合とともに送りつけたのである。

もはやことばは不用であった。すべてを知った十五歳の猪丸が、その動揺から耕雲斎の不意打ちをもし受けそんじて仆《たお》れるなら、それも致し方なかった。

顔を上げた猪丸は刃風《はかぜ》をひたいに受けて、三尺（約九十センチ）を跳びすさった。さすが幼少より山中を猿《ましら》の如く馳《か》けて育った敏捷《びんしょう》さと、この二年余を剣の稽古にうちこんできた少年のみごとな体《たい》さばきだった。が、その面上に戸惑いの色があらわに揺れていた。

「父上……」

たじろぎながら悲痛に呼びかける声がもれた。胆太《きもぶと》い野生児の面がまえで、背丈も伸び、十五歳に成人したとはいえ、まだ童顔である。両手をついて見あげる猪丸へ、しかし耕雲斎は躱《かわ》された脇差の切っ先をぴたりとつけて立ちあがり、炉端をまわってにじり寄っていた。

「今日よりは、わしを父とも師とも思うな！」

「じゃが父上……」

「くどい！」

「…………」

「隙あらば父なるわしを斬れ。それがわしの血をひくお前の定めじゃ。どうした、立たぬか！」

一喝すると、ふたたび凄まじい一刀を猪丸の肩先へ振りおろした。猪丸は土間に跳びおりて逃れ、追ってくる耕雲斎めがけて、薪《まき》をつかんで投げた。耕雲斎が躱したので薪は自在にあたり、鍋の湯がこぼれて灰かぐらが舞いあがった。しかし、耕雲斎は容赦しなかった。わが子に牙をむいて挑みかかる子別れの父狼《ふろう》に似て、殺気すさまじくなお追いつめ、みたび上段からの一刀を猪丸の頭上にみまった。

ガキッ！

鋭い金属音とともに火花が散った。土間にあった草刈り鎌を手にした猪丸が、わずかに身をひねりざま草刈り鎌の刃もとで、耕雲斎の必殺の一撃をかろうじて受けとめたのである。その猪丸の全身から、父をしのぎ、父を否定しようとする悲鳴にも似た気合がほとばしった。

真剣の鍔《つば》ぜり合いの如く、父と子は脇差と磨ぎすました鎌を合わせたまま、間近に睨み合った。殺気にみちた眼と眼が一尺のすぐそこにあった。たがいの息が顔にかかった。父子であり、父子ではなかった。

背丈はまだ耕雲斎のほうが少し高い。が、膂力《りよりよく》では猪丸のほうがまさりはじめている。力押しをつづければ、耕雲斎の脇差はじょじょに返され、猪丸の鎌の鋭い切っ先が耕雲斎の首筋を襲う。しかしそれより早く、一瞬ひいたとみせた耕雲斎の脇差の剣尖《けんさき》が、猪丸ののどを突いているであろう。一呼吸の迷いが勝負を決する。

刃と刃を間近に合わせて睨みあったまま、数瞬が過ぎた。しかし一間を跳びすさって脇差をひいたのは、耕雲斎のほうであった。

猪丸もあとずさり、だらりと草刈り鎌をおろした。その肩が息荒くあえぎ、眼にみるみる涙があふれてきた。

「その心根では、わしを討てぬ」

耕雲斎はそういったが、かれ自身、わが子を斬れぬ自分に気づいたのである。

「この大刀をお前にやろう」

囲炉裏端に座すと、耕雲斎は父嘉平次を斬った大刀を猪丸にあたえたが、あとは何もいわず、猪丸から視線をそらして、灰かぐらのおさまった残り火をみつめていた。

——わし自身、いまだ修行が足らぬ……。

胸のうちで呟いたのは、そのことばであった。十五年、かれの帰りを待ち、わが子に無心の太刀を揮い、わが子の剣に止心なく斬られた父嘉平次の修行の深さを、父としての耕雲斎はいま改めて思い知らされた。

剣のためとはいえ、父嘉平次のいのちを奪った罪の深さに、かれは名を耕雲斎とあらため、父の菩提《ぼだい》をとぶらいつつふたたび諸国遊行の旅に出たのだが、いまようやく、悦びのなかで武芸者として息をひきとった父のしあわせを、わが事として深く受けとめていた。

一方、猪丸は耕雲斎がたどった苦難の修行の道を、歳月かけて歩まねばならない。

父と子は一言も発せず、榾火《ほだび》に眼をやったまま、降りしきる雪と風の音をきいていた。

爾来《じらい》、八年が過ぎた。

猪丸は二十三歳の若者となり、耕雲斎はとうに還暦をすぎて、日々四肢に錐《きり》でもむような鋭い痛みをおぼえ、鬚髪《しゆはつ》に霜をいただく老翁となった。

朝夕、杖《つえ》をひいてしずの墓前に佇《たたず》む耕雲斎の姿があった。

「しず、もはや猪丸へ教える剣の技のなにものもない。あとは自得を待つだけじゃ」

ちかごろの耕雲斎は、声に出して話しかける。

「猪丸に再会してより十一年、亡き父が申していた如く、このわしにも生き甲斐と死に甲斐にみちた歳月であった。年をとるのが、これほどよろこばしいものとは知らなんだ。武芸者として、わがいのちとひきかえに、わが子へ剣の奥義を授けられるしあわせにまさるものはない。朝を迎えるたびに、今日こそはその日がきたかと、喜悦のうちに眼ざめる。思えば、すべてお前に出逢うたお陰だ」

いえ、わたしなどは……。

ふと、風の音に、しずの声がきこえる。

耕雲斎は、ひとり笑っていう。

「お前ともあろう女が、しおらしいことを。よいのじゃな、猪丸にわしとおなじ道を歩ませて」

はい、そのように育てました。わたしも、しかと見とどけさせていただきます。

「よう見とどけてくれ。ところで彼奴《きやつ》、ちかごろ女ができたらしい。まあ、遅いくらいだが、この数日、さかりのついたけものの如くもどってもこぬ。相手はかの聚落の於雪《おゆき》と申す娘のようじゃが……」

気にかかりますのか？

「多少はの。お前のような女子《おなご》であればよいが……」

念をこめましょうか？

いい、しずは怖いことをいう。

「いやいや、それには及ばぬ。女子に惚《ほ》れて、志がくじけるなら、それもよしとすべしじゃ。亡き父上がわしが出立の折りそのように申されていたが、いまわしもこだわりなくそう思う。心が自在になった。猪丸に斬られるもよし、斬られぬもよし。なにやらこの身が風のようじゃ」

そう語りながら、ちかごろの耕雲斎は、杖にすがってとろとろとまどろんでいる。呆《ほう》けたわけではなかった。歩きぶりものんきそうで、それでいて、寸分の隙もなかった。

さらに一年が過ぎ、春が闌《た》け、山桜とつつじの満開の季節を迎えていた。ここ赤城山は、紅葉もさることながら、花がうつくしい。

その夜は雲が出て、十六夜《いざよい》の月がかくれ、漆黒の闇が山中を覆った。わずかに、散り残る山桜の花が梢にほの白く浮かんでいる。

いずの墓前に、樫《かし》の杖にすがってしゃがみこむ耕雲斎の、ひとまわりちぢんだ老いの姿も、花の闇に沈んでいた。

猪丸はどこへ行くとも告げずに出て行ったきり、このひと月、もどってはいない。谷間の闇で、さかりのついた猪が時折りかしましく啼いていたが、その声もききとれぬふうに、耕雲斎は両の眼をとじたまま、身動きひとつせずにいる。居眠っているわけでないのは、呟きに似た微かな声で知れた。観音経《かんのんぎょう》を唱えていたのである。

背後にみじんの気配もなかった。が、突然、殺気のみが迫った。耕雲斎の口から観音経がとだえた刹那、振りむきざま気合も発せず、五尺（約一・五メートル）の杖が闇へ伸びた。殺人剣《せつにんけん》〝松風〟である。唸りを生じた杖先《じょうさき》は真剣よりもするどく、対手《あいて》の顳顬《こめかみ》へ伸びた。急所である。頭蓋は割れ、たちどころに生命は絶たれる。

そこに、猪丸がいた。剣のとどかぬ、五尺の杖の間合である。抜刀したばかりの猪丸は、斬り込むことも受けることもできず、咄嗟《とっさ》に身を沈めて躱《かわ》したが、杖を捨てて立ちあがった耕雲斎の手に、すでに脇差が抜かれていた。

地に平蜘蛛《ひらぐも》のようにうずくまった猪丸は、剣を手元にひきつけ、わが身を捨てきって頭上をがらあきに気配を消した。その空《くう》の闇へ、耕雲斎は踏みこみざま上段から脇差の小太刀を振りおろした。

無心の殺人剣であった。

しかし、振りおろす一瞬、耕雲斎は血を噴いて仰向けにのけぞった。地の闇から一直線に斬り上げた猪丸の無念無想の剣が、股間から顎《おとがい》にむけて下裂割《しもたちわり》に、耕雲斎の身を裂いていたのである。

血しぶきが高く闇に噴いた。

雲間をはなれた十六夜の月が、父と子にもどったふたりを照らし出した。散り遅れた花びらが、ふたひらみひら、地に倒れた耕雲斎と、抱き起こそうとする猪丸の上に舞い落ちた。

「ようやった、猪丸……」

月光に青白く浮かぶ耕雲斎の貌《かお》には、すでに死相があらわれていた。だが、満面に笑みを刷いて、わずかに散り残る梢の桜を見あげ、

「いまの秘剣、〝残花《ざんか》〟と名づけよ」

と、そのことばをもらした。

耕雲斎はうすれゆく意識のなかで、少し離れた桜樹《さくらぎ》の陰に立ちすくむ若い娘於雪の姿を、幻に似て認めてもいた。心なしか、すそ短かに着た粗末な小袖の下腹がふっくらとして、月の光をあびている……。

傍らのしずの墓へ眼をやり、耕雲斎はなにか語りかけようとしたが、微笑をうかべたま

ま、事きれていた。

その後、猪丸がどのように生きたかは、詳《つまび》らかではない。無心流伝書の極意に、秘剣《ひけん》〝松風〟にならんで、〝残花〟のみが記されている。

女鳶《おんなとび》初纏《はつまとい》

一

ふとのぞきこんで、まむしの宗六《そうろく》はニタリとした。美しい。

土手したの暗闇に女はしゃがみこんでいた。手拭《てぬぐい》を目深《まぶか》にかぶり、一端をくわえ、ござをかかえてうつむいている。足もとにおいた提灯《ちょうちん》の灯明《ほあか》りに顔がほんのりと浮きたち、年のころ二十五、六の年増だが、息をのむほどに美しい。

(夜鷹《よたか》にしておくにゃ、惜しい上玉《じょうだま》だァ)

ほっそりとしたうなじながら、固肥《かたぶと》りしたしなやかそうな躰《からだ》つきと豊かな胸のふくらみ。舐《な》めまわすように見おろして、まむしの宗六は舌なめずりをした。

女盛りの香が匂いたってくる。

「兄《にい》さん、遊んでいっておくれな」

女はうつむいたままいった。すこしかすれ声で、これまたゾクッとするほどに色っぽい。

「いくらだ?」

「三百文」

(悪かァねえ)

とは思ったが、

「おれは吉原《なか》の帰《けえ》りだぜ」
粋《いき》がってみせたのは、事実、新吉原《しんよしわら》からのもどりなのだ。
とはいっても、まむしとあだなされる手先《てさき》のこの男は、親分の目明し・般若面《はんにゃづら》の源造《げんぞう》に
いいつけられて、上役である火付《ひつけ》盗賊改《あらため》の同心二人を廓《くるわ》に送りこみ、一切の払いをすま
せ、二人を残して自分ひとり大門《おおもん》を出たのである。大門わきの番所で顔見知りの目明した
ちに油をうっていたが、廓内の張見世《はりみせ》も九ッ（午前零時）にはとじ、大引けを知らせる拍
子木がとうに打たれた時刻である。
「ふん。同心の旦那方は、いまごろいい夢を見ていやがる」
たいして酔っていないまむしの宗六は、唾《つば》と一緒に吐き捨てて、衣紋坂《えもんざか》を日本堤《にほんづつみ》にのぼ
ると、やぞうをきめこんだ瘠《や》せぎすのいかつい躰を木枯しにぶるっと身ぶるいして、
（チョッ、夜鷹でもひやかしてゆくか）
浅草寺《せんそうじ》裏手へ近道しようと土手をおりかけたところだったのだ。吉原がよいの男たちで
にぎわう日本堤の土手八丁にもとうに人影は絶え、木枯しばかりが吹きつのっていた。
八代将軍徳川吉宗《よしむね》の治世、享保《きょうほう》九年十月の深夜のことだ。
「兄さん、遊んでいっておくれだね」
「おめえ、見かけねえ顔だが……」
稼業柄、詮索する目つきになってそういったが、肩を抱こうとすると、女はかわすでも

なくすっと立ちあがり、はじめて振りかえって、

「あたしは知ってますよ。まむしの宗六旦那」

寄りそった笑顔に媚《こび》が匂った。

「そうかい。ちっとは知られた顔だからな」

悪い気はしない。

もとは無宿人《むしゆくにん》の巾着切《きんちやくき》りだが、許されて火付盗賊改の付人《つけびと》になり、小伝馬町《こでんまちよう》牢内で隠密《おんみつ》働きをして同心にみとめられ、上野《うえの》黒門《くろもん》町の目明し・般若面の源造の子分になって五年になる。善良な江戸市民からは蛇蝎《だかつ》のごとく嫌われる目明しの手先だが、執念深い性格からいちどねらった火付盗賊をつぎつぎに捕え、まむしの異名をとっていまでは源造の一の子分だ。源造からの手当はわずかなものだが、そこは蛇《じや》の道で実入《みい》りもあり、女に居酒屋の小店《こみせ》をもたせてそこの亭主でもある。年は三十。いずれは源造のあとめをついで、目明しになろうという男なのだ。

女は提灯の火を吹き消すと、ござをかかえ、先に立って歩き出していた。

右手に廓の塀が黒々と見え、星明りの吉原田圃《たんぼ》がひろがっている。引け過ぎの廓内はさすがに静まりかえり、田圃道には行きかう人影もなく、遠く夜鷹そば屋の売り声と犬の遠《とお》吠《ぼ》えがきこえてくるだけだ。

女は勝手知ったように畦道《あぜみち》を廓のほうへ切れこんでゆく。木枯しをさえぎる場所がある

らしい。

すらりとした背丈の、まえをゆく女の腰つきが夜目にもはっきりと見えて、まむしの宗六は股間がはしゃぎきっている。

（こいつはこたえられねえ）

抱く間を待つ一刻の愉《たの》しみが、である。

（おれの女にして、稼がせてもいい）

抜け目なく算盤《そろばん》もはじいている。

「まむしの宗六さん」

女が振りむかずにいった。

「ご同心の土屋半兵衛様と清水平内《へいない》様がご一緒でしたね」

「なんで、おめえそれを……？」

女は答えない。かすかに笑ったようだ。

「去年の十月」

女が言葉をついだ。

「宗六さんは、たいそう大勢の者を捕えなすったね」

「ああ、ひっ捕えた。火付の無宿人が百人余はいたなァ。江戸中の火付盗賊を根こそぎにしたってことよ。このまむしの宗六さまのお手柄さ」

「そのなかに、小梅の吉蔵《きちぞう》って男がいたのを覚えていなさるかえ？」

「小梅の吉蔵？……知らねえなァ」

しらばっくれたが、隠しだてが声の調子に出た。拷問《ごうもん》の末、泥を吐かせて火焙《ひあぶ》りの刑に処したのである。

昨年十月二十四日、芝田町《しばたまち》から出火、火事場をうろついていた男が捕えられた。おぢい五兵衛という無宿人で、火付犯人であることを自白したので引廻《ひきまわ》しの上、火焙りの刑に処したが、この直後、火付盗賊改方をしてこれまでの放火犯人とおぼしき者を片っぱしから捕えさせ、百余人を断罪した。江戸市中の無宿人狩りといえる大捕物であった。吟味の結果、半数は遠島《えんとう》、半数は火焙りの刑に処したが、後者のなかに小梅の吉蔵がいたのである。

「お前さんが嗅《か》ぎまわり、般若面の源造さんと同心の土屋半兵衛様が捕え、清水平内様と与力の菅谷《すがや》忠次郎様が吟味なされたのに、間違いはござんせんね」

女は立ちどまると、すらすらと名をあげていい、きっと振りむいた。

「ま、そういうことだが……」

廓をかこむ掘割おはぐろどぶの端《はた》である。幅二間《けん》半（約四・五メートル）ほどの掘割の水は黒いてりをおびて濁り、かすかに悪臭を放っていた。

（こんな場所で妙なことをいいやがる）

さすがにまむしの宗六は不審をふかめた。ふところには十手を持っている。

「おめえ、その小梅の吉蔵って野郎の身寄りの者かえ？」

声音《こわね》はねっとりとしてやさしいが、宗六の目が底光りして女を間近に見た。夜鷹など人くさいとも思っていない。が、小股《こまた》のきれあがったいい女だ。たっぷり愉しんだ上で、文句があればおはぐろどぶへ投げこめばいい。明朝、夜鷹の土左衛門が上がる。それでしまいだ。

「おれをまむしの宗六さまと知って声をかけてきたはなっから妙な夜鷹とは思ったが、同心の旦那方ばかりか萱谷様の名までいいやがるとは不埒《ふらち》なあまだ。お上のお縄をあずかる宗六さまを甘くみると、痛えめにあうぜ」

抱くまえの責めさいなむ愉しみもあって、宗六はねちねちといいながら女を抱きすくめようとした。

「あたしゃ、お前さん方に恨みがござんすのさ」

不意に女は鉄火な口調でいった。

「なにをいいやがる」

宗六はニタリと薄ら笑って、女の手首をつかんだ。相手は非力な女である。が、うめき声をあげたのは宗六のほうだ。とっさに逆手《ぎゃくて》にとられて、関節をきめられている。

「痛てテテ……味なまねをしやがる」

渾身《こんしん》の力をこめて撥《は》ねかえし、腕を女の首にまこうとしたとき、片方の目に激痛がきた。

女がござにかくし持っていた何か鋭い得物《えもの》を素早く打ちこんだのだ。どっと血しぶきが噴いた。ばかりではない。次の刹那《せつな》、心《しん》ノ臓《ぞう》にも打ちこまれて、即死したまむしの宗六の五体は、あっけなくもんどりうって暗いおはぐろどぶへ水しぶきをあげて落ちていた。

はだけた女の肩口に、緋牡丹《ひぼたん》の刺青《いれずみ》が星明りをうつして妖艶にのぞいたが、むろん死人の宗六が見るわけもない。

まむしの宗六の死体が新吉原のおはぐろどぶに浮かんだのは、その二日後、木枯しの吹きやんだ小春日和《こはるびより》の午《ひる》さがりのことだ。

二

「手前が口をはさむのもなんでございますが、仲間うちの喧嘩《けんか》で殺《や》られたのではございませんな」

般若面のあだな通り、頰骨《ほおぼね》が陰険に張り出し、くぼんだ小さな目が鋭い四十年輩の目明しの源造が、三尺（約九十センチ）さがった下座《しもざ》から慇懃《いんぎん》にいった。

「だが源造、昔の仲間に殺られたということで内々に片をつけたことではないか。宗六のことだ、裏でなにをしていたかわからぬ。お前の子分にはちがいないが、町奉行所への手前もある、表沙汰にして宗六殺しの下手人など探索してはまずい」

同心の土屋半兵衛は同僚の清水平内に同意をもとめるようにいい、上座にいる上役の与力・菅谷忠次郎にかるく頭をさげた。

半兵衛は召捕方《めしとりかた》の同心、平内は吟味《ぎんみ》方《かた》の同心だが、先夜、まむしの宗六の案内で新吉原に遊んだのはこの二人である。たいがいは源造が一緒で、すべての払いをもっている。湯屋も営み、盛り場からの実入りもある目明しの源造は、折りにふれて饗応《きょうおう》し、さらに上役の与力にもつけ届けを欠かさない。

町奉行職のほかに火付盗賊改職が設けられたのは、宝永六年である。それまでは火付改と盗賊改は別であったが、両役を一つにし、享保三年、山川安左衛門が御役になってからは、さらに博奕《ばくち》改の職掌をも兼務した。毎年、火事の多い十月から三月までは、定役《じょうやく》のほかに特に一人を補佐役とし、これを加役《かやく》と称した。配下はこの当時、与力五、六騎と同心三十人ほどで、その下に目明しと手先がいた。同心に使われている者は正確には小者《こもの》といったが、世間では目明し、御用聞き、岡っ引きなどといい、この連中が同心から手札をもらい、朱房《しゅぶさ》のついていない十手を預り、大勢の手先を飼っていた。その最末端に下《した》っ引《びき》がいる。下っ引とは諜者《ちょうじゃ》のようなもので、魚屋、左官職などをしている市井《しせい》の市民で、稼業のあい間に犯罪のネタをあげてくるのである。余談ながら目明しの弊害が出て、将軍吉宗も禁止令を出しているが、実際には目明しが活躍していた。

町奉行もおなじ仕組みだが、火付盗賊改のほうは改役自身が市中の忍び廻りもすれば捕縛もし、与力・同心も手荒いから、江戸市民からたいそう恐れられている。その者たちが日暮れてから与力・菅谷忠次郎の屋敷に雁首《がんくび》をそろえているのである。

「拙者も土屋殿に同意見だが、どうも解《げ》せぬ」

拷問の荒い吟味で知られる清水平内は、酷薄《こくはく》な青白い顔をゆがめていった。

「宗六の傷口から見て、匕首《あいくち》とは思えぬ。心ノ臓を一突きにしたのはよほどの手練《てだれ》だが、槍刀《そうとう》の傷ではないゆえ、下手人は武士ではござるまい。鎌とすれば百姓町人とみてまず間違いないが、片方の眼を突き抜かれているのも腑《ふ》に落ちぬ」

傷口のぐあいから凶器が特定できず、下手人像が浮かんでこないばかりか、殺され方も不審だと平内はいうのである。

木枯しが吹き荒れていたこともあって、現場には宗六の踏んばった足跡以外なにも残っていなかったが、どうやら下手人は証拠を残さず用意周到に殺したらしい。それも数人ではなく、一人にちがいない。

「いかがでござりましょう。町奉行所には知らせず、われらの手で内々に探索しては」

「ふむ。実はそのことで貴公らをひそかに呼んだのだ」

先刻から脇息《きょうそく》に身をもたせて黙ってきいていた与力の菅谷忠次郎が、大様に身をおこして口をひらいた。

まだ三十になったばかりだが、火付盗賊改定役・山川安左衛門の懐《ふところがたな》刀といわれる逸材である。色白の巨軀《きょく》で、美丈夫といっていい。

腕も立ち、一刀流の達者だ。床の間の刀掛けに、紫の下げ緒、金象嵌《きんぞうがん》の入った鍔《つば》、梨子《な し》地黒鞘《じくろざや》の大刀が、いかにもこの男の佩刀《はいとう》にふさわしく置かれている。

与力は将軍のお目見得《めみえ》はないが、身分は槍《やり》一筋の馬上の武士だから、幾人とはいわず何騎と数え、家禄《かろく》は二百石、屋敷には旗本ふうに冠木門《かぶきもん》をもうけ、三十俵二人扶持《ぶち》の同心とは格がちがう。

正月にはかならず町火消《まちびけし》が挨拶に来る。与力は熨斗目裃《のしめかみしも》姿《すがた》で敷台のところで挨拶をうけ、火消の頭《かしら》が土下座して年賀の祝儀をのべる。

「さて、まずこれを見るがよい」

菅谷忠次郎は傍らの手文庫からなにやらとり出し、膝まえに置いた。

木札である。

「これは……！」

身を乗り出した半兵衛と平内が同時に声をあげ、末座の般若面の源造はのぞきこんで怪《け》訝《げん》な表情をした。

縦四寸（約十二センチ）、横一寸五分（約四・五センチ）ほどの変哲もない木札だが、それを横にして文字が書き並べてある。まむしの宗六から火付盗賊改役の山川安左衛門までの間に、ここにいる四名の名が順に墨痕《ぼっこん》あざやかにしるされているのだ。

「手にとってしかと見るがよい」

「はっ」

まず平内が手にした。まむしの宗六のところだけが、何かの刃物で傷がつけられ消されている。

木札は源造まで順にまわされ、無言のうちに忠次郎の膝まえにもどった。

「挑戦状でございますな」

平内がうめくようにいった。

「そのようだな。今朝ほど邸内に投げこまれていた」

「不埒な！　われらを順に殺るつもりでございましょうか。公儀をなんと心得ておるのだ、こやつは！」

半兵衛は狼狽《ろうばい》をかくすようにいきり立った。宗六殺しの下手人のしわざに相違ないが、江戸でもっとも恐れられる火付盗賊改の手先から事もあろうに定役までを殺すという挑戦状であるなら、大胆不敵といえる。

「この順でいけば、次は源造、お前ということになるな」

「畜生。八百八町草の根をわけても、ひっ捕えてやりやす」

「そう願いたいものだ」

忠次郎は薄く笑って、さすがに動じるふうもなく腕を組んだ。

「その文字だが、筆蹟《ひっせき》に見覚えはないか」

「はて、たいそう武張《ぶば》った筆使いでございますな」

見覚えはないが、侍の手であろうと平内はいい、半兵衛と源造も思案顔でうなずいた。

「かような不敵な真似《まね》をする賊のことだ。筆蹟でしっぽはつかませまい。わざと武張った文字を書いたのであろう」

「すると町人で……」

「ひょっとすると女かも知れぬ」

「まさか……」

「そのまさかが油断というものだ。宗六のところにつけたその傷はどうじゃ。脇差《わきざし》ではあるまい」

「はて、鉈《なた》でございましょうか」

「であろうな。板をどう思う？」

厚さ四分（約十二ミリ）ほどに削った檜板《ひのきいた》で、見ようによっては、表札とも高歯の下駄《げた》の歯ともかまぼこ板とも見える。

「手前どもがお上から頂戴いたします手札ではございませぬか」

そういったのは目明しの源造だ。

「なるほど、焼印があれば手札か」

手札は、同心が自分の使っている目明しへ相手の名を書いて渡す、いわば鑑札のようなものだが、必ずしも現在出入りしている同心からとは限らず、先役、先々役からもらった手札を平気で持っている奴《やつ》もいて、子分（手先）のもらい、これらを茶の間の神棚わきの壁に十手とともにずらりとかけておくのである。

「どうやら謎をかけているらしいな」

忠次郎は腕組みをしたままなおも薄ら笑って、

「宗六の目を打ち抜いたことといい、目明しの手札を思わせるかような挑戦状といい、われらの取締りに遺恨をもつ不届者《ふとどきもの》の仕わざに相違ない」

と、苦々しげに吐き捨てた。

「御公儀に楯《たて》つくとは許せねえ」

「そういうことだ、源造。よほど恨まれておるな、お前も。この事、山川様には内密にしておかねばなるまい」

忠次郎は同心二人にいいきかせ、しばし瞼《まぶた》をとじていたが、

「源造、すぐにもどって配下の子分どもに片っぱしから聞き込みをやらせよ」

と命じた。

源造が庭先から闇に消えると、さらに半兵衛と平内へ低声《こごえ》にいった。

「源造のあとを尾《つ》けてみることだ」

敏腕な与力忠次郎には、なにか、とっさに浮かんだ思惑があるらしい。

（次はおれを予告しやがって、しゃらくせえ）

油断なくあたりに目を配りながら、般若面の源造は、牛込《うしごめ》の屋敷からの帰り道を急いだ。

四ツ（午後十時）をまわった時刻で、人通りは絶えている。

やがて、加賀宰相の広壮な屋敷の築地塀《ついじべい》に沿って左に曲がった。そのまま真直《まっす》ぐゆけば上野池《いけ》ノ端《はた》で、黒門町はさほど遠くない。右手にしばらく武家屋敷がつづく。

ハッとして立ち止まった。猫が往還を横ぎったのだ。

（なんでえ、びくびくすることはねえ）

肚裡《とり》でつぶやいたそのとき、闇がうなった。礫《つぶて》のようなものが、うなりを生じて飛んできたのだ。源造の顔面を襲っている。とっさに帯にさしていた十手に手をかけたが、払うひまもない。一瞬、塀の上にいる黒い人影が新月の月明りに見えたが、頭に強い衝撃をうけ、片方の眼をつぶされていた。

源造は衝撃で仰向《あおむ》けにひっくりかえった。叫ぼうとしたが、意識がもうろうとしてゆく。

源造を襲った飛器《ひき》は、捕方の同心や目明しが使う鈎縄《かぎなわ》のようなものであった。縄の先に鈎がついていて、襟元にひっかけ、一本縄でぐるぐるまきにしてから本縄をかけるのだが、その捕縛用の鈎縄より鈎が鋭く、縄も長く太かったのを、後から尾けてきていた半兵衛と平内が目撃した。

賊の不覚である。

さすが二人の同心はすばやく駈《か》けつけ、呼子を吹きつつ賊を追った。しかし賊は飛器を手もとにたぐると、二人が駈けつけるよりも早く塀の上から姿を消していた。よほど身軽な者に相違ない。

あたりをくまなく捜したが、おそらく屋根づたいに逃げたのであろう、ついに捕まらなかった。

報告をきいて忠次郎は大喝した。

「馬鹿者、ぬかりおって！」

こぶしをふるわせ唇を嚙《か》んでいたが、

「貴公らに任せて、おれが行かなかったのが不覚であった。だが、賊は姿を見せたのだ。必ずおれがひっくくってやる。して、源造の容体はどうだ？」

「それが……」

二人は黙った。源造は命はとりとめたが、片方の眼球をえぐりとられ、恐怖におののくうわ言をいいつづけて廃人同様になっているのだ。

（次はおれか――）

との怯《おび》えが二人の同心にはある。しばらくして半兵衛がいった。

「源造の奴、当分、使いものにはなりませぬ」

三

(どうしたのかしら……)

寂しいというのでも、空《むな》しいというのでもない。風が、躰の内を吹きぬけてゆくのだ。十一月にしては空っ風も吹かない、小春日和を思わせる日の夕暮れである。

(やはり、女だからかしら……)

町火消の仲間うちでは、緋牡丹お竜《りゅう》といわれるこの女がつぶやいている。

お竜は、本所深川《ほんじょふかがわ》の六間堀《ろっけんぼり》にかかる千鳥橋《ちどりばし》のたもとに佇んでいた。水面《みなも》には丸太筏《いかだ》が浮かび、仕事をすませた若い衆が堀端の店へもどってゆく。この春まではお竜が養女だった材木商三河屋である。いまは人手に渡って屋号も変わり、雇人《やといにん》も変わった。その若い衆の印《しるし》絆纏《ばんてん》と紺の腹がけ、股引《ももひき》姿に、死んだ吉蔵のいなせな姿がかさなって、お竜は目をそらした。

(吉さんにはじめて出会ったのは、この橋の上だった……)

師走《しわす》もおしつまった日の、やはり夕暮れであった。

吉蔵は三つになる信吉《しんきち》の手を引いていた。病みほうけた青白い顔に無精髭《ぶしょうひげ》がのび、垢《あか》じみた袷《あわせ》を貧相に着て、ながいこと掘割の水を見おろしていた。幼な子は水洟《みずばな》をたらし飢えと寒さにふるえながら、言葉も忘れてしまったようにおとなしくしている。

四年前のことだ。

「あのとき、おれは死ぬつもりでいた」

と、のちに吉蔵はいった。「三河屋の旦那とお竜さんに声をかけてもらわなかったら、いまのおれはいねえよ」

向島《むこうじま》小梅村生まれの吉蔵は、その生い立ちもこれまでのこともあまり語りたがらなかったが、桶《おけ》職人になったもののかなり気ままな暮しをして女房を亡くしたらしい。お竜より三つ年上である。三河屋で働くようになってからは、骨身を惜しまず精を出し、竹を割ったような性格で、気っぷのよさで誰からも好かれ、お竜との仲も深くなって、実子のない三河屋藤兵衛と女房のお菊《きく》は、お竜の婿にと考えるようになっていた。吉蔵には連れ子がいるが、誰が見ても似合の夫婦だ。ただひとつ吉蔵には悪い癖《へき》があった。たまにだが、昔の仲間と博奕《ばくち》をする。そんなときは三日も四日ももどらない。

「なあに、給金の範囲ですることだ。男はそれくらいの楽しみがなくちゃァいけねえ。私だって若い時分にはよく遊んだものさね」

藤兵衛は磊落《らいらく》にそういって、咎《とが》めようとはしなかった。その藤兵衛自身、稼業はほとんど番頭にまかせきりで、町火消の初代頭取になり、なにやかやと身上《しんしょう》をつぎこんでいたのである。

幕府の定火消《じょうびけし》、大名火消のほかに町火消ができたのは、六年まえ享保三年の秋で、一町から三十人ほどの鳶《とび》の者が出て、江戸市中にいろは四十八組の町火消が誕生した。このあたりは一番組のは組で、近くには小伝馬町の牢もあり、総勢三百人もの大世帯《おおじょたい》だ。町奉行の配下だが、経費はほとんど町方が負担し、頭取、頭《かしら》と呼ばれる組頭、纏持《まといもち》、梯子持《はしごもち》、鳶《とび》口《ぐち》をもって消火の第一線に立つ平人《へいにん》、さらに人足がいて、火消しばかりでなく、町内の祭礼、道普請《みちぶしん》、警備もする。

むろん女は組には入れないが、お竜がただ一人入れたのは、養父の藤兵衛がは組の頭取というだけではなく、男まさりに育てられた伝法肌《でんぽうはだ》のお竜を町内の者が認めたのと、南町奉行の大岡越前守忠相《ただすけ》がこの江戸八百八町に女鳶《おんなとび》が一人くらいいてもよいではないかとの粋《いき》なはからいがあったからだ。

その鉄火なお竜には、気働きがきき心映えの涼やかな吉蔵の、それでいてどこか寂しげでちょっとくずれた粋さ加減が、これまた魅力であった。

（あたしだって、両国橋のたもとでお義父《とっ》さんに拾われてきたんだもの……）

そのときのことは覚えていないが、こうして水面をのぞきこんでいると、自分の姿が映るように、来し方のあの時あの一刻の自分が見えてくる。

（どうしてもっと、吉さんに尽せなかったのかしら）

そうも思う。

（もうすぐ吉さんの一周忌が来る。それまでには必ず――）

あとの言葉は胸の奥にしまって、お竜は形のよい唇にニッと笑みを浮かべた。心労のうちに急の病いで逝《い》った義父藤兵衛の供養のためにもやらねばならない。女の意気地というものかもしれなかった。

「おや、ひとり笑いなんぞして、いいことでもあるんかい？」

間近に声をかけられるまで、橋を渡って来た卯之吉《うのきち》にお竜は気づかなかった。

「やだよ、見てたのかい？」

「お竜さんでも物想いに耽《ふけ》ることがあるんかと思ってね。だけど、いけねえよ、こんなところに突っ立ってたんじゃ」

人手に渡った三河屋と死んだ吉蔵や藤兵衛のことをいつまでも考えていてはいけないと、卯之吉はいっているのだ。

卯之吉はおなじ《ヽ》は組の火消で、纏持をつとめている。お竜とおない年の独り身で、幼馴染《おさなな》じ《じ》みである。髪を栗髷《くりまげ》にゆい、は組の印絆纏に黒の腹がけとぴたりとした股引、黒足袋《くろたび》に麻裏草履《あさうらぞうり》を粋につっかけ、町内の娘がふりむく勇み肌のお兄《あにい》さんだ。今夜は組の主だった者の寄合があって、出かけるところなのである。

「おいらはひと足先に行ってるが、あとから来るんだろうな」

「それが悪いけど、出られないんだよ」

「お竜さんが顔を見せなきゃ、みんながっかりするぜ」

「信ちゃんの加減が悪くてね。いまも薬師《くすし》の帰りなのよ」

「そいつァいけねえな。風邪でもひいたかい？」

「たいしたことはなさそうだけど。寄合がすんだら寄っとくれな」

「そうするぜ」

お竜はこの近くの富沢町の裏店《うらだな》に、七つになる信吉を引きとって暮らしているのである。

煎薬《せんじぐすり》を飲ませ、さあぐっすり眠るのよと枕屏風《まくらびょうぶ》を引きまわし、熾火《おきび》をかきたてた長火鉢のまえで信吉の寝息をきいていると、お竜は思い出すまいとしても、吉蔵のことが臓腑《はらわた》を突き上げるように浮かんでくる。

あれは冤罪《えんざい》だった。

火付盗賊改による無宿人狩りのその日、たまたま吉蔵は賭場《とば》にいて、他の無宿人同様に捕えられたのだ。賭博だけであれば大した科《とが》でなくすんだはずだが、昔、イカサマ博奕を見破られてそれを根にもつまむしの宗六が、吉蔵をしつこく尾けまわし、このときとばかりに火付犯人として目明しの源造と捕方同心の土屋半兵衛に耳うちし、過分の褒美が出たので、自分の手柄にして罪におとしいれたのである。

吉蔵は火付盗賊改の役宅のお白州で、自分は無宿人ではなく三河屋の雇人だと主張できたはずだ。しかし、それをしなかった。恩をうけた三河屋藤兵衛が町火消の頭取であり、恋するお竜がは組の女鳶だと思うと、火付の嫌疑で捕えられた自分が二人に迷惑をかけると考え、口が裂けても三河屋の名を出すまいと、無頼な無宿人でおしとおした。

（そんな義理固い一途《いちず》なところがあるんだよね、吉さんには……）

馬鹿、馬鹿と、まるで小娘のように吉蔵の胸をこぶしで叩《たた》くようにして、お竜はいくど泣いたことか。

しかし吉蔵は、火付は金輪際していないと言い張りつづけた。だが、定役にかわって大勢の無宿人を吟味した与力の菅谷忠次郎は、卑しい無宿人の言葉など聞く耳をもたなかった。まず般若面の源造と土屋半兵衛が番屋で酷《むご》たらしく痛めつけた上に、お白州では吟味方の清水平内が拷問した。

拷問は過酷を極めた。石抱きである。

白州に十露盤板《そろばんいた》と称する三角形の角材を並べた台をすえ、その上に縛ったまま尻をまくって坐《すわ》らせ、厚さ二寸、長さ二尺余、幅一尺ほどの石を次々に乗せる。これを五枚も積むと、囚人は脛《すね》が砕け、総身が青く変じ、口と鼻から泡をふき、ついには血へどを吐く。それでも白状しなければ、脹脛《ふくらはぎ》に角材をねじこみ、下人たちが積み石をゆすり、あるいは薪《まき》雑把《ざっぱ》で背中を打った。

「強情な奴め。これでも白状せぬか！」

平内は楽しげにいい、吉蔵が失神するたびに手桶の水をぶっかけさせた。

ついに吉蔵は虫の息で、三河屋とはかかわりのない無宿人として、やってもいない火付を自白したのである。

吟味与力の菅谷忠次郎は無表情にこれを認め、型通りの報告をうけた山川安左衛門が火焙り刑の断を下した。

以上がお白州に同座した役所の中間《ちゆうげん》からようやくきき出した事のあらましである。

吉蔵が小伝馬町の牢にいると知った三河屋藤兵衛は、手づるを頼って無実を訴え、与力・同心へかなりの金子《きんす》もさし出したが、忠次郎らは着服したのみで吟味をしなおそうとしなかったのみか、町火消の頭取が火付を雇っていたとはけしからぬと逆に藤兵衛をおどした。藤兵衛は頭取をやめざるをえない。ばかりか、忠次郎に巧妙に裏に手をまわされて、店が左前になり、店を人手に渡すほかはなかった。

吉蔵が他の罪人とともに市中引廻しの上、小塚《こづか》ッ原《ぱら》で火焙りの刑に処せられたのは、師走もおしつまった十二月二十六日であった。

両脛の折れた重病の吉蔵がこも一枚かけた裸馬に縛りつけられ、槍、刺股《さすまた》、棒をもった人足にかこまれ、他の大勢の科人とともに引廻し検使の馬上の与力につきそわれて市中をゆく。先頭の小者が掲げる罪状を書きつらねた紙幟《かみのぼり》が、ちぎれそうにはためく風の強い雪もよいの午後であった。お竜は藤兵衛とひそかに見送り、一人、小塚ッ原まで行ったが、さすがに吉蔵の姿を見られなかった。群衆の背後から、竹矢来《たけやらい》の刑場にたちのぼるおびただしい黒煙を、涙も乾ききったうつろな眼《まなこ》で見あげていた。

吉蔵ばかりではなく、多くの無宿人が無実の罪で断罪されたのである。

爾来《じらい》、間もなく一年が経《た》つ。

この春、店を人手に渡した藤兵衛が急の病いで死ぬと、女房のお菊はお竜とひっそりとむらいをすませて、実家の三河へもどって行った……。

お竜は枕屏風《まくらびょうぶ》を片よせ、信吉のひたいの濡《ぬ》れ手拭をかえてやりながら、熱で上気した少年の寝顔へ語りかけていた。

「信ちゃん、あたしはね、吉さんの霊に誓って緋牡丹の刺青を彫ったのさ。あいつらへの恨みだけじゃァないんだ。吉蔵さんとあたしの心。このよごれたお江戸にきれいな花を咲かせてみせるってね」

そして、こうもいいそえた。

「独りで生きてゆくって決めたのさ。信ちゃんもそうしなくちゃいけないよ」

その夜、寄合の帰りに顔を出した卯之吉が妙なことをいった。火付盗賊改同心の土屋半兵衛が般若面の源造の子分とひょっこり来て、番屋にある火消道具の鈎縄《かぎなわ》を詳細に改めた上に、鳶の甚助《じんすけ》にしつこくきいていったというのだ。

火消道具は、竜吐水《りゅうどすい》、水桶、釣瓶《つりがめ》、梯子、鳶口《とびぐち》、刺股《さすまた》などのほかに、高みの梁《はり》などに投げてこわしたりする鈎縄がある。当時の消火は類焼を防ぐことに重点がおかれていたから、家屋をこわすためのさまざまな道具を必要とした。鳶口も、長鳶、大鳶から帯の背にさして持ち歩く柄《え》の長さが三尺ほどの中鳶や鎌ほどの小鳶まで幾種類もあり、長鳶でもとどかない場合は鈎縄を投げる。火消は梯子乗りや竜吐水の操作の稽古ばかりではなく、鈎縄などの稽古もつねにしていて、それぞれに名人といわれる者がいた。い組では甚助という老練な鳶が鈎縄の名手なのである。

「なにがあったか知らねえが、十日前《めえ》の晩はどこにいたかとか甚助兄ィにしつこくきいたりしやがってナ、胸糞《むなくそ》わるいったらありゃしねえ。おめえのこともきいていたぜ。おれと一緒にいたっていっといたから気にすることはねえが、おいら火消は町奉行が係りだ。奴らには口出しはさせねえ。あいつらは火事場に出張《でば》って火付と火事場泥棒をひっ捕えてりゃァいいのよ」

「でもなんだってお調べに来たのかねえ」

と、お竜は何気ないふうにいった。

「どうせ飲み代《しろ》ほしささ。頭《かしら》に袖の下をつかまされて、脂《やに》さがって帰《けえ》っていったぜ」

「相変らず嫌な奴らだねえ」

「嫌な奴っていやァ、般若面の源造親分が気が狂ったて話だぜ。なんでも急に片目がおっつぶれて、狐憑《きつねつ》きみてえに妙なことを口走ってるらしい。因果だなァ。あんまりあこぎな真似してひっ捕えるから、死罪の者が乗りうつったのかもしれねえ。オット、こんな話を大声でしてたンじゃ、信坊が目をさましちまうな」

「一杯つけようか、卯之さん」

「そうしてもらおうか。この馬鹿陽気で火事のねえのが有難えや。そうでもなきゃァ、お竜さんと差し向いでのんびりできねえものな」

二人は恋人同士のようにひそひそと低声に話しあって、お竜がなにを企《たくら》んでひそかに一人働きしているかを知らない卯之吉は、すっかり上機嫌に酔って、信吉の寝顔をもう一度のぞきこんで帰って行った。

四

それから一月《ひとつき》ほどは、何事もなく過ぎた。

江戸市中に二度ほど小さな火事があったくらいである。

が、吟味同心の清水平内はここのところよく夢に魘《うな》され、目覚めているときでも聞こえぬはずの声がふとどこからかささやきかけてきて、ゾッとすることがある。それが子供の声であったり、若い女の声であったりする。現にいまも、非番で同心組屋敷の家にいた平内は、厠《かわや》にしゃがみこんでいてその声をきいた。その闇溜《やみだま》りからのように女の声がした。誰彼時《たそがれどき》で、それでなくても厠は薄暗い。

――石抱きは辛《つら》い。つぎは平内、お前だ……。

少なくとも平内にはそう聴きとれた。背筋が粟立《あわだ》ち、厠を出た平内はあたりを窺《うかが》ってみたが、たいして広くない裏の畑には誰の姿もなく、組屋敷内の小路《こうじ》を頬かぶりした若い男のボテ振りがほとんど売りきった荷の天秤棒《てんびんぼう》をかついで立ち去ってゆくだけである。空耳かもしれなかった。

子供たちが走りまわる八畳の座敷では、老父と妻女が楊枝《ようじ》削りの手内職を黙りこくってしていて、手伝う気も失《う》せた平内は三畳の自室にこもった。

この享保期は、先立つ元禄《げんろく》期がいまでいう高度成長の経済が華やかに盛り上がった時代にくらべて、その後始末の不景気な時代で、無宿人もふえたが、同心程度の御家人《ごけにん》は、手内職でもしなければ正月の餅《もち》もろくに買えない。平内には目明したちからの役得はあるが、大酒飲みのかれはほとんど飲んでしまい、その酒量もこのところとみにふえている。それも陰気な酒なのだ。飲むほどに顔面がいっそう蒼白《そうはく》になり、目がすわり、無口になる。廓《くるわ》で遊女を抱くときも面白いという顔をしたことがない。

いまは一滴も入っていない平内が自室に入ってぼんやりしていると、玄関に訪《おとな》う声がして、役所帰りの土屋半兵衛が上がりこんできた。

「どうした、平内、灯《あか》りもつけず浮かぬ面をして？」

半兵衛へは魘される夢の話はしている。

「ゆうべも厭《いや》な夢をみてな。どうもよく眠れぬ」

昨夜みた夢は、背におぶっているわが子が痛い痛いと泣くので首をまわしてみると、目がぽっかりと失せているのだ。

「おぬしらしくもない。おれは怯えてはおらぬぞ。飲みにでもゆくか」

着流しに黒の役羽織を着て、帯に朱房の十手をさしている半兵衛は、右手にした大刀を腰にもどしかけてもう立ち上がろうとした。

平内はうなずいたが、煮えきらぬ態度をしめした。どうせ酒を飲めば平内はもっぱら聞き役で、年下の半兵衛がしゃべる。話はまむしの宗六が殺されて以来、そのことである。殺されなかったものの般若面の源造までが襲われ、つぎは二人のどちらかだが、恨みをもつ相手はあまりに多すぎて賊が誰か見当がつかない。

心当りといえば、これまで拷問にかけた罪人すべてといえる。

「なあ、半兵衛。おれはいまのお役が面白い」

と、しかし平内はニコリともせずにいった。

相手はほとんど虫けら同然の無頼な無宿人であり、火付盗賊である。かれらをさいなみ、ぎりぎりと肉をしめあげ骨を砕いていると、なにかしら悦《よろこ》びの炎のようなものが身内に燃えひろがってくる。そのおのれが、こんどばかりは怯えているのだ。酒量がふえるのはそのせいだが、いくら飲んでも酔えない。

「実は、妙な声をきいた」

平内はいまし方の厠のことを話した。

「なに、女の声が」

「まさか幽霊でもあるまいが……」

幽霊の存在が信じられていた時代である。半兵衛も顔面が蒼白になった。むしろかれのほうが怯えているのだ。その自分をおしやるように半兵衛はいった。

「菅谷様はだいぶ的をしぼられてきたようだ」

「誰だ？」

「おれも例の鈎縄を調べているが、まだわからぬ」

「まさか御公儀の隠密《おんみつ》方ではあるまいな」

平内は嗄《かす》れ声に低くいった。源造を襲って逃げたあの身軽さからは、公儀の伊賀者とも考えられぬではない。下々から賄賂《まいない》をとり、無実の者まで罪に陥れている火付盗賊改方の腐敗ぶりを正そうと、ひそかに公儀自身が刺客をおくってきているのではないか。公には目明しを使うことも禁じられているのである。

「いや、そうではあるまい」

半兵衛はいった。

「怪しい奴はいなかったのか」

「ボテ振りがいただけだ」

「そやつならおれも組屋敷の門前で出会った。頰かぶりして顔をそむけて行き過ぎたゆえ顔は見なかったが、そういえば勘にふれるものがあった。追うか。まだ遠くへは行くまい」

平内は役羽織を急いではおり、大小と十手を腰にすると、半兵衛と家を出た。

夕暮れの闇が濃くなっている。

組屋敷の門わきには番小屋はあっても物売りをいちいち問い質《ただ》しはしない。門前の往還にさっきのボテ振りの姿はすでになかったが、二人は後を追った。

（こんどはぬかるまいぞ）

目でうなずきあっている。公儀の隠密かも知れぬから、うかつには手を出さず行き先をたしかめようとの肚《はら》でもある。

町同心の組屋敷は八丁堀にあるが、御先手《おさきて》組から選ばれている火付盗賊改の同心の組屋敷は、菅谷忠次郎の組屋敷同様に牛込矢来下《やらいした》にあった。

二人はやがてボテ振りの姿を見つけると、あとを尾けて根津《ねづ》権現社《ごんげんしゃ》の方角へ向った。ボテ振りはなぜか辻々《つじつじ》で思案でもするように立ち止まってはいろってゆく。こちらの尾行には気づかぬ様子だが、誘っているようにも思える。

綿入れ絆纏《ばんてん》を着て、黒の股引《ももひき》、草鞋《わらじ》ばきの後姿からは、細身の若者に見える。その身軽な歩き方は、武士の変装ではない。伊賀者でもないであろう。

「ひっ捕えてみるか」

半兵衛がいった。

「いや、待て」

灯りがにぎやかな根津門前町を過ぎた。どうやら不忍池《しのばずのいけ》のほうへゆくらしい。

「おれは先廻りする」

と、半兵衛はいった。捕方だけにとっさの判断が早い。

「心得た」

二人は目で合図しあった。誰何《すいか》して逃げるようなら、即座に斬るつもりである。

不忍池へ流れこむ幅一間（約三・六メートル）ほどの堀が町なかから通じている。ボテ振りはその堀に沿って堀わきの小径《こみち》へ切れこんだ。左右は武家屋敷と寺の裏塀が二丁（約二百十八メートル）ほどつづいていて、灯火ひとつない。斬るには絶好の場所だ。万一、逃げられても、行手には先廻りした半兵衛が待っている。

平内は刀の鯉口《こいぐち》をきり、足を早めて距離をつめた。

吟味同心になってからはほとんど武術をやっていないが、もとは御先手組同心である。御先手とは戦国時代であればつねに先鋒《せんぽう》をつとめた武士団である。元和偃武《げんなえんぶ》以降、御先手同心は弓組と鉄砲組にわかれてすでに百年以上もっぱら江戸城警護にあたり、ふだんは六尺棒をついて人を制することから「棒突《ぼうつき》」などと蔑称されてきたが、いざ合戦となれば先陣をつとめるから荒くれた気性の者が多く、剣術、棒術の稽古もする。平内はことに棒術には自信があった。

（斬らずに捕えるか）

ふと気が変わったのはそのせいである。召捕り、拷問にかけて吐かせるつもりだ。

相手は平内に気づいたのか急ぎ足になっている。

「おい」

平内は追いすがって声をかけた。

「待て。いずこへ帰る？」

相手は立ち止まって振り返った。まだ月が昇っていない。暗くて頬かぶりした顔が見えないが、わずかに笑ったようだ。

間合は二間ほどある。平内がなお一歩近づいたとき、相手はかついでいた天秤棒を構えた。

「ふん。黙っている。手向う気か」

平内は肚裡《とり》で薄ら笑った。相手のは棒術の構えではない。喧嘩っ早い町人百姓の自己流の構えで、隙だらけだ。が、腰のおとしぐあいはしなやかで、天秤棒の棒先《ぼうさき》に尋常でない殺気がこもっている。

（源造を襲ったのはこやつか）

半信半疑ながら背筋に冷たいものが走り、平内は半歩あとじさって身構えた。十手をにぎったまま、刀の柄《つか》には手をかけない。まだ捕えるつもりでいる。

相手が突きかけてきた。平内はそれを待っていたのだ。身をかわし、天秤棒をつかんでいる。身を寄せて逆手にねじあげれば関節が決められ、相手はひとたまりもない。棒を相手の捕縛術である。

素早く身を寄せた平内の鼻腔《びこう》に、かすかに、相手の肌のあまい香がにおった。と思ったとき、この男もまた片方の目を襲われていた。天秤棒をはなした賊が、綿入れ絆纏の下の帯にかくし差していた鎌のような鋭い得物を、手練の迅業《はやわざ》で打ちこんできたのだ。

アッと叫んで平内はのけぞり、目をおさえてうずくまった。が、手負いながらも、十手を手ばなさぬ片腕をのばして賊の足首をおさえていたのはさすがだ。その指に激痛が走った。賊はむしろゆるりと得物の切っ先で平内の指を払ったのである。

血潮の流れこむ一方の目で、首をねじってかろうじて見上げるすぐそこに、賊は短い鳶口《とびぐち》を手にスラリと立っていた。

女である。

折りから不忍池のむこうに昇った師走の二十日《はつか》の月が、かすかな微笑さえうかべて立っている若い女の顔を照らし出した。胸にはさらしをきりりと巻いているのだろう。そのわずかな胸のふくらみが艶《なま》めかしく息づいている。

「同心の旦那。あたしゃ小梅の吉蔵の女房になる女でしたのさ」

女はむしろさわやかにいった。

次の瞬間、月光が燦《きら》めいた。鎌ほどの小鳶が平内の背に打ちこまれたのである。

女は片手拝みをしてから身をひくと、二間の堀を飛鳥のように躍《と》んでいた。半兵衛が不忍池の水際に姿を現わしたのだ。

半兵衛はすぐに追ったが、堀を越えられず躊躇《ためら》っているうちに、賊は池にもやってあった小舟へとびうつり、竿《さお》をみごとに使って沖へとすべり出している。

月の光をあびて小舟をあやつる小粋な船頭姿が、あざわらうかのように、みるみる遠ざかってゆく。

半兵衛に抱きおこされた平内は、一言、賊は女だと告げて事切れていた。

五

「やはり女であったか。女鳶のお竜に相違あるまい」

与力・菅谷忠次郎は色白の面貌に朱をそそぎ、口もとをふるわせていった。

凶器は、宗六、平内いずれも鳶口だとわかった。源造だけが火消用の鈎縄《かぎなわ》で襲われたのである。

お竜が三河屋藤兵衛の養女だったことはわかっており、吉蔵との仲も調べがついている。

「やり口からは男のしわざと考えていたが、緋牡丹お竜ならやりかねぬ」

「直ちに召捕りますか」

と、半兵衛は腰をうかしている。

「待て。慌てるな」

忠次郎は手で制して腕をくんだ。

「うかつに召捕っては、江戸中の町火消を敵にまわすことになる。そればかりではない。火消であれば町方の担当《かかり》ゆえ町奉行が乗り出す。吟味でもされては面倒なことになる。これまでお竜が目安箱《めやすばこ》に訴状を投じなかったのが幸いといわねばなるまい。お竜をひそかに消すのだ」

「では、その手の者を雇いますか」

「それもまずい」

「………」

「おれが斬る!」

「しかし、それでは……」

「なに、証拠は残さぬ。直ちにはやらぬ。時機を待つのだ。いずれ大火があろう。お竜め、火消しに来る。そのドサクサにまぎれて斬り、火焔《かえん》の中に投じる。まさか火付盗賊改のおれのしわざとはたれも思うまい。それまでお竜をひそかに見張るのだ。気づかれるな、よいな」


さて、お竜である。

平内を殺したその夜から、お竜は富沢町の裏店から信吉と姿を消していた。

どうにか傷が癒《い》え、しぶとく立ち直った目明しの源造が、いっそう凄味《すごみ》をました片目のつぶれた般若面で、子分を八方に散らせ血まなこになって捜させたが、行方がわからなかった。

江戸中の火消に知りあいのいるお竜には、八百八町いずれにもかくまう者に困らない。

お竜は、吉蔵の一周忌の命日、浅草三好町《みよしちょう》のと組の頭《かしら》、くもんの清吉《せいきち》のところにいた。

「緋牡丹のお竜姐《あね》さんが来てくれて、はきだめに鶴が舞いおりたようだぜ。なにがあったかは知らねえが、ヤボなことはきかねえ。藤兵衛さんにはずいぶんと世話になったもんだ。遠慮はいらねえよ。姐さんが気のむくまま、いつまでもいておくんなせえ」

大勢の鳶の者をおいている四十年輩の清吉は、路地奥の土蔵を自由に使うようにといった。

若い者がきれいに片づけてくれたその土蔵で、お竜は小さな仏壇にかざった吉蔵の位牌《いはい》に手を合わせていた。

小窓から朝の陽《ひ》がさしこみ、路地の井戸端から長屋の女たちの笑い声がにぎやかにきこえ、表通りからは小屋がけした鳶の者の注連《しめ》飾《かざ》りや松飾りを商う景気のよい声がひびき、路地をはしゃぎまわる信吉と子供たちの声もする。

(吉さん、あたしは後悔なんぞしていないよ)

お竜は吉蔵と自分に語りかけている。

(吉さんに惚《ほ》れてた女が、こうと決めたのさ。お天とうさまだって、そっと目をつむっていてくれる。あたしにはね、夢があるのさ)

子供が蝶《ちょう》を追う。春の陽ざしにひらひらと花から花へ舞う蝶を、手をのばし掌《たなごころ》にすくいとるようにどこまでも追ってゆく。売っていくらになるわけでも、食えるわけでもない。でも、春風に誘われて追ってゆく。

お竜も少女のころ夢中になって蝶を追った。青い天空へ舞いのぼる蝶を見あげて、天のかけら、光の使いびとのように思えてたからだ。人間は所詮は地上に縛られた生きものだけれど、あたしにも女として自由で自分らしい光りかがやく生き方がある。そんな夢をお竜は育ててきたのである。

（いまは切所《せっしょ》だけれど、ここを通りこせば、鉄火でいなせで、ちょっぴりかわいい女鳶にもどるのさ。吉さんのことを忘れちまうかもしれないよ。でも、許しておくれな。あたしは気ままに独りで生きてゆくんだもの。このお江戸がしびれちまうほど好きなのさ。だから、最後の仕事は思いっきり派手にやる。ええ、い組の緋牡丹お竜姐さんらしくね）

お竜は、口もとにちょっと凄味のある笑みをきざんで、小窓にのぞく大晦日《おおみそか》まぢかい朝の空を見あげた。

（大火事の晩にあいつを殺《や》るのさ。それまで待っていておくれな、吉さん）

六

享保十年が明けた。

お竜はむろん出なかったが、正月二日の町火消出初《でぞめ》が江戸八百八町をあげて賑《にぎ》やかに行われ、松の内も過ぎ、藪入《やぶい》り、廿日《はっか》正月もおわり、一月はたいした火事もなく穏やかに過ぎた。

二月の賑わいは初午《はつうま》にはじまる。江戸中の稲荷《いなり》に初午祭の幟《のぼり》がはためき、なかでも王子《おうじ》稲荷、妻恋《つまごい》稲荷、烏森《からすもり》稲荷は着飾った老若男女でごったがえす。

梅の花が散りそめる春である。

その数日後、二月十四日五ッ（午後八時）ごろ、青山窪町《くぼちょう》に火の手が上がった。春先の西南風の強風にあおられて、みるまに四谷《よつや》、牛込へと燃えひろがってゆく。町々の火の見櫓《やぐら》から半鐘が狂ったように連打され、火焔は夜空を焦がし、紅蓮《ぐれん》の焔《ほのお》にあかあかと照らし出された町筋を人びとが黒煙にまかれて逃げまどう。組の纏《まとい》を先頭におしたて、刺子《さしこ》袢纏《ばんてん》、猫頭巾《ねこずきん》の町火消が、定火消、大名火消に負けじと風下の火事場へと急ぐ。

定火消のほうは、総指揮にあたる武士が錣《しころ》のついた兜《かぶと》頭巾に金の定紋をかがやかせ、革羽織の乗馬姿で先頭に立つ。大名火消のほうは加賀前田家百万石の加賀鳶がもっとも有名で、綺羅《きら》をきそう火事装束も華やかだが、かれらに劣らず命しらずの江戸ッ子の町火消いろは四十八組は威勢がいい。他の組と競いあってもっとも危険な現場に駆けつけ、纏持は屋根に駆けのぼり仁王立って自慢の大纏をたかだかとかかげる。

あちらの大屋根こちらの大屋根に各組の纏が火焔に照らし出されて錦絵《にしきえ》のようだ。

燃えさかる火事場では、竜吐水《りゅうどすい》、水桶、釣瓶《つりがめ》などで火を消す者、大団扇《おおうちわ》で火勢をあおぎ返す者、各種の鳶口を縦横にふりまわして家屋をこわす者、火の粉をあびながら長梯子を刺股《さすまた》で支えている者……命を賭けた江戸ッ子の戦さ場だ。

そのなかにお竜がいた。

胸にきりりとさらしを巻き、腹がけ、股引《ももひき》、は組の印の入った刺子模様の長袢纏、裏厚に刺した黒足袋はだしで、小髷《こまげ》に結った男髷に下頭巾と猫頭巾をかさね、腰に小鳶をさし、手練《てだれ》の中鳶を自在に使っている。そのきびきびした動作はとても女とは見えないが、火焔の火明りにうかぶしなやかな腰つき、かすかな胸のふくらみ、頭巾のしたの薄化粧した細面の顔は、町火消で紅一点の緋牡丹お竜のものだ。

この大火事に町奉行はもとより火付盗賊改が早々と出役《しゅつやく》し、火事場をうろつく怪しい者を、火付、火事場泥棒として召捕りに血まなこになっている。

火事装束に身を固めた菅谷忠次郎は、同心の土屋半兵衛をしたがえてお竜を捜していた。

「あの屋根には組の纏が！」

指さして半兵衛がいった。

「ふむ。あのあたりにお竜の奴、いるに相違ない。行くぞ」

忠次郎は巨軀をひるがえして火焔の中へと駈け入った。半兵衛がつづく。

一方、お竜は忠次郎の出現を待っていた。

颪に渦まく火の粉と黒煙のむこうに忠次郎の姿をみとめたお竜は、それとなく自分の姿を相手の目にさらしておいて、猛火のなかへと誘った。忠次郎はお竜が逃げたとみて後を追う。消火に懸命な火消たちは誰も気づかない。

あたりに組の者が一人としていないところまで来て、お竜は振り返った。火のまわりかけた路地裏である。

「菅谷の旦那、あたしをお捜しじゃござんせんか」

猫頭巾と下頭巾をうしろにはね上げ、お竜は声をかけた。男髷のびんの毛がほつれ、汗に濡れた色白の上気した顔に、焔のてりが紅を刷《は》いたようで、凄味をおびて美しい。手には中鳶を構えていた。三尺ほどの樫《かし》の柄に筋金を打ち、後端には石突をはめ、先端には三寸ほどの堅牢《けんろう》鋭利な鉤《かぎ》がついている。

「お竜、火付盗賊改与力、この菅谷忠次郎に刃向うとは見上げた心がけだ」

忠次郎はニヤリとしていった。

「その凶器《えもの》、しかと見た。だがお竜、わしの眼《まなこ》には容易に打ちこめぬぞ。女だてらに御公儀に楯つき殺生をかさねおって、火焙りしてもあきたらぬ大不埒者めが！　女鳶らしくこの火事場で成敗してくれるほどに、恩にきることだ」

革の火事羽織の背に鐚《びた》頭巾をかけ、自慢の大小と朱房の十手を腰にした美丈夫の忠次郎は、定紋うった陣笠《じんがさ》のしたから鋭い目をそそぎ、大刀をすらりと抜いた。

一刀のもとに斬り捨てようとの上段の構えである。間合は二間。

高々とかかげた剣先がぴりぴりとふるえ、火焔を照りかえして刃渡り二尺八寸（約八十五センチ）の長刀がすでに血を吸ったようだ。

お竜は三尺の鳶口を右肩にひきよせた八双《はっそう》に構えている。

いつそこに来たのか半兵衛がお竜の背後でこれまた抜刀した。火の粉をまじえた黒煙が激しい風とともに路地を吹き抜けてゆく。

ジジジリッと、忠次郎が間合をつめた。

「死ね！」

大刀がきらめき、瞬速の迅業《はやわざ》でお竜の頭上へ降り下ろされている。

戛《かつ》。火花が散る。

お竜がわずかにかわして受けとめたのだ。次の瞬間、鳶口は小さく弧を描いて、忠次郎の目を襲っている。が、空を打った。忠次郎もまたさすがに間髪を入れず飛びすさってい た。

「ふむ。やるな、お竜」

お竜が微笑をうかべたとき、背後から半兵衛がおめきつつ斬りつけてきた。とっさに身を沈めたが、背にした猫頭巾が斬り飛び、お竜は燃えはじめた腰高障子を蹴破《けやぶ》って、家のなかへと身を移した。

天井が燃えている。お竜は壁を背にして二人に対峙《たいじ》した。浅く背中を斬られているらしい。

踏み込んできた忠次郎は半兵衛に、

「手出し無用ぞ」

と声をかけ、ゆるりと一刀流青眼《せいがん》の構えにとった。

「お竜、観念することだ。吉蔵のもとへすぐに送ってやるワ」

目もとに冷笑をうかべつつ切っ先をお竜の胸元にピタリとつけ、むしろ無造作に間合をつめた。お竜の顔は蒼白になっている。浅傷《あさで》だが、背中の傷口から血が抜けてゆくのだ。

大刀が一閃《いっせん》した。ほとんど同時にお竜もまた捨て身の攻撃をしかけていたが、その刹那、二人の頭上に火柱となった太い梁が落ちてこなかったなら、お竜は血しぶきを上げていたであろう。身軽に駆け抜けたお竜の鳶口が忠次郎の肩口を掠《かす》め、忠次郎の巨体は燃え落ちてきた梁をよけそこねて仰向けに投げ出された。その足に梁が覆いかぶさった。

忠次郎は半兵衛に助けられながら、天を見上げた。半ば夢のように、高みの屋根に鈎縄を投げたお竜の姿が、宙に巨《おお》きな振子の弧を描いて飛び上がってゆく。信じられぬことであった。が、火事場にいる誰もが高みの屋根に立つお竜の姿を見た。

卯之吉にかわっては組の大纏をかかげたお竜が、火の粉の渦まく夜空を背景に、大屋根の上にすっくと立っているのだ。片肌ぬいだ白妙《しろたえ》の肩に緋牡丹の刺青が、燃えさかる紅蓮の焔を映して、この大江戸の花さながらに咲いている。

お竜は泣いていた。

天にいる吉蔵が見てくれていると思うと、涙がどうしようもなく頰をつたった。

この夜の火事は四谷、牛込ばかりか、小石川、駒込《こまごめ》、谷中《やなか》、金杉《かなすぎ》まで延焼し、翌々日の朝、ようやく鎮火した。下総《しもうさ》無宿の伝兵衛《でんべえ》が火付けしたとして捕えられ、吟味の結果、火《ひ》焙《あぶ》りの刑が決まったが、目安箱《めやすばこ》に無実を訴える訴状が投じられ、南町奉行大岡越前守が詮議の末、これまでにも火付盗賊改が多くの者を無実の罪に陥れていることがわかった。

火事場で大怪我をした与力・菅谷忠次郎以下与力同心八名と目明し・般若面の源造は死罪、火付盗賊改定役の山川安左衛門はお役ご免のうえ差控《さしひかえ》を命ぜられ、死んだ清水平内ならびにまむしの宗六の件が不問となったのは、その年六月である。

江戸の町は夏祭で賑わっていた。

御輿《みこし》をかつぐ勇み肌の鳶の男たちのなかに、男髷に豆しぼり手拭のねじり鉢巻、黒の腹がけにハッピ姿の、いなせなお竜の笑顔があった。

装《そう》腰《よう》綺《き》譚《たん》

一

古くは佩子または墜子と書く。

ねつけと読み、「佩垂《さげもの》の墜《つい》に用ゆる」とある。

根付のことである。

室町時代から用いられたというが、江戸時代、なにごとも華美となった元禄以降さかんに流行し、ことに文化・文政ごろから専門の根付師が登場し、印籠《いんろう》、巾着《きんちゃく》、煙草《たばこ》入れ、火打袋《ひうちぶくろ》など提物《さげもの》を帯にとめる装身具として、もっぱら武士・町人の腰を飾った。

やがて刀が消え、腰のあたりがすうすうした明治の男たちのアクセサリーに珍重されたが、文明開化がすすむとともにこのファッションが姿を消すそのころ、わずか三センチ四方ほどの巧緻《こうち》な江戸の職人芸ミニアチュアに刮目《かつもく》した男がいた。海軍省お雇い医師の英国人ウイリアム・アンダーソンである。かれは八年におよぶ滞日中、おそらく二束三文で買い漁り、本国に送って大英博物館のコレクションとした。

ついでながら明治・大正の日本の知識人は、根付を伝統文化の矮小《わいしょう》さの証《あか》しとして嫌悪した。フランス帰りの高村光太郎は日本人が「名人三五郎の彫った根付の様な顔」に見えたと、『根付の国』という詩でいまいましそうにうたっている。

これらの根付が、平成二年夏、東京都美術館で開催された大英博物館秘蔵・江戸美術展におびただしく展陳された。

そのなかに筆者は、文政・天保の根付師月虫《げっちゅう》のまことにユーモラスで奇想天外な作品数点をみいだしたのだが、作者の死後百四十余年、世界をめぐって里帰りしたことになる。

月虫は号、通称清吉《せいきち》、本名を矢嶋清三郎《やじませいざぶろう》という微禄《びろく》な御家人《ごけにん》であった。


さて——話は文政三年の江戸である。

師走《しわす》もおしつまった二十八日、午後から雪が降り出していた。暮れ六ツ（午後六時）を過ぎた時刻、いつもなら行き来する人びとで賑《にぎ》わう新大橋が、降りしきる雪に人影もまばらで、通る人も首をちぢめうつむきかげんの急ぎ足に、大川を渡ってゆく。

橋の西詰にある商家へ店の使いに出たお仙《せん》は、つぼめ傘で川風の雪をしのぎながら、提灯《ちょうちん》の灯《ひ》を袂《たもと》でかこうようにしてもどってきて、思わず足を止めた。

橋のなかほどの欄干《らんかん》に身を凭《もた》せて、男が番傘もささずに突っ立っていた。六尺（約百八十センチ）ちかくはあろうかと思える巨躯《きょく》で、暗くてよくわからないが、竹刀《しない》にくくりつけた剣術の防具と稽古着を肩にかつぎ、剝《は》げ鞘《ざや》らしい大小を腰にした侍だとは雪明りに見えて、道場帰りらしい。齢《とし》のころは二十八、九だろうか。そそけだつ髪と肉のもりあがった肩に雪片がまといつくのも気にならぬ様子で、雪の降りこむ闇の川面《かわも》をのぞきこんでいる。

――はて、このお人は。

お仙は、きれいに足を洗ったかつての稼業の勘ではなく、この二年、小料理屋につとめる堅気《かたぎ》の女としての勘に触れるものがあったのだが、

――もし、お武家さま。

とは、さすがに声をかけかねて行きすぎている。行きすぎはしたが、二、三歩きてふりむいたのは、男からなにか思いつめた鬼気《きき》せまるものがつたわってきたというより、二十五という壁にぶつかるような嫌な齢を越えかけているお仙の、一生にそう幾度もない、女心の妖しく波立つ想いが微《かす》かに胸をかすめたからである。

振りむいたとき、男の肩に竹刀も防具もなかった。上体を半ば欄干からせり出している。ハッとしたお仙は、暗い川面からかなりな水音がきこえてきて、男が剣術道具一式を思いきり放りこんだと知ったのだが、剣術の気合とも悲鳴ともつかぬ喚《おら》び声をきいたのもほとんど同時であった。

次の瞬間、お仙の網膜に、男の巨体が欄干を乗りこえて雪の闇に墜《お》ちてゆく光景が映った。が、そうはならなかった。男は傍らのお仙を突きとばすように駈《か》け出すと、なお一声喚びながら、両手を高くかかげ、雪に高足駄《たかあしだ》をすべらせるまろびようで、橋の東詰へと走り去っていたのだ。

――まあ、なんっていう人……。

男の後姿が見えなくなった橋を渡りながら、お仙はおかしくなってクスッと独り笑いしていたが、大川端の御舟蔵《おふねぐら》の灯が涙ににじむように哀しく見えたのは、どうしてだったろう。

二

深川の小料理屋「松川」にもどった女中のお仙は、しばらく忙しく立ち働いた。

二階座敷に三十人ほどの客があり、仙台堀《せんだいぼり》の剣術道場「尚武館《しょうぶかん》」の連中が繰りこんできていた。

「おお、お仙。ここにきて酌《しゃく》をせえいっ」

お仙に気づくと、床の間を背にしている堀尾伝十郎が横柄に声をかけた。尚武館の塾頭である。

黒茶の小紋入り黄八丈の着物に、剣酢漿《けんかたばみ》の紋をぬいた黒八丈の長い羽織をぞろりとひっかけている。髪は黄表紙の艶二郎《えんじろう》気取りの本多まげ。梅花の模様のついた脇差《わきざし》をさし、床の間においた細身の大刀は、紫の下げ緒、金象嵌《きんぞうがん》の入った鍔《つば》。緋《ひ》色の帯には楓《かえで》に鹿の金蒔《まき》絵《え》の印籠を象牙細工《ぞうげざいく》の根付でさげている。

お仙は、その印籠と根付にふと眼がいってちょっとあわてたが、相手はそういう華美で遊惰《ゆうだ》ないでたちが似合うと思いこんでいる男なのだ。

三十まえで、色が白い。美丈夫といっていい。

が、険のあるぎょろりとした眼。その眼にねっとりと黄ばんだ光をにじませて、お仙の手首をつかみ引きよせた。

「いつ見てもきれいだな、お仙」

「まあ、ご冗談を。どなた様でしたかしら」

「見わすれたかね」

伝十郎はさすがにムッとしたが、豪傑ぶってのどを鳴らして笑い、

「お前に惚《ほ》れておるんだ、拙者は」

「それは存じませんでした」

軽くいなして、つかまれていた手首をするりと抜いた。この夏ごろから気に入りの門人を率《ひ》きつれて時折りくるようになっていたが、お仙はこの男を好きではない。

「本日は稽古仕舞いだそうで、お疲れでございましょう。さあ、おひとつ」

と、それでも艶っぽく愛想笑いをして酌をした。

相手は無役《むやく》ながら、幕府直参《じきさん》の御家人である。

すでに道場で飲んできた伝十郎は、お仙の酌で大盃《たいはい》をほすと、熟柿臭《じゆくしくさ》い息をはきながら

一同に剣技の講釈をはじめた。

「剣は人を斬るものだ。その自信を得ると、剣技ばかりか顔つきまでが変わる」

そうであろう——と肩をそびやかして、自分のことのようにいう。

「一刀流中西道場の高柳又四郎がいくら達人でも、あの立ち腰では人は斬れぬ。〝高柳の音無し勝負〟などといわれて、相手に竹刀を触れさせず、先《せん》の先《せん》をとって撃ちこむそうだが、素早いだけの所詮は道場剣法というものだ。真剣で立合ってみぬことには、真の腕はわからぬ」

腹をゆすって大笑し、

「そこへいくと、我が無敵流はすぐれておる。理合《りあい》にかなった多彩な技があるのみではない。腰のすわりといい太刀筋《たちすじ》といい、戦国以来の実戦兵法だ。そうであろう、おのおの方」

一同、声高に合槌《あいづち》をうち、座はいっそう賑わった。お仙はさりげなく伝十郎から離れると、酌をしてまわりながら、

——そういうものかしら。

と、肩をすくめてきいていた。

一刀流中西道場の「三哲」——寺田五郎右衛門、白井亨《とおる》、高柳又四郎の名はお仙でも知っている。すでに千葉周作もこの門にいて、この年、北辰《ほくしん》一刀流を名乗り廻国《かいこく》修行に出て

いた。ちなみに周作が神田《かんだ》お玉が池に道場を構え、

(位《くらい》は桃井《もものい》、技《わざ》は千葉、力は斎藤)

といわれ、鏡心明智流《きょうしんみょうち》・桃井春蔵《しゅんぞう》の士学館、周作の玄武館、神道無念流・斎藤弥九郎の練兵館が江戸の三大道場と称せられるのは、この五年後、文政八年からである。

それらにくらべると、無敵流は流名は勇壮だが小流派に過ぎない。祖は進藤雲斎《うんさい》。仙台堀の道場主本間弥左衛門はすでに老齢のうえ病いがちで、もっぱら伝十郎がとりしきっている。門弟は御家人の二、三男とやっとう好きの町人たち五十名ほどで、威勢はいいが三流の町道場である。が、こういう手合ほどおのれの流儀ばかりを鼻にかけ、高言を吐くものだ。

もっとも、伝十郎は居合の達者ではあるらしい。うわさによると、夜半いくども辻斬《つじぎ》りに出て、拵《こしら》えが自慢の大刀は血を吸っているという。

ひとしきり居合術の自慢をした伝十郎は、とつぜん不機嫌に怒鳴った。

「ところで、清三郎はどうした?」

「組屋敷へさがしに行っている——と、二、三の者が答えてほどなく、階下に声がして、梯子段《はしごだん》を上ってきた男が、二人の門弟に背を押されて座敷に現れた。

——あッ、あの人……。

男を見てお仙が胸のうちで小さく叫んだのは、先刻、新大橋の上で出逢《であ》った相手だとす

ぐに気づいたからである。

大きい。肥《じし》り肉のまるい肩、厚い胸。

大声に喚《おら》びながら雪の闇に駈けさった男が、闇から引き出された牛のように、挨拶もせず、迷惑そうにぬうっと立っている。

あのときは暗くて気づかなかったが、つぎの当たった黒木綿《くろもめん》の単衣《ひとえ》をこの季節だというのにはちきれそうに着て、よれよれの袴《はかま》。なぜか大小は持っていない。

「どこに消えていたのだ、清三郎。まったく世話のやける奴《やつ》だ。そんなところに突っ立ってないで、ここにまいれ！」

あからさまに舌打ちして伝十郎が怒鳴りつけたが、動こうともしない。

「試合に負けたぐらいで、消えてしまう奴があるか。もっとも貴様は勝負に一度として勝てぬ腰抜けだがな」

そういわれても、少し肩を落しただけで黙っている。傍らにいた町人の門弟の一人が、

「まあ矢嶋さん、ともかくお坐《すわ》り下さいな」

袴の裾を引っぱったので、仕方なさそうにそこに坐った。お仙が酌をすると、酒は好きらしく、たてつづけに盃《さかずき》をほして、

「うまい酒だね」

はじめて口をきき、小さな眼が笑った。橋の上で見られていたとは気づいていないのだ

ろう。少年のように無垢《むく》で、澄んだ眼だ。

お仙は酌をしながら、躰《からだ》に似合わず器用そうな手をしていると眼ざとく観察していたのだが、きれいな眼を見て、

――やっぱり、この人なんだわね。

と、あのとき胸の奥をかすめた女心の密《ひそ》かなふるえが強くきざしてきて、柄にもなく頬をそめている。そのとき、

「清三郎！　酒など飲むな！」

上座から伝十郎が一喝《いっかつ》した。

「貴様を呼んだのは、とくと意見することがあるからだ。だいたい貴様に皆とともに酒を飲む資格などあるまい。なんだ、今日の態《ざま》は。ガキのころから剣術を修行して、いまだに道場内の下の者にさえ試合で勝てぬというのは、武士としての気概が足らんからだ。町人の門弟に撃ちこまれて、口惜しいとは思わぬのか。少しは譜代《ふだい》の御家人らしく振舞ったらどうじゃ。図体ばかりでかくて気の弱い貴様は、女の腐った昼行灯《ひるあんどん》のような奴だな。恥を知れ、恥を。え、どうなんだ？」

酔うほどに顔面が蒼白《そうはく》になる伝十郎は、なおも口汚く罵《ののし》り、一同を見まわしてはニヤリとして、ねちねちと責め立ててゆく。

さすがに町人の一人が、

「矢嶋さんは稽古のときは強いのに、試合となるとあっしらにも勝てねえってのは、よっぽどお人柄がやさしく出来ていなさるからじゃあねえんですかい」

さも気の毒げに口をはさんだが、他の者は清三郎が罵倒され難詰されるのをおもしろそうにニヤニヤしてきいている。当の清三郎は満座のなかで面罵されているのに、口答えひとつせず、といってふてくされるでもなく、大きな躰を居心地わるそうにまるめるのみで、黙っているのだ。

――ひと言ぐらい、いい返したらいいじゃないの。

歯痒《はがゆ》いのはお仙である。伝十郎をなんて嫌な奴と憎む一方、酒の肴《さかな》にしている一同も気に入らないが、清三郎の不甲斐《ふがい》なさにもがっかりして、やきもきしている。

――橋の上でのことをどうしていわないのかしら。あんなことをしたからには、よほどの決心があったはずなのに……。

堅気になる二年前なら、啖呵《たんか》のひとつもきって助け舟を出すのにと、いっそういらいらして清三郎を見ると、この肥った大柄な男は、怒るでもなく耐えるでもなく、ぼんやりした顔つきをしている。

――この人、どうかしてる！

お仙は思ったほどだ。

「まあいい。負け犬の貴様にいくら意見したとて吠《ほ》えもすまい。ふん、勝手にするがいい。

せっかくの酒がすっかりまずくなった。どうだ、お前ら、岡場所に繰りこんで飲みなおすというのは。この雪だ、おつなもんだぞ。ついてくる奴は拙者のおごりだ。お仙、駕籠《かご》を呼べ」

駕籠がくるまで騒々しく飲んでいたが、伝十郎を先頭に一同が店を出て行ってから、ひとりとり残されて梯子段をおりてきた清三郎へ、

「あ、もし。よかったら飲みなおしていってくれませんか」

と、お仙は声をかけていた。

「あたしも少し飲みたいんです。あたしのおごり。ね、いいでしょう?」

店の女将《おかみ》に眼くばせして、清三郎の大きな背を押すようにして小部屋に案内すると、

「すぐもどりますから」

ふすまをしめて廊下を急ぎながら、

――年の暮れになって、こんなこともあるんだわね。

お仙は、ひさしぶりに胸がはずんでいた。

三

「お仙ちゃん、今日は休みかい?」

「ええ。松の内もお店に出ていたんですもの、骨休みをしなくっちゃ」

「なんだか浮きうきしてるみたいだよ。いい人でもできたのかい？」

「それならいいんだけど。ひとりぽっちの遅いお正月よ」

井戸端で隣家のかみさんからひやかされたお仙は、洗いもののすんだ桶《おけ》をかかえ、ドブ板に日和下駄《ひよりげた》を鳴らしてもどりながら、

——やっぱり、清《せい》さんのことが心にかかるんだわ。

あの晩、肴《さかな》をみつくろって銚子《ちょうし》をはこんで部屋にもどると、清三郎は火鉢にもあたらず、窮屈そうに坐った膝に手をおいて神妙にしていた。

「さっきはあたしの方が腹が立ちましたよ。ひどいわ。矢嶋さまひとりをなぶりものにして。忘れて飲んで下さいな」

酌をすると、清三郎は二ちょこ三ちょこ黙って飲んでいたが、

「姐《ねえ》さん。気にかけてくれなくていいんだぜ」

意外にも町人言葉でいった。

「おいら、侍をやめたよ」

「えッ？」

「今夜かぎり、やめたんだ」

そんな大事を、会ったばかりのお仙にあっさりいったのだ。お仙は返事に困って、相手

の顔ばかりまじまじと見ていたが、

「あのゥ……新大橋の上で……」

と、いいかけると、

「見てたのかい？」

清三郎はぼさぼさのまげに手をやり、少し酔の出た顔をいっそうあからめて、

「いのちまで投げ込まなくてよかった。姐さんに見られていたからかな」

照れ臭そうに独り言をいった。

試合に勝てないという悩みだけでなく、よほど思いつめることがあったのだろう。

——でも、あの凄《すご》い喚《おら》び声で、この人、生きる上での切所《せつしょ》を、あの橋の上で越えてきたんだわ。

お仙は自分のことのようにそう思った。だから、伝十郎の罵詈《ばり》雑言《ぞうごん》にも耐えていられたのだろう。

清三郎はお仙にうちあけてしまって気が楽になったのか、口の重い男が飲むほどに舌がまわり出して、といっても、聞き上手なお仙にうながされてだが話しはじめた。

清三郎の家は、伝十郎とおなじ御家人のお徒衆《かちしゅう》で、深川元町の組屋敷に住んでいるという。お徒衆は七十俵五人扶持《ぶち》、将軍お成りのときその儀仗《ぎじょう》と警固にあたる。身分こそ低いが、将軍に随従するのでその任は重く、誇りもある。しかし、微禄だから日々の暮しは楽

ではない。ことに清三郎の家は子沢山で、三男のかれは無役だからいまだに嫁もとれず、居候《いそうろう》である。

「同じ組屋敷の近所の家々では、松飾りの用意をしているってのに、わが家では餅をつく銭もなくてね。ところがじいさんもおやじも剣術には熱心で、おいらも道場がよいだけはさせられてきたわけさ」

「それでどうして、試合に勝てないんです？」

「つくづく考えてみたんだが、叩《たた》き合いの勝負が根っから性《しょう》に合わないんだね」

子供のころは柄《がら》は大きいのに組屋敷の朋輩《ほうばい》に泣かされてばかりいて、町家の八百新の松、桶《おけ》屋の八、古傘《ふるがさ》買いの六なんぞと遊ぶほうが楽しかったという。それで、町人言葉が板についているのだろう。

「傘張りや提灯づくりの内職はガキの時分から得意でね」

その話になると、大男の清三郎が童子のように眼をかがやかせて、

「おいらね、細工《さいく》物をするのが飯より好きなんだ」

といった。その好きなことをして生きるのが本当の自分だと、すっかり落ちこんで橋の上に長いこと突っ立っていて、遅まきながら気づいたという。

「生まれ変わったつもりで、根付師になると決めたよ」

これまで内職で見よう見まねで根付細工をしてきたが、本職の根付職人の修業にうちこ

むというのである。

「でも、矢嶋さま」

「お仙さんといったね。その矢嶋さまはよしとくれ。侍の姓も大川へうっちゃってきたんでね。そうさなァ、ただの清吉がいい。清三郎とも今夜かぎりお別れだ」

こうして刀も持っていないだろう——と矢嶋清三郎は、いや清吉はいい、大小は家においてきた、おやじは勘当するだろうからそれでいいのだと、はじめて声をたてて笑った。

ふところから懐紙につつんだものをとり出すと、お仙の掌《たなごころ》にのせて、

「これがおいらの作った根付だよ」

と、自分ものぞきこんだ。

黄楊《つげ》に彫った花咲爺《はなさかじじい》で、犬が鼻づらをつけているところに鍬《くわ》を入れている老人の、振りむいた笑顔がいかにも好々爺《こうこうや》なのは、善良な老爺のほうだからだ。

「まあ、上手にできてますね。ほほえましくて、見ているとあたしまで福相になるわ」

「気に入ってくれたかね」

「ええ、それはもう」

「昨夜《ゆんべ》、ようやく彫り上げたのだ。よかったら、姐さんにあげるよ」

「そんな大事なものを」

「いいんだ。まだ半人前でね。こんなものじゃ、馳走《ちそう》になったたしにもならねえが」

いずれ気に入った細工ができたら持ってくるから、それまで預っていてほしいと、侍を捨てたばかりのこの男は、いかにもぎごちなさそうにいい、お仙の手ににぎらせたのだ。近いうちに必ず寄らせてもらうともいった。

――この人、酔ってるんだわ。

お仙はあまりうれしくて、自分にそういいきかせたが、たしかにふたりはかなり酔っていた。

雪はやんだようだが、夜が更けている。店の者はとうに戸締りをして、帰る者は帰り、女将やお仙の同輩の泊りこみの女は気をきかせて部屋に引きとってしまったらしく、しんとしている。

「今夜は泊っていって下さいな。あたしも、時々、泊らせてもらうんですから」

そういうと、清三郎はあわてた表情になったが、わずかにうなずいたのは、組屋敷へもどる気がなかったのだろう。

お仙が床をのべると、横になって、もういびきをかいている。お仙は行灯《あんどん》の灯を小さくして、

――男の切所を通り越してきたばかりだもの……。

と、このときもそうつぶやきながら、疲れきって眠りこけている男の寝顔にしみじみ見入っていたが、隣りに敷いた布団に入って花咲爺の小さな根付をやんわり握っているうち

に、お仙もいつのまにか、穏やかな深い眠りに誘われていた。

めざめたとき、清三郎の姿はなかった。雨戸をくると、晴れあがった雪の朝の光がまぶしく射しこみ、男のいない夜具に光の模様をつくった……。

——今日は来てくれる。今日は……。

それからは毎日、お仙は自分の胸にいいきかせて、過ごしてきたのである。三箇日も過ぎ、松の内も終ってしまった。

待つ身の、惚れた男を想う気分をたのしみながら、しかし、ちょっぴり腹も立っている。

——いっそ、組屋敷を訪ねてみようかしら。

思い立つと、居ても立ってもいられなくなって、お仙は髪を直し、よそいきに着替えて、独り暮しの裏店《うらだな》を出た。

さほど遠くない深川元町のお徒衆組屋敷は、小名木川《おなぎがわ》にかかる高橋《たかばし》ぎわで、東隣りは田安邸、西は掛川の城主太田備中守の屋敷に接し、南北に木戸を設け、かなり広い一郭をなしている。木戸には番人がいるが、そこは小料理屋につとめるお仙だから、よんどころない店の用事で来たといいつくろって、木戸を通った。

三間《けん》（約五・五メートル）幅の往還の両側に、お徒衆の家々が並んでいる。

宅地は一戸につき百三十坪ずつ賜わり、そこに自費で家屋を建てているのである。いずれも七十俵五人扶持の小禄だが、なかには冠木門《かぶきもん》を設け、間数も多く、土蔵のある家も見えるのは、貧富の差があるだけでなく、なにかにつけて世渡りがうまいのだろう。

大方の家は、玄関の奥に八畳と六畳、それに台所と雪隠《せっちん》だけの、湯殿もない長屋のようなたたずまいで、お仙がちらとのぞくと、大勢の家族が傘張りなどの内職をしている。空地が畑になっていて、空豆などの緑が伸びているのは、野菜づくりも内職にしているのである。

冠木門の表札に「堀尾」と出ているのを認めたお仙は、あの伝十郎の家だと顔をふせ急ぎ足になって通り過ぎ、木戸番からきいた清三郎の家の門口に立った。

玄関の三畳にも、張りあがったばかりの提灯が並べられている。ふすまが開け放たれていて、隣りの八畳間で大勢の子供たちまでがひごを組み立てたり紙を貼ったりする手伝いをしている。

お仙の訪《おとな》う声にいっせいに顔を上げたが、清三郎のことを訊《たず》ねると、父親らしい五十年輩の痩せこけた侍がじろりと見ただけで、一言も答えず、提灯づくりをつづけている。兄らしい大柄な男は、子供を叱りつけ、女たちも顔をふせてしまったので、とりつく島もない。お仙は仕方なく、訪うたことを詫《わ》びて外に出た。

――あれきり清さんは、この家を出てしまったんだわ……。

気落ちして、ぬかるむ往還をひろってお仙が高橋のたもとまで来たとき、追ってくる足音がして振りむくと、清三郎の家で見かけた十二、三の娘が息をきらして立っていた。

「兄《あに》さんは、砂村《すな》の多吉さんのところに」

それだけ告げると、頬の赤い娘は駈け去っている。

「ありがとう」

砂村は御府内のはずれだが、女の足でも半刻《はんとき》（一時間）ほどで行ける。

――やっぱり、清さんに今日は会えるんだわ。

お仙は、小名木川ぞいの道を軽い足どりで歩き出していた。

七日正月を過ぎた空に凧《たこ》が揚がっている。しめ縄も松飾りもとれた町並みに午《ひる》さがりの陽《ひ》がさし、その陽ざしも空の青さも、水の色も、もう春である。梅の花もほころび、どこかで、鶯《うぐいす》の笹《ささ》鳴《な》きさえきこえる。

大横川《おおよこがわ》を渡り、御材木蔵を過ぎ、羅《ら》漢寺《かんじ》の近くまで来たときには、お仙はすっかり汗ばんでいた。

四

知りあいの砂村の百姓、多吉が家主の棟割長屋にころがりこんだ矢嶋清三郎、いや町人になったばかりの清吉は、こまいの剝《む》き出た粗壁《あらかべ》を朝から睨《にら》みつけて、六畳一間きりのけばだった古畳に坐りつづけていた。月代《さかやき》と髭《ひげ》が伸び放題で、憔悴《しょうすい》した蒼白《あおじろ》い顔つきをしている。

いくども声をかけ、ようやく振りむいたその顔を見て、お仙はびっくりした。小さな眼が物に憑《つ》かれたようにひかっている。

「あたしですよ。お邪魔だったかしら」

「お仙さんだね」

口もとがひきつるように笑ったが、それきり黙っている。迷惑そうではなく、よろこんではいるのだ。考えごとをしているのだろうが、ふだんはよほど無口なのだろう。

部屋じゅうに素描した反古《ほご》や削り屑《くず》がちらかり、傍らに木の台と鑿《のみ》などが置かれている。火鉢もなく、煤《すす》けたへっついに古鍋が一つかかっているだけ。

お仙は気をきかせて井戸から水を汲《く》んでくると、湯をわかしはじめた。来る途中で手土産《てみやげ》に番茶と饅頭《まんじゅう》を買ってきていた。

かけ茶碗《ぢゃわん》に茶をいれて、

「お酒のほうがよかったわね」

明るくそういって差し出し、あとは黙っていた。悧口《りこう》なお仙は、相手が考えごとをしているとき邪魔をしないすべを、自然に心得ている。

長いこと黙っていて、おたがい、気まずさはなかった。

——この人とはやっぱり、気持が通じあうんだわ。

日なたの水がぬるむように、口をひらいてくれるのをそっと待てばいい。

長屋の子供たちの賑やかな声がきこえ、ふと静かになると、ここでも、鶯の笹鳴きがした。海に近いので、風にはきつい潮の香りがする。

「新しい根付の思案《しあん》が浮かばなくてね」

案の定、ぽつりと清吉がいった。が、声がかすれている。

「おいら、駄目かもしれねえ……」

お仙のところに泊った翌日、かれは晴れ上がった雪の師走の町を急いで、日本橋《にほんばし》の小間物問屋「三州屋」を訪ねていた。印籠、煙草入れなどとともに根付を扱っている大店《おおだな》である。

「話はよくわかりました。手前も今日から遠慮なく清吉さんと呼ばせてもらいましょう」

六十がらみの主人久兵衛は、にこやかにそういうと、

「ところで、清吉さん。お前さん、根付職人を甘く見てやしませんかい？」

と、錐《きり》を刺すようにいった。

これまでは半ば同情から、多少できのわるい品でも大目に見てきたが、本職の根付職人となるからには、いままでのような細工物では扱えないというのである。

お前さんは確かに器用だ。学もある。神仙道釈《しんせんどうしゃく》、伝説お伽話《とぎばなし》、英雄豪傑、芝居物などの意匠を小器用につくってみせる。侍の内職としてなら通用する。

「しかし」

と久兵衛はいう。同じ余技でも、絵師、仏師、蒔絵師、面師、金工、欄間《らんま》師、鋳物師《いもじ》の作は格がちがう。ましてちかごろは、余技ではなく、本職の根付師が出てきた。印籠にしても煙草入れにしても、ますます贅《ぜい》を尽す品がもてはやされ、それに見合う根付を大名・豪商はもとより、市井《しせい》の町人も求めている。意匠のみでなく素材も然《しか》り。剣を捨てて町人になったからには、剣を鑿にかえて、お前さんにしかできない新しい意匠の根付を工夫してくれなくては、根付職人として認めるわけにはいかない——というのだ。

「法眼周山《ほうげんしゅうざん》を知っているね」

「はい、存じていますが」

大坂の人で、吉村周次郎といい、絵を狩野探幽《かのうたんゆう》の門人牲川充信《にえかわみつのぶ》に学び、絵師として法眼に叙せられたが、好みで根付を彫刻し、宝暦・明和のころ「上方《かみがた》もの」の代表として大いにもてはやされた。

清吉もそのことは知っていたが、まだ周山の細工を見たことはなかった。

「周山は山海経《せんがいきょう》あるいは列仙伝図《れっせんでんず》から発想して、檜《ひのき》の古材に極彩色を施し、怪奇にして人の意表をつく根付をつくったな。清吉さんは見たことがないのかね」

ふんと、久兵衛は鼻先でわらい、

「では、三輪《みわ》勇閑《ゆうかん》のものはどうです？」

勇閑は紀伊国屋《きのくにや》庄左衛門と称し、江戸関口町に住した商人で、余技として根付をつくり、「三輪彫り」といわれて「江戸根付」の祖とされる天明ごろの人である。

「三輪彫り」は見ているが、銘がなかったので勇閑の作かどうかわからなかったし、あまり感心しなかったので、印象も薄い。清吉がそう答えると、

「頼りない返事だね」

久兵衛は軽く舌打ちして立ちあがり、奥の抽出《ひきだし》からとり出してきて、

「これが江戸根付の名工といわれた三輪勇閑の作だ」

と、小箱に入った根付を清吉の膝もとに置いた。

清吉は蓋《ふた》をとり、顔を近づけて見入った。

琵琶《びわ》を背負った琵琶法師がしゃがみこんで、鼻緒の切れた高足駄をすげかえている。その表情がいかにも困りきっているようにも、また、のんびりした風情《ふぜい》にも見える。琵琶法師の坊主頭に木枯しが吹いているとも、春の陽がうららかに照っているとも感じられる。一瞬のさりげないしぐさと表情が、春夏秋冬の光と風のなかで生きているのだ。漆《うるし》のかけぐあいも見事で、黒ずんだ渋い光沢を放っている。

清吉は息がつまり、背筋が粟立《あわだ》った。

「手にとって、よくご覧な」

ふるえる指先につまんで仔細《しさい》に見ると、紐通《ひもどお》しの孔《あな》に染牙《そめきば》が嵌入《かんにゅう》されている。孔を強くすると同時に紐通りをよくする微妙な細工である。

「素材は見たとおり桜材だね。それまでの檜材では破損磨耗《まもう》するので、研究のすえ桜をはじめて用いたのは勇閑さんだ。黄楊《つげ》はもちろん、渡来物の唐木《からき》も使ったな。その孔の細工は秘伝でね、なみの者にはできない。商人の余技としてさえその工夫だ。どうかね、清吉さん」

「へえ……」

返事が蚊の鳴くように小さい。

「ほかにも見事な品をいろいろ見せてやりたいが、私も商人《あきんど》だ、お前さんにばかり甘い顔はできないよ。人さまの腰の品を自分で拝むんだな。それと、誰かよい師匠について一から修業するのがいいと思うが、御家人だった齢のくったお前さんを弟子にする物好きはまずいないだろうね。根付をやるような者は、職人気質《かたぎ》の強い変わり者ばかりでね。まあ、自分で血の便をたらして究《きわ》めることだ」

「…………」

「ところで、最近うちに出入りの根付師で凄い奴がいる。友親《ともちか》という男だが、余技ではなく根付一筋で、まだ二十歳《はたち》だがいずれは名人になる」

りだよ」

「ついせんだって作ってきたのは、北斎漫画《ほくさいまんが》をとり入れた見事な細工でね、しかも象牙彫

「名人に……？」

画狂人と自称する葛飾《かつしか》北斎が、「北斎漫画」と称して発表しはじめたのは、この六年前、文化十一年からで、刷りが出るたびに江戸市中の話題になり、人気をさらっていた。

「これは受ける。正月早々に売り出すつもりだが」

ふふふっと久兵衛はふくみ笑いをして、しょげきっている清吉を気の毒そうに見たが、まだ容赦はしなかった。

「私が眼をかけている男はほかにもいてね。親正《ともまさ》という松眠斎《しょうみんさい》とも号する男だが、この人は奇術師の伜《せがれ》で、若いころ平賀源内《ひらがげんない》の門に入ったこともある変わり者だから奇想な細工をする。ことに牙彫りが巧みでね。この男も専門の根付師ですよ」

久兵衛は勇閑の根付を持って立ちあがると、清吉の肩を軽くたたいていった。

「お前さんも私が仰天するような根付をつくることだ。年が明けたら若水で水垢離《みずごり》でもとって、きれいさっぱり侍の垢《あか》を落して、ひと月かふた月後、生まれ変わった清吉さんらしい門出の作を見せて下さいな。そうですな、期限を二月の晦日《みそか》としましょう。そのお作を拝見して、手前の店で扱うかどうか決めさせてもらいますから」

およその話をお仙にした清吉は、大晦日から今日まで思案しつづけて、考えれば考えるほど自分は甘かった、三十にもなって決心するのが遅かった、とてもいまから根付職人にはなれそうもない、だから自分は駄目なのだと、大きな男がたち消えた炭火のようにしょんぼりして、溜息《ためいき》まじりにいったのである。この十日間、ほとんど眠ってもいないらしい。

聞き上手なお仙は、自分のことのようにうなずきながらも、

「このお饅頭、とってもおいしいですよ」

と、小娘のように快活にいった。昨日から何も食べていない清吉は、話してしまって胸の閊《つかえ》が少しはとれたのか、一つを口に入れると、つぎつぎとむさぼり食っている。お仙も一つを食べながら、

「このお饅頭、年寄夫婦がつくっているんだけど、十年かかって客がついて、二十年かかって深川の名物になったっていうんですね」

「この味に、二十年……」

感に堪えぬように清吉はつぶやき、舌つづみをうってお仙と顔を見合わせた。

「うまいな!」

「ね、おいしいでしょう」

清吉の顔が、深川饅頭のようになごんでいる。憑かれたような眼の色が、きらきらと明るいものに変わっている。

――よかった！

もっともお仙は、さっき異様な眼の光を見たとき、この人は大丈夫、根付に憑《つ》かれている、一途《いちず》に前を見て、新大橋の上で叫んだときのように自分とたたかっている――と感じとってはいたのである。

――あたしだって、前の稼業のときは技《わざ》にいのちを賭けていた。足を洗ったときには、この人みたいに自分に大声に叫んで、それまでのあたしを捨てたんだわ。

そのことが口元まで出かかっているのに、お仙は話せなかった。

「一角《いっかく》のことをうにこーるって言うんですってね」

茶をいれかえながら、お仙は何気ないふうにいった。

「そんなことを、よく知ってるね」

清吉はびっくりしている。

高価な印籠や煙草入れに用いる根付の材料を「一角」すなわち「うにこーる」というのだと、根付が趣味の客からつい昨日ききとっていたのである。

「鯨《くじら》の角《つの》のことなんでしょう？」

「鯨に角はないよ」

「あら、知らなかったわ」

「うにこーるてのは、鯨ではなくて、鯨の一種にはちがいねえが、歯がある鯨のいるかの上顎《うわあご》のことだ。根付としては元亀《げんき》・天正のころから珍重されている」

「いるかには歯があるんですか?」

こんどは、お仙のほうが小娘のように感動している。実際におどろいているのだが、うにこーるがいるかの上顎のことだとは客からきいていたのに、知ったかぶりをせず、清吉にいわせたのである。

海豚《いるか》は古くは入鹿と書き、蘇我入鹿《そがのいるか》のように人名に当てられたのは、ときに大群をなして海岸近くまで泳ぎ寄る海獣で、それを人びとが「入鹿の白山まいり」「磯まいり」「観音まいり」などと大事にしたからだと、清吉はいい、うにこーるで根付を彫ってみたい、象牙もいい、猪《いのしし》の牙でもいいなと、すっかり饒舌《じょうぜつ》になっている。

一滴も飲まないのに、深川饅頭に酔っているようだ。お仙がいるので、頭のなかに鬱血《うっけつ》していた思案がめぐり出したのである。

「この間、お預りした根付だけど」

お仙はまた話題をかえている。

「店の板さんに見せたら、気に入ってしまって、ひどく欲しがるんですよ」

「あんな不出来な品を。……お仙さんにやるんじゃなかったな」

「ゆずってあげてもいいかしら? あたしはまた別のをもらいたいわ。清さんが一人前の根付師になって、誰にもあげたくないような自慢の品を」

「そりゃあ、そのつもりだが……」

「うれしい。じゃあ決めたわよ。二分でどうかしら？　あの花咲爺の根付」

「そんな高いものじゃないよ」

「いいのよ。板さん、すっかり気に入ってるんだもの。またいつ来られるかわからないから、お代を今日おいてくわ」

「なにもそんな……」

米の一升も買えそうにない清吉の暮しを見て、とっさに口に出た嘘《うそ》だった。

「ね、銭湯にでも行ってきたら？　無精《ぶしよう》は職人らしくていいけど、そのなりじゃ折角の思案もよごれてしまうわ。ついでに、湯上がりの散歩に海でも見ていらっしゃいな。あたしも一緒に行きたいけど、今度にするわ」

最後はひどく甘え声にいい、お仙は小銭をわたして清吉を送り出した。

清吉がこざっぱりして濡《ぬ》れ手拭《てぬぐい》をさげてもどったとき、お仙は帰ったあとだった。

古鍋に飯が炊けていて、新しい盆の上に徳利と小魚の煮付がのせられ、彫り台の上に懐紙につつんだ二分金が置かれている。

清吉は、お仙の後姿も見えない路地に出て、海辺の空の夕焼けを眺めながら、苦笑いしてつぶやいていた。

──ふしぎな女だな。おいらの頭のなかでまだ形にならないものを、やんわり誘い出してくれる……。

五

陽がのびて、日の出が早くなった。その明け六ツ(午前五時)に路地口の木戸が開くと、

「なっとーう、なっと」

「あさりーむきん(剝身《むきみ》)、しじみイ」

触れ声が裏店の路地にも入ってくる。

お仙はその貝売りをはじめていた。手拭を姉《あね》さんかぶりに木綿の着物を裾《すそ》みじかに着て、前後の笊《ざる》に貝を入れた天秤棒《てんびんぼう》をかつぎ、深川から砂村のあたりまで、毎朝売り歩く。午《ひる》からは「松川」に出て夜遅くまで働き、朝は早い。稼いだ銭はさりげなく、清吉の米代、酒《さか》代《だい》に当てるのである。

――どうしてこんなに、清さんに尽すのかしら。

自分でもわからない。けれども、清吉のそばにいると、自分まで変わってきていると思う。考えてもいなかったことがひょこっと口に出て、清吉を励まし、自分もこれまで知らなかった壁の向うへトンと踏み出している。自分のような女がそばにいては迷惑をかけはしまいかとふと怯《おび》えながらも、あの人があたしを変えている――そう思うのだ。

砂村の清吉の長屋に着くと、売り残した貝で味噌汁《みそしる》をつくり、朝餉《あさげ》の支度をする。少し遅い朝餉だが、清吉は待っていて、なにはなくとも差し向いのひと時である。

二月も十日になったというのに、まだ思案のまとまらない清吉は、食事中も無言なら、すんでからももっそりと無精髭のあごばかりなぜている。このひと月、ときには朝から大酒を飲み、二日でも三日でもせんべい布団にくるまっていたかと思うと、ふらりと出て行ったきりもどらない。

朝帰りした清吉が、道ゆく大店《おおだな》の旦那の腰の根付を、顔を寄せてしげしげと見たために、巾着切り《きんちゃくき》りと間違えられて自身番に引っぱられたと話したときは、お仙は声も出なかった。息がとまり、顔色が変わっていた。

しかしお仙は、清吉がいない朝でも、その日の分の食事をととのえ、洗濯もすませてから、いったん自分の裏店にもどり、店へ出かけて行く。

「ねえ、清さん。今日はあたし、お店が休みなの。両国へ連れてって下さらない？」

その日のお仙は後片づけがすむと、甘え声にねだっていた。清吉はムスッとしている。意匠の思案がまとまらず焦っているのである。

「両国橋西詰に針金細工の見世物が出ているんですって。清さん、見に行きました？」

「…………」

「ずいぶん人気らしいわね。針金細工で十二支をつくった見世物とか」

「ありきたりだな」

吐き捨てるようにいったのは、十二支の根付など作る気はないからだ。

「北斎さんの絵を使った細工なんかもありきたりかしら」

「北斎の？」

「ええ、大森の職人さんが作ったらしいわね」

一刻《ひととき》（二時間）後、ふたりは連れ立って、両国橋西詰の雑沓《ざっとう》のなかにいた。広小路《ひろこうじ》の両側に、ヨシズ張りの小屋が建ち並び、春の川風が心地よい。

木戸口に「難波《なにわ》なるかごの細工にまけまじと　たくみ出したる江戸のはりがね　細工人胡蝶《こちょう》」と貼り紙がある小屋に入ると、大牛ほどもある蟻《あり》の針金細工で、二本脚で立ちあがった蟻が、眼を剝き触角と脚をふりあげ、居丈高《いたけだか》に見物人を睨《ね》めまわしている。首と前脚がうごくのは、ゼンマイ仕掛なのだ。

「まあ、大きい蟻。怖い！」

お仙は清吉の太い腕にかじりつき、悲鳴をあげている。

その隣りが北斎の絵を使った針金細工で、清吉はそこが目当てらしく、足早やに入ってゆく。お仙も人垣をわけて前に出ると、北斎漫画の一枚を模した半裸の女の畳一畳ほどの絵がおかれていて、そこに針金細工の巨大な大蛸《おおだこ》が、いかにも淫乱に八本の脚をからませ、真赤な頭をふりたてて女の乳房へ吸いよっている。

清吉はがっかりしたように首を横にふっていたが、お仙に出ようとはいわず、腕組みをして、無精髭のあごをなではじめたのは、なにかひらめくものがあるからだろう。お仙はその顔を脇からそっと見上げて、ほんのちょっぴり肩をすくめていた。

帰り、両国橋の上まできて、清吉は立ち止まった。大川に眼をやりながら、なにかぶつぶつ独り言をいっている。そばにお仙のいるのがわずらわしそうで、独りになりたいとわかる。

両国あたりで昼食《おひる》をと心づもりしていたのに、お仙は、

「あッ、いけない!」

小さく声に出していた。

「女将さんから用事を頼まれていたのをすっかり忘れていたわ。いまからお店へ行かなくっちゃ。あたしって、なんて忘れっぽいのかしら」

そそっかしい奴だな——という表情をする清吉にニッコリ微笑《ほほえ》みかけて、お仙はもう駈け出している。用事などなかったのだ。

それから数日後、「期限」まであと十日と迫った朝、貝売りをすませたお仙が井戸端で米をといでもどると、清吉はせまい土間にしゃがみこんで、売れ残りの蜆《しじみ》にじっと見入っていた。水を張った小桶に二合ほど入っている。

清吉の無精髭の顔にも、肉の落ちてしまった肩にも、ぞっとする焦りがあらわれている。

この三日、ひと言も口をきかない。両国の針金細工を見た翌日は、海辺に出て一日じゅう風に吹かれていたが、昨日などは素描した下絵を破り捨てると突然喚《おら》び声を噴き、壁に頭をくりかえし打ちつけ、眉間から血を流していたのだ。その生ま傷のある蒼白い顔で、さびしそうに蜆をのぞきこんでいる。

――針金細工の見世物にも、新しい意匠の思案が浮かばなかったんだわ。あたしには、なにもしてあげられない……。

そう思うと、お仙も飯を炊く気力がうせて、清吉と肩を触れあいながら蜆をのぞきこみたくなった。

――いっそ清さんと、世間のことなんかかかわりのない川の底で、貝みたいにひっそり暮らしたい……。

そうも思っている。しゃがみこむと、ふっと、子供のころの思い出が甦《よみがえ》った。

「蜆釣りをしたことがあった……」

蜆に見入りながら、つぶやいていた。

向島小梅村生まれのお仙は、幼いころ近くの田圃《たんぼ》や掘割で、蜆釣りの遊びをよくしたものだ。

「笹の先をそっと水に入れて、泥のなかで息をしているしじみさんの小さな口へ上手に差しこむと、びっくりして貝のふたを閉じるから、釣れるのよね」

清吉へ話しかけるというより、半ば独り言である。水底をのぞきこむと、蜆は泥にひそんでいて貝は見えないのだが、息をしている白っぽいところだけが小さな二つの眼のように見える。まるで、水底からひっそり空を見上げているみたいに。ええ、そうだった。あの眼を見ていると妙に哀しくなって、釣るのなんか忘れて、日の暮れるまで独りぽっちでしゃがみこんでいた……。

「うん、そうだったな」

——返事をしてくれた、この人。

お仙は清吉の表情をうかがい、また小桶の蜆を見た。清吉は小桶の水に手をさしこみ、貝に指先を近づける。触れたとたん、薄くひらいていた貝がぴたりと閉じる。

「出来た！」

とつぜん叫ぶと、清吉は立ち上がった。胸のまえで両手を鳴らした。眼がぎらぎら輝いている。顔が上気している。

「そうか！　大が小だ、小が大だ。貝でいいんだ。おいらのことでいいんだ！」

なにを口走っているのか、お仙にはわからない。

清吉は座敷に駈け上がると、素描の筆を走らせている。まるめた肩がせわしなげにふるえている。

「出来たよ、お仙さん！」

振りむいた。両手に下絵の半紙をかかげる。

お仙はとっさに両手で顔を覆っていた。ぎゅっと眼もつぶっていた。

「どうした、見ねえのか？」

わからない。躰がそう動いたのだ。涙があふれている。

「泣いてるのか、お仙さん」

「よかったね！」

顔を覆ったままお仙はいった。涙声である。

「その下絵は見ないことにするわ」

「…………」

「見なくたって、清さんがいのちを賭けた意匠だってわかる。ええ、そうに決まってる」

お仙はくるっと背を向けた。

「根付が仕上がってから、ゆっくり見せてもらう。ええ、拝ませてもらいます。ごめんなさい、勝手をいって……」

下絵を見るのが怖いのではなかった。信じていた。他の誰のものでもない、侍を捨てて生まれ変わった清吉自身の意匠だと。

「わかった。いまからすぐ彫り出すから、決してのぞいちゃいけねえよ。仕上がったら、お仙さんをびっくり仰天させてやるからな」

六

——どんな意匠かしら……。

食事の支度だけして、早々に清吉の長屋を出たお仙は、途中、深川八幡宮に念いりにお詣りして、いつもより早く店に出た。

胸がちょっと息苦しく、顔が火照《ほて》っている。自分が世間に初めて売り出す根付を彫りはじめているようだ。

——ええ、そう。清さんがだけど、このあたしも新しい根付を作っているんだわ。

「松川」の勝手口から入ると、台所にいた女将が、

「今日は早いんだね。なんだかいいことがあるみたいな顔してるけど」

「ええ、清さんがね……」

いいかけると、女将は軽く手で制して、

「その話ならあとでゆっくり聞かせてもらう。いまね、佐吉親分が来てるのよ」

と低声《こごえ》になっていった。

茶の間の長火鉢のまえで佐吉は茶を飲みながら煙草を吸っていた。八丁堀の目明しである。とうに五十を越えている。

「達者そうだな、お仙。暮れのうちに一度顔を出そうと思ってたんだが、御用で上方へ行っていたもんで正月も来られなくてな。ようやく躰があいたのでちょいとのぞいてみた。いま女将からきいたが、いい男ができたらしくて結構じゃねえか」

「相変らず早耳なんですね、親分さんは」

「お前のことが気になってな。なにしろ親がわりみてえなもんだから」

「ええ、それはもう。ありがたいと思ってます」

お仙は、両手を合わせて頭を下げた。

卑しい稼業からきれいに足を洗えたのは、この目明しの佐吉親分のおかげなのである。この「松川」に勤めるようになったのも、佐吉の口ききだった。佐吉は時折り顔を出してくれ、何かと相談にのってくれる。子がないので、娘のように思っているのかもしれない。

「その男にだいぶ尽しているときいて、俺も安堵《あんど》した。惚れた相手なら、身を固めたらいいとは思うんだが……」

煙管《きせる》の雁首《がんくび》を長火鉢の灰落しにポンと叩くと、佐吉は急にきびしい顔つきになって、声を落した。

「まさかお前、そいつにみつぐために、悪い虫が起きたんじゃあねえだろうな?」

「えッ、そんな……。なんなんです、藪《やぶ》から棒に……」

「嘘はいけねえよ。妙な気が少しでも起きたら、この俺にいってくれなくちゃあいけねえ。

俺みてえのが面《つら》を出しちゃあ迷惑なのを承知で、こうしてのぞいてるんだから」

お仙は、佐吉の眼を間近に見返した。その眼をのぞきこんで、少しは安堵したのだろう、

「いやな、気になる話が耳にへえってな。それで今日は寄ってみたんだ」

と、佐吉は言葉をついだ。

「手先の竹の野郎がせんだって両国広小路で、お前を見かけたというんだ。竹がいうには、お前、人さまの腰のものばかりうかがっていたそうじゃねえか。妙な眼つきで、印籠や巾着なんぞを。手は出さなかったっていうが、狙ってたんじゃねえだろうな」

あ、そうだったのか――お仙は笑い出していた。そういえば、あの雑沓の中で男たちの腰にばかり眼がいっていた。どんな根付をしてるのかしらと、のぞきこんで見ていた。自分では気づかなかったけれど、他人様《ひとさま》が見れば、よっぽど異様な眼つきだったろう。

それを話すと、佐吉も笑い出して、

「そうかい。わけをききゃあ、いい話だ。尾《つ》けまわした竹の野郎もとんだドジだったなァ。だがな、お仙、李下《りか》に冠《かんむり》を整《ただ》さずって諺《ことわざ》もある。お前はまえがあるんだから、いまは堅気でも人さまにあやしまれるような真似《まね》は金輪際しちゃあなんねえ。それにああいう人立場《ひとたちば》（盛り場）には、お前を知っている仲間もいる。めったに近づかねえことだ。いいな、お仙」

そこへ女将が銚子を運んできたので、目明しの佐吉は軽く飲みながら上方の話をして、

機嫌よく帰って行った。

佐吉はまえがあるといったが、お仙は刑をうけたわけではなかった。このころの巾着切りの刑は、男女を問わず敲《たたき》のうえ人足寄場《にんそくよせば》へやられたが、お仙は佐吉親分のはからいで赦《ゆる》されたのである。

それにお仙は、二人、三人と仲間が組合って掏摸《すり》をするくみをしたことはなく、もっぱら一人働きだったから、仲間はいない。けれども、縁日や見世物場所などの平場《ひらば》（掏摸をする場所が平地）が専門で、指の間に小さな剃刀《かみそり》をはさむ当りを使って下げ緒を切り、印籠や巾着だけを掏り取っていたので、「当りのお仙」と異名をとっていた。しかしそれも、いまのお仙には遠い他人事である。今日のことにしても、結局はなんでもないことだったのだ。

――でも、清さんがいちばん大事なときだというのに……。

と思うと、お仙は清吉にすまない気がした。自分がそばにいては、迷惑をかけることになるかもしれない。それは前からときどき思ったことだが、その夜はさすがに一晩じゅう考えて、二度と清さんのところへは行くまいと自分にいいきかせた。けれども夜明けになると、いつもより早起きして貝売りをすませ、清吉の長屋を訪ねていた。

夜っぴて仕事に打ちこんでいた清吉は、お仙が来たのにも気づかず、彫り台に向っていた。その恐ろしいほどシンとしたやつれた背中を見てお仙は、

——この人の仕事が仕上がるまでは。

と思った。それまでは、いままで通り毎日くる。

あと五日、あと四日、あと三日……来るたびに自分にいいきかせ、音をたてないように食事の支度だけをした。

最後の日、お仙は店を休ませてもらった。貝売りも休みにして、清吉の長屋の路地へ入って行ったお仙は、膝頭《ひざがしら》がどうしようもなくふるえて困った。清吉は朝陽が射しこむ彫り台のまえに坐っていた。振りむいた顔がニッコリ笑った。まぶしい。月代《さかやき》も髭もぼうぼうに伸びて、眼のふちに隈《くま》が黒々と浮き出ているのに、思いきり仕事をやりぬいた男の、晴れやかな自信にみちた顔である。充血した小さな眼がきらきら光っている。

「お仙さん、見ておくれ」

と、清吉はいった。

お仙は清吉のまえにきちんと坐った。清吉は折りたたんだ新しい手拭の上にのせて、黙って差し出した。

拭《ふ》き漆《うるし》をかけた黄楊《つげ》彫《ぼ》りの根付である。径一寸（約三センチ）たらずでまるい。ちっぽけな蛙《かわず》が平べったい丸石に乗っている――見た瞬間そう思った。お仙は手拭のままおしいただいて受けとり、眼を近づけた。

大きな貝の上に、褌《ふんどし》一丁の裸の男がかじりついているのだ。顔を横にし、両手両足をふんばらせて、腹這《はらば》いにぴったり、かじりついている。筋肉や筋がうき出て、大貝を思いっきり持ち上げようとしているようにも見える。中年男で、顔をしかめ、歯をくいしばっている。

——あッ、この男《ひと》……。

ほどけた褌の先が、大貝の口にぱっくりくわえこまれているのだ。六尺褌をかなりくわえこまれて、なんとか引き抜こうと、助けも呼べず、ふんばっているのである。慌てている。怒っている。懸命なのだが、なんとも情《なさけ》ない恰好《かっこう》だ。おかしい。お仙は思わずぷっとふきだして、ころころと笑いころげたかった。でも、哀しい。鼻の奥がジーンとしてくる。滑稽で、あわれで、さびしい。

痩せぎすの褌一丁の中年男が、あわれな虫けらのように見える。大貝は知らんぷりだ。男は悲鳴をあげ、こぶしを上げて貝を叩いて怒鳴り、自嘲し、やがて諦めるだろう。ゆがんだ表情は諦めきった顔にも見える。耳をおしあて、応答のない貝の中からかすかにつたわってくる貝のつぶやきを、ききとっているようでもある。薄い笑みさえ浮かんでいる。貝とふたりっきりの世界を愉《たの》しんでいるのかもしれない。

お仙は、手にとってみた。どこも動かない、なんの仕掛けもない。てらいもない。漁師らしい男が褌を大貝にくわえこまれているだけ。ただそれだけである。

「一日じゅう見てても、一年じゅう見てても、十年見てても、見あきないわ」

顔をまっかにして、涙をためて、お仙は、一語一語、それだけをいった。

「その男はね、おいらだよ」

清吉はそれだけをいった。

――今日まで待ってよかった！

うれしくて、うれしくて、お仙は泣いていた。

清吉は朝餉をすますとひと眠りしてから、お仙に月代と髭をあたらせ、職人風の小銀杏《こいちょう》に髪を結わせると、その根付を大事に懐に入れて、日本橋の小間物問屋「三州屋」へ出かけて行った。

――三州屋さんがなんていうかしら。

お仙は急に不安になった。

午後遅くなっても清吉はもどらない。夕餉の支度をととのえ、もちろん酒も用意して、お仙は待ちつづけた。

日が暮れてから、清吉はもどってきた。路地のドブ板を鳴らして駈け込んでくる。腰高障子を勢よく開けた清吉の顔から、笑みがこぼれている。

「三州屋の旦那もびっくり仰天だ。今日から根付職人として扱ってくださるそうだ」

「よかった！」

「清吉さんらしい意匠だとたいそうな褒めようでね。ただ一つ、謎をかけなすった」

「どんな謎……？」

「お前さん、抗《あらが》ってるね――って」

「抗って？」

「まあいいさ。この手のものをどんどん彫ってくれっていうんだから」

酒になった。ふたりだけの祝いの宴《うたげ》である。

「今夜は、あたしもたんといただかせてもらうわね」

それから何を話したろう。

気がつくとお仙は、清吉の胸に抱かれていた。小柄できゃしゃなお仙は、大木に蟬《せみ》がとまったようだと思った。同じ蟬でも、殻から出たばかりの蟬の濡れた心で抱かれていた。

とうに夜半を過ぎて、弥生朔日《やよいついたち》である。破れ障子から、花の香が漂い、春の新月がのぞいている。

「根付師としての号を考えてみたんだが……」

耳もとで清吉がいった。

「月の虫ってのはどうかな？」

「月の虫？」

「月虫《げっちゅう》さ」

「そんな虫がいるんですか？」

「人間なんて、侍だろうが町人だろうが、ちっぽけな虫けらみてえなもんじゃねえかな」

「ええ、このあたしなんか」

「おいらもだ。頼りねえ虫けらさ」

「それじゃあ、お月さまは？」

「なにか大きなものだな」

「願いをかけたり、頼ってみたり。そうね、あたしなんか、お月さまに振り落されないように、やっとかじりついてるみたい。すべり落ちたら、生きてゆけなくなっちゃうもの」

「お前、うめえことをいうな」

「月虫《つきむし》って、清吉さんが考えたことよ」

――この人があたしのお月さま。

お仙はそう思った。

「なあ、お仙」

清吉がささやいた。

「お前のおかげだ。ありがてえと思ってる。おいらと夫婦《めおと》になってくれ」

「それは……」

無理、できません――といおうとしてお仙は、清吉の唇に唇をふさがれていた。

七

――今日は話そう、明日こそは必ず……。

お仙は自分にいいきかせながら、あのことをとうとう口にできずに、夏を越し、秋も過ぎ、その年も暮れて、文政五年の新年を迎えていた。

どうして女房になってくれないのだと、問い詰める清吉へ、

「ごめんなさい。あたしの勝手をいって。ともかく、もう少し待って下さいな。そのうちにきっと」

と詫びて、その場をつくろってきたが、

「清さんが江戸いちばんの根付師になったとき」

半ば冗談っぽくはだが、そういってしまった。すると清吉はしんから真《ま》にうけて、それ以来、そのことを口にしなくなった。お仙は小悧口《こりこう》ぶった自分がいやだったけれど、

――そのときは、あたしも昔の自分をきれいに捨てきれる。いまは清さんに尽して、清さんに浄《きよ》めてもらっている。そのときもし捨てられても、それは諦めなくちゃ。

相変らず貝売りをして、お店がたまの休みの日に清吉の長屋に泊ってゆくお仙は、数えるほどだけれども抱かれるたびに、悦びに身もだえながら、自分の胸につぶやきかけてき

たのである。

この一年、月虫の清吉は、もっぱら江戸庶民の日常の、滑稽で、したたかで、哀しい姿をさりげなく巧みに誇張変形した木彫り根付を作って人気が出て、「三州屋」からの注文をこなしきれなかった。こなしきれないのは、いくら評判がよくても同じ意匠の細工を決して二つとは作らず、わずかでも納得のいかない作はおしげもなく打ち砕いてしまい、気に入った意匠が想いうかぶまで仕事をしないからである。これはと感じ入った根付があると、価などおかまいなく買い込んできて、三日でも五日でも見入っている。

——この人、職人気質が板についてきたんだわ。

お仙はうれしかった。けれども、清吉は有頂天になってもいて、北斎漫画の根付ですっかり人気の出た若い根付師友親や、奇想な細工をする松眠斎(親正)、あるいは牙彫りで一流といわれる三代目舟月《しゅうげつ》などの細工を頭からこきおろし、もともと酒好きではあったけれど大酒を飲んでは名人気取りで大ボラも吹く。その人変わりしたような傲慢ぶりが、お仙にはやりきれなかった。

——このまま終ってしまう人かしら……。

ふっと、悲しくもなるのだ。

どうやら清吉は無理して職人ぶっているところがあり、それはお仙にもわかる。しかし、理由もわからず時折り荒れるのである。借金がかさみ、お仙は「松川」の女将から用立ててもらっていて、貧しさは少しも苦にならないが、荒れられるのは辛《つら》い。お仙に手をあげることはないが当たり散らし、物をこわして暴れ、そうかと思うと、大男の清吉が部屋の隅にちぢこまって子供のように泣く。

そんなときはさすがのお仙も、

——あたしだって、辛い思いをして生きているんだよっ。

と、叫び出したくなるのだ。

清吉は、評判がよければよいほど、自分ではいまの仕事にあきたらなくて、それに根付師としてきびしい眼で清吉を見るお仙の視線にも耐えきれなくて、荒れるのだろう。そう気づいてからのお仙は、いっそう辛い。

その清吉が、師走がおしつまってから、ぱったり仕事をしなくなってしまった。「三州屋」からの注文はとどこおったままである。ことに、さる大身《たいしん》旗本から月虫名ざしで注文の出た品は、正月明けには仕上げるよう久兵衛から催促されている。それなのに、鑿《のみ》をほうったまま年を越した清吉は、正月だというのにここ数日、彫り台のまえで、腕をくんだきりのダンマリ虫なのだ。

「早いものね。この長屋にはじめて顔を出してから、もう一年になるんだわね」

松の内は貝売りは休んで、着飾って午前中きているお仙は、へっついに薪《まき》をくべながら、いっそ明るくいった。清吉の耳にとどく独り言である。

「新年だと火の色までがちがうのね。あたしも何か新しいことをしてみたいな。でも、あたしなんかに見つかるわけもないし……」

明けて二十七になったお仙は、ちょっと寂しく独り笑いをして、燃える火を見つめている。

お仙は、清吉がこれまでの意匠から一歩も二歩も踏み出そうと苦しんでいるのを痛いほど感じている。材料も木彫りから象牙彫りに変えようかと迷っていて、意匠も斬新な仕掛物を思案しているようだ。けれども、牙彫りの名人達者は大勢いるし、仕掛物の奇想など容易に想いうかぶものではない。

伊賀の岷江《みんこう》の「道成寺根付《どうじょうじ》」と称する安珍清姫《あんちんきよひめ》の根付のごときは、鐘の竜頭《りゅうず》をまわすと、鐘の中にいる安珍の顔が白、青、赤に色変わりする凝《こ》った細工なのだ。その細工で岷江は藤堂侯に見出《みいだ》され、扶持《ふち》まで頂戴しているという。

そういう根付師をしのごうと苦しんでいるのがわかるから、お仙は清吉の悩みによりそう気持で、自分のことを何気なげにつぶやいたのである。

清吉はその声がうるさいとでもいうように、彫り台の上の象牙を邪険に払いのけると、あらあらしく路地を出て行ってしまった。が、ほどなくもどって来て上り框《かまち》に腰をおろすと、

「やはり木彫りか……」

とつぶやいた。

「なあ、お仙。誰もまだ根付に使わねえ木材はねえかな」

ダンマリ虫が鳴いたのである。

「そうね、柿なんかどうかしら？」

「ある」

「椿《つばき》は？」

「それもある。一位《いちい》、楠《くす》、槻《つき》、棗《なつめ》……白檀《びやくだん》の香木もとうに使われている」

「梅の種子《たね》なんかは？」

「馬鹿！　そんなものが根付に使えるか！」

清吉は吐き捨てると、プイとまた外へ出て行ってしまった。近くの居酒屋へでも行ったのだろう。それとも岡場所へ。今夜はもどらない。お仙は後悔した。せっかく口をきいてくれたのに、梅の種子だなんて、ほんとに馬鹿な思いつきをいってしまったものだ。

ところが、清吉は小半刻もすると足早やにもどって来て、せわしなく下絵を描きはじめた。反故《ほご》にしては、翌日も朝から描いている。

お仙は見せてほしいともいわなければ、のぞきもしなかった。あれ以来、出来上るまでは見ないことにしている。六畳一間の狭さだからおのずと見えてしまうが、清吉は彫り台のまわりをお仙が片づけるのを嫌うから、見まいと思えばできるのである。

三日ほどして、清吉は彫りに入った。木彫りである。途中まで彫りすすんだのを、玄翁《げんのう》で叩き壊しては、また最初から入念に彫っている。

口をきかない。が、しぐさと顔を見ればわかる。

——のってるみたいね。

ふふっとお仙は笑いたくなる。凄い顔。怖いほどだ。よっぽどこんどの細工には自信があるのだろう。

十日ほどが経《た》った。口をきくようになった。

「雪隠《せっちん》へ行ったかな」

独り言である。

「いま行きましたよ」

「うん、そうか」

それだけだ。飯を食べたのもすぐに忘れてしまう。味などわからない。

でも、口をきくのは余裕が出たからだ。

また十日ほどが過ぎた。一月の末で、「三州屋」からは毎日、手代《てだい》が催促にきた。

「あす出来る」

細工は見せずに清吉はそういったが、その日になると「あすだ」といった。掌《たなごころ》につつむようにして、最後の仕上げに精魂をこめ、愉しんでもいるのだろう。

井戸端の桃の木に蕾《つぼみ》がふくらみはじめ、海からの風は、めっきり春の磯の香りである。二月になってついに出来上った日、朝から肌寒い小雨が降っていた。花を呼ぶ菜花雨《さいかう》である。

路地隅のお稲荷《いなり》様の小祠《しょうし》を拝んでもどったお仙は、差し出された根付に手をさしのべた。動悸《どうき》がはげしく、指先がふるえている。受けとって、アッと思った。

桃の種子《たね》なのだ。

よく見ると、実物の種子ではなく、漆をかけた桜材で、そっくりに作ってある。両端が輪切りになっていて、中がのぞける。

小さな桃の種子の中で、男と女が碁を打っている。役者顔の武士と遊女である。碁盤にはけし粒ほどの碁石が並び、傍らの盆には酒器もおかれているが、小雨で部屋が薄暗いのでよく見えない。清吉が天眼鏡をさし出し、蠟燭《ろうそく》に火をつけて近づけてくれる。ゆらめく明りに照らし出されて、種子の中の小部屋が浮かび上った。男女は艶めいた笑みをうかべ、額を触れあうようにして碁打ちに興じている。微醺《びくん》をおびたふたりの頰がほんのりとあかい。種子の裏側の天井に桃花が爛漫《らんまん》と咲き乱れ、男女の肩と碁盤の上にも花びらが散っている。管弦《かんげん》の音《ね》さえきこえてきそうである。

酒器は唐風《からふう》で、ふたりの膝もとをせせらぎが流れている。中国の桃源郷の故事に倣《なら》った意匠なのだ。

針の先で彫ったほどの微細で巧緻な仙境が、一見なんの変哲もない桃の種子の中に、妖しくひらけているのである。蠟燭のゆらめく仄明《ほのあか》りに、いっそう幻のように艶めかしく華やいで見える。

お仙はただうっとりと魅《ひ》きこまれている。

「こちら側からも見てごらんな」

そういわれて、お仙は反対側からのぞきこんだ。

髑髏《どくろ》なのだ。ふたりとも。

花の下で碁に打ち興じる武士と遊女の顔は、象牙彫りの髑髏。

そこにも花が散っている――。

「謎が解けたよ」

しばらくして、清吉がいった。

「やっぱり、おいら抗《あらが》っているんだな。侍を捨てたが、いまだに侍だった時の嫌な夢をみて魘《うな》される。町人にもなりきれねえ。そんな自分に抗ってる……」

あの褌をはさまれた男は、貝というどうしようもない力に抗っている――と「三州屋」は見たのだろう。この根付も、髑髏に見える仕掛けで、清吉はどうしようもない気持をあらわしているのだろうか。

「いまのお江戸でもあるんだが……」

お仙はドキリとしたが、

「ふたりが髑髏《しやれこうべ》になっても花の下にいるなんて、いいわね」

――あたしと清さんだ、と思った。

「誰にも渡したくないわね、この根付」

「おいらもだ。二つとは彫りたくねえ。いや、彫れねえな、こんなに魂のへえったものは」

「清さんが使ったら？」

「そうもゆくめえ。……お前にやりてえが」

「…………」

「お仙……」

「あい」

「これでおいらも江戸いちばんの根付師になれる。こんどは、いやとはいわせねえよ」

「それはもう……」

「なあに、返事はよく考えてからでいい。祝言《しゆうげん》は急ぐことはねえからな。大川堤の桜が満開のころがいいと思ってるんだ。花見船をくり出して、墨堤《ぼくてい》の花と月を夜っぴて愉しむって趣向はどうだい？　根付師月虫さんらしくておつじゃねえか。それまでに、たまった仕事をすっかり片づけてな」

「ええ……」

「ともかく今日はこれを届けてくる。手もとに置いとくと渡せなくなっちまうからな。それに三州屋の旦那、首をのびっきりにして待ってるし」

清吉は着替えをすますと、これまでの作風を超えた「種子の中の桃源郷」を懐に大事におさめて、菜花雨のなかを「三州屋」へ出かけて行った。

八

「お仙ちゃん、堀尾様がお呼びだよ」

秋ごろからぱったり来なくなっていた堀尾伝十郎が、久しぶりに御家人二人を伴って「松川」に現われたのは、寺々が善男善女で賑わう涅槃会《ねはんえ》を明日にひかえた、二月半ばの夜であった。

「お仙、たいそう無沙汰をしたな」

今夜の伝十郎は、まげも武士らしい大銀杏《おおいちょう》で、熨斗目《のしめ》に仙台平の袴《はかま》、黒縮緬《くろちりめん》の無紋の地味な羽織を着ている。お徒衆自慢の、拝領の役羽織である。

世間では「黒っ羽織」と呼び、茶店や見世物小屋などの商人は、蛇蝎《だかつ》のごとく嫌っていた。役目を笠《かさ》にきて、無銭飲食をしたり言いがかりをつけて内済金をとったりする者がいたのである。

伝十郎はその役羽織を見せびらかすようにして、

「実は昨秋、父が隠居したゆえ拙者が家督《かとく》を相続してなにかと御用繁多でな、かような小料理屋へは来るひまがなかったが、お仙、よろこんでくれ。このたび将軍家《おかみ》より御沙汰があって、お徒衆《かち》組頭に抜擢《ばってき》された。家禄も百五十俵じゃ。近々、お屋敷も賜る。いずれは禄二百石のお目見《めみえ》旗本よ」

「それは重ねがさね、おめでとうございます」

お仙は丁重に酌をした。

「お仙も飲め。だいぶやつれたようだな。清三郎にいれあげておるそうだが、職人風情の恋人《いろ》ではいまだに女中奉公で不憫《ふびん》じゃな」

「いいえ、それなりにたいそう楽しいものでございますよ」

「負けおしみをいうワ」

伝十郎は組下らしい左右の侍と顔を見あわせて哄笑《こうしょう》し、

「ところで、お仙。清三郎めはあの馬鹿でかい愚鈍な図体《ずうたい》で根付職人になったときいたが、いかがしておる？」

お仙が黙っていると、

「実はな、お前に拝ませてやりたいものがある」

と、役羽織の下襟を片よせて腰のあたりを見せた。仙台平の袴の博多の帯に、一見して逸品とわかる印籠が朱色の下げ緒でさがっている。銀象嵌《ぎんぞうがん》の孔雀《くじやく》をあしらった金蒔絵の印籠である。

伝十郎は掌《たなごころ》にのせて見せながら、

「見事な品であろう。このたび組頭となった祝いにお徒目付、河合総兵衛様から頂戴つかまつった。有難いではないか、のう、ご両所」

すでに見せているらしいのに、左右をかえり見た。

お仙の眼はおのずと、下げ緒の先の、帯にとめられている根付へひきよせられている。

根付を見た瞬間、胸の奥がキーンと鳴った。

あの根付なのだ。

清吉がいのちを賭け、お仙が願いをかけた桃の種子の根付。伝十郎の腰に、さびしげに下がっている。

「おお、この根付か」

と、伝十郎はいま気づいたようにいった。

「この品も悪くはない」

下げ緒を帯からはずし、小さな瑪瑙《めのう》の緒締《おじめ》とともに桃の種子の根付を手にのせて、

「これもむろんお徒目付より頂戴した。月虫とやら申す根付職の細工だそうだ。そうそう、清三郎はたしか左様申す根付職人じゃったな。河合様はたいそうな褒めようでの。拙者はさほどには思わぬが」

お仙の反応をはかるようにニヤリとして、

「細工はなかなかに凝っておる。せっかく頂戴した品ゆえ、拙者の腰に長く飾ろうとは思っておる。将軍家《うえさま》に親しく随従する組頭の拙者が用うれば、お旗本衆はむろんのこと、若年寄、ご老中、大名方、いや、将軍家のご尊眼にふれるやもしれぬ。根付職人風情には栄誉この上もあるまい。お歴々からの注文もふえよう」

印籠と根付を腰にもどすと、お仙へ間近に顔をすりよせて、

「だがな、お仙。かような仕掛けをするなら、あぶな絵の男女でも彫り込んだなら、貧乏暮しから足が洗えるぞ。お徒衆組頭の伝十郎が左様申していたと、月虫とやら申すお前のいろに伝えておけ。かようなものが彫れる根付職人になれたのは、拙者が剣を教えたからだとな。もっとも、所詮は卑小な細工しかできぬ下賤《げせん》な職人風情だが」

高笑いをして伝十郎は、もうお仙を見ようともせず、二人の御家人に無敵流居合の腕自慢をはじめていた。お徒衆組頭ともなれば、いざ戦さのときは猩々緋《しょうじょうひ》の鎧陣羽織《よろいじんばおり》を着け、将軍の影武者にもなるのである。

伝十郎がわざわざ「松川」にきたのは、出世したおのれを誇示し、清三郎とお仙をさげ

すむためだったのだろう。

そんなもともと嫌な卑しい男の腰を、ふたりの根付が飾ってしまったのだ。

その夜、お仙は一睡もできなかった。

――清さんが知れば、とりかえして叩き壊してしまう。

そうして欲しい。でも――とお仙は思うのだ。清吉は自棄《やけ》になり、誰の腰を飾るとも知れぬ根付にいのちを賭けなくなり、ただ人気とりの品ばかりを数多く作る根付師に堕《お》ちてしまうかもしれない。

――そんな清さんになって欲しくない。あの根付はあたし自身なの。あたしが本当に生まれ変わるための桃の種子。清さんにあたしのすべてを打ち明けられる仏さまみたいなもの。とりかえしたい。誰にも知られず、そっと、あたしのものにしたい。清さんのものとして、清さんにも知られずに……。

翌日、お仙は店を休み、清吉の長屋にも行かずに考えつづけた。死ぬほど考えて、ふっと恐ろしい思案が浮かぶと、

「いけないよ、いけないよ」

声に出してきつく自分を叱り、またじっと坐りつづけていた。

そのお仙が、数日後、お高祖頭巾《こそずきん》で顔をかくし、両国橋たもとの東詰の往還にひっそり

佇《たたず》んでいた。右手の指の間にしのばせた小さな剃刀が、ひんやりと冷たい。

暮れ六ツの誰彼時《たそがれどき》である。

武士も町人も、江戸の老若男女が薄い人影となって、春の川風に吹かれながら、せわしなげに橋を往き来している。夕映えの残る空と大川の川面は、まだ薄明るい。

この時刻、伝十郎が千代田城《おしろ》からもどるのを、お仙は調べておいた。伝十郎が無敵流居合術の達者であることも「当りのお仙」として勘定に入れてある。

「……間合をはかり柄《つか》に手をかけた刹那《せつな》、対手《あいて》の頭の先からつま先までの気をこちらの腹の底へ、つまり丹田《たんでん》へじゃが、スッとのみこむ。それで片がついておる。あとは無心に眼にもとまらず斬ればよい。人間など巻き藁《わら》を斬るごとくたやすいものだ。居合の勝負が鞘のうちにあるとはこの呼吸よ。拙者の無敵流居合術はこの呼吸が剛気でな」

先夜も、伝十郎は得々と話していた。

一方、お仙の技は、対手の気を一瞬そらす術につきる。指先の瞬時のうごきなど小手先の技にしかすぎない。気をそらせられれば、指先は自然にうごくものだ。

その瞬間に斬られないためには、大小を差している左腰の鍔《つば》もとを鞘にそって素早くすり抜ければよい。だが、伝十郎は印籠をあの根付で右腰にさげているのである。

振りむくと、両国橋東詰の回向院《えこういん》の大屋根がくっきり影になっている。間もなく月が昇るのだ。

――これが最後で、たった一度っきり。でも、いまのあたしは「当りのお仙」じゃない。この橋を渡りきったら、こんどこそ本当に、あの人の女房の、生まれ変わったお仙になる。ね、そうなんだわね。

自分にいいきかせて、お仙は何気ないふうに歩きだした。橋を渡って近づいてくる伝十郎のほうへである。

黒縮緬の役羽織の袂《たもと》を川風にひるがえして、大小を差した伝十郎が肩をゆすって歩いてくる。すぐ後を中間《ちゅうげん》が一人つき従い、手にした提灯はまだ灯《とも》していない。お仙のすぐ前を、風呂敷包みを背負った丁稚《でっち》が行く。その背にかくれるようにして、うつむきかげんにお仙は近づいてゆく。

――あいつとのあいだが一間《けん》につまったとき、ちょっとよろけて、前をゆく丁稚の背中の荷へさわればいい。振りむいた丁稚へ「あら、ごめんなさいね」と詫びて、丁稚がすぐ前に来た伝十郎に触れそうになりあわてて退《の》いたとき、伝十郎の右脇をすり抜けているんだわ。伝十郎が振りむいたときは、もう一間ほど行き過ぎている。丁稚に気をとられていたあいつは、女の脂粉《しふん》の香がかすかに胸もとに漂っていて、それで振りかえるだけ。

そのときは、もうあたしの手には当りなんかない。薄暗い川面にほんのちょっぴり水音がしたって、誰ひとり気づかない。あたしの袂に、桃の種子がひとつ、ころっとおさまっているのを知る者も、あたしひとりだけ。

伝十郎の右脇をすり抜けた瞬間、触れたとも感じさせずに、下げ緒の一端を切って、あの根付だけを掏《す》りとっていればいい。印籠は帯にはさまれた下げ緒のまま腰に残っているんだもの、掏られたとは気づかない。屋敷に帰ってから腰の印籠をはずそうとして、下げ緒の結びがほどけて根付をどこかに落したと気づくだけ……。

伝十郎との間合が二間につまっていた。

――斬られるかもしれないな。それでもいいわね。清さんとあたしのためだもの。あの人にはじめて出逢ったのも橋の上だったし。この大川の水底にも桃の花が散るかしら……。

お仙は、もうなにも考えてはいなかった。

根付師月虫の女房になった女が、無心に、両国橋を東から西へ渡ってゆく。

回向院の大屋根の空に、春の月が昇っている。

本書は、一九九六年九月に刊行された『子づれ兵法者』（講談社文庫）を一部修正の上、再文庫化したものです。

時代小説文庫
さ 21-3

子《こ》づれ兵法者《ひょうほうしゃ》

著者 佐江衆一《さえしゅういち》
2016年6月18日第一刷発行

発行者 角川春樹

発行所 株式会社 角川春樹事務所
〒102-0074 東京都千代田区九段南2-1-30 イタリア文化会館

電話 03(3263)5247[編集] 03(3263)5881[営業]

印刷・製本 中央精版印刷株式会社

フォーマット・デザイン&シンボルマーク 芦澤泰偉

ISBN978-4-7584-4008-0 C0193

http://www.kadokawaharuki.co.jp/[営業]
fanmail@kadokawaharuki.co.jp[編集] ご意見・ご感想をお寄せください。